生命如光

李遵基 著

文化藝術出版社

图书在版编目（CIP）数据

生命如光 / 李遵基著 . — 北京：文化艺术出版社，2023.11

ISBN 978-7-5039-7494-6

Ⅰ.①生… Ⅱ.①李… Ⅲ.①回忆录 - 中国 - 当代 Ⅳ.①I251

中国国家版本馆CIP数据核字（2023）第167334号

生命如光

著　　者	李遵基
特约编辑	黄秋洁
责任编辑	赵　月
责任校对	邓　运
书籍设计	赵　蠡
出版发行	文化藝術出版社
地　　址	北京市东城区东四八条52号（100700）
网　　址	www.caaph.com
电子邮箱	s@caaph.com
电　　话	（010）84057666（总编室）　84057667（办公室） 　　　　84057696—84057699（发行部）
传　　真	（010）84057660（总编室）　84057670（办公室） 　　　　84057690（发行部）
经　　销	新华书店
印　　刷	鑫艺佳利（天津）印刷有限公司
版　　次	2023年11月第1版
印　　次	2023年11月第1次印刷
开　　本	710毫米×1000毫米　1/16
印　　张	18
字　　数	202千字
书　　号	ISBN 978-7-5039-7494-6
定　　价	98.00元

版权所有，侵权必究。如有印装错误，随时调换。

李遵基

男，汉族，1941年9月生，浙江浦江人。1967年毕业于清华大学自动控制系。1979年调入华北电力大学（原名北京电力学院），同年加入中国共产党；1991年晋升为教授。1992年被评为全国有突出贡献的科技人员，享受国务院政府特殊津贴。曾任华北电力大学科技处处长等职务，兼河北省自动化学会常务理事。

长期致力于生产过程自动化领域的教学、科研及有关工程实践活动。培养出博士、硕士研究生40多名。研究成果曾获省部级科技进步奖一等奖1项、二等奖2项、三等奖3项，市局级科技进步奖多项。

在国内外专业期刊上发表科技论文100余篇，其中，《自整定调节器的应用研究》被上海国际火电站自动化控制研究会评为优秀论文，《对协调控制系统中几种锅炉主控前馈信号的分析》《用"SPEC Micro"实现200MW机组协调控制》《热工控制系统中的跟踪技术》等10余篇论文曾获河北省电机工程学会二等奖和三等奖。《变频调速在电厂锅炉给粉控制中的应用》《模糊控制理论在球磨机制粉系统中的应用》在国内外杂志发表后被编入多部科技专辑。

主要著作有《协调控制与给水全程控制》《分散控制系统网络6000》《热工自动控制系统》《李遵基科技论文集（1986—1996）》等10多部。

　　近年来，由天津科学技术出版社、中国电力出版社、水利电力出版社等单位联合编辑出版了《李遵基作品选集》（全3函9册）。其中，《李遵基作品选集（一）》包含：《分散控制系统网络6000（上）》（天津科学技术出版社）、《分散控制系统网络6000（中）》（天津科学技术出版社）、《分散控制系统网络6000（下）》（天津科学技术出版社）。《李遵基作品选集（二）》包含：《变频控制原理及应用》（天津科学技术出版社）、《智能回路控制器（TCS）原理及应用》（天津科学技术出版社）、《SPEC200 MICRO　SPEC200原理及应用》（北京科学技术出版社）。《李遵基作品选集（三）》包含：《协调控制与给水全程控制》（水利电力出版社）、《电力控制理论及其应用》（中国电力出版社）、《热工自动控制系统》（中国电力出版社）。

我热爱生我育我的绿树成荫的乡村

摄于 20 世纪 90 年代初在华北电力大学任教时期

写在前面的话

我为什么要写自己的人生故事？这要从我突然摔了一跤说起。

2015年8月的一天，是我永远难忘的日子。那天我从哈尔滨出差回来，进家门时已是凌晨4点，连夜的奔波让我感到异常疲倦，简单洗漱后便上床休息了。一觉醒来，头昏脑涨，我并没有意识到会有什么大事发生，觉得再休息一下就会好的，就像以前一样，不管熬夜到几点，只要睡上一觉，醒来冲个冷水澡，肯定会满血复活，精神抖擞地去迎接新的一天，去处理公司的大小事务，去解决别人解决不了的难题。但这次没有重复以前的版本，命运之神和我开了一个残酷的玩笑，在去洗手间回来时，我在客厅突然摔倒了。躺在光滑的地板上，我感到全身麻木，无法动弹，上肢和下肢都不听使唤了，好像不是自己的一样。后来医生告诉我，如果当时马上送到医院抢救，我可能很快就能恢复健康，但那天正好是星期天，司机孙师傅因为半夜去接我，又送我回家，我不习惯麻烦别人，没好意思再叫他过来送我去医院。爱人将我搀扶到床上，一直躺到周一早晨，当孙师傅来接我时，我已经起不来了。孙师傅一边埋怨我有事不叫他，一边把我背到汽车上。在去医院的路上我还心存侥幸，觉得不会有什么大事，然而诊断结果却犹如晴天霹雳，我患了对老年人有致命威胁的脑梗，医生立即安排我住院治疗。

我躺在病床上，被迫停下所有的工作，全力以赴地配合医生的治疗。我一方面期盼着尽快恢复健康，另一方面却对突患脑梗疑惑不解。我的身体一直很好，在清华大学上学时，有句口号深深铭刻在我的内心深处，就是在毕业以后"至少为祖国健康工作50年"。毕业离开清华后，这句口号变成了我自觉践行的准则，我虽然七十有四，但总是感觉身体就像六十岁左右的状态，每天洗澡，坚持锻炼，经常到各地出差，飞来飞去，精力充沛，从未感觉到苦和累，反而乐在其中，以满腔的热情拥抱每天的生活，完全没有老的感觉。突然被病魔击倒，真让我百思不得其解。

医生得知我在退休后创办公司，公司被并购上市，成为电力行业不可替代的高新技术企业，在赞叹之余也提出忠告，毕竟年龄不饶人，有些事该放手就放手，把舞台让给后来者，退居幕后，不失为一种明智的选择。如果我没有躺在病床上，我肯定不会听从医生的建议，公司是我一手打造的，从小到大，从弱到强，一步步走来有太多的付出，太多的故事，太多的不舍，然而我突然被病魔击倒了，和身体健康相比，这些似乎又不那么重要了。于是，我停掉了在公司的许多工作，专心养病，没有了公司事务的羁绊牵扰，我的心渐渐沉静下来，躺在病床上，望着窗外的蓝天白云、自由飞翔的小鸟，无数往事扑面而来，从童年到少年、青年，从学习到工作，从个人生活到社会变迁，就像电影一样在眼前不停地回放。我沉浸其中，乐此不疲。

我是在新中国成立前一年上的小学。我还记得童年时爱唱的歌——《六一国际儿童节》，其中有这样几句歌词："六月里花儿香，六月里好阳光，六一儿童节，歌儿到处唱，歌唱我们的幸福,歌唱祖国的富强。我们自由地生长,在这光荣土地上,我们要学好本领,把身体锻炼强壮,努力、努力、努力,为了实现共产主义伟大理想……"

那个时候,我们国家刚从半殖民地半封建的旧社会进入人民当家做主的新社会,在经济上一穷二白、积贫积弱、百废待兴,而人们的精神面貌却是焕然一新,以"劳动最光荣"为口号,热爱祖国、艰苦奋斗、乐于奉献,成为全国人民的共识。1955年我开始念中学,1960年考入清华大学,其间国家经历了三年困难时期,各行各业受到很大影响,人民生活陷入困顿状态。虽然经常吃不饱、穿不暖,饿着肚子上课学习,但我们的精神状态始终没有垮掉,为建设新中国努力学习、掌握为祖国和人民服务本领的决心没有改变,每天勒紧裤腰带,斗志昂扬、充满激情地投入紧张的学习生活中,就像王蒙先生在长篇小说《青春万岁》序诗所写的那样:"所有的日子,所有的日子都来吧,让我编织你们,用青春的金线,和幸福的璎珞,编织你们。有那小船上的歌笑,月下校园的欢舞,细雨蒙蒙里踏青,初雪的早晨行军,还有热烈的争论,跃动的、温暖的心……"

清华当时是六年制,我毕业那年赶上"文革"。十年内,党、国家和人民遭受了新中国成立以来最严重的挫折和损失,一直到1976年粉碎"四人帮",随后实施改革开放,国家才走上发展正轨,开始有了日新月异的新气象。特别是在以习近平同志为核心的党中央英明领导下,中国特色社会主义进入新时代,久经磨难的中华民族迎来了从站起来、富起来到强起来的伟大飞跃,迎来了实现中华民族伟大复兴的光明前景。这个新时代是我们为之奋斗、欢呼、拥抱的新时代，是中国必将实现中华民族伟大复兴中国梦的新时代，是中国特色社会主义必将大放异彩的新时代，也是改革开放不断深入、富强民主文明和谐美丽的社会主义现代化强国必将建成的新时代。

我这一代知识分子是新中国成立以后从小学开始培养的第一代知识分子，是极不平凡的一代，经历了新中国成立以来所有的重要运动和发展节点，亲眼看见、亲身经历、亲自参与了社会主义革命和社会主义建设，我们自力更生、发愤图强、努力拼搏，有挫折和失败，有经验和教训，更有成功和胜利，我们的祖国在我们的手上由贫穷走向富裕，由衰弱变得强大，由各方面不如别人走到世界发展前列……我把这些刻骨铭心的经历讲给医护人员，讲给来看望我的亲朋好友和同事、学生，他们都鼓励我写出来，让我的学生、我的后人以及亲朋好友，在了解我的经历的同时，也了解新中国的发展历程，借鉴经验、吸取教训、不忘初心、牢记使命，把我们的国家建设得更加美好。

一晃几年又过去了，我已经从病床上站了起来，借助扶椅能在房间里走来走去，我期待着早日把扶椅甩掉，走出屋门，到外面沐浴温暖阳光，享受健康身体带来的愉悦生活。2021年9月13日是我80岁生日。80个春秋风急浪涌，云卷云舒，回忆起来，确实如孔老夫子站在泗水边所感叹的那样，"逝者如斯夫，不舍昼夜"。下面，我就打开记忆的闸门，为读者朋友们讲述我——一个清华学子的人生故事。

李遵基

2021年9月于北京

目　录

第一编　童年回忆

003 | 一、家乡浦江
005 | 二、我的亲人
009 | 三、竹林
010 | 四、采菱角
012 | 五、蜈蚣溪
015 | 六、怀念奶奶

第二编　农民的儿子

021 | 一、插秧
024 | 二、车水
028 | 三、放牛
030 | 四、割猪草
035 | 五、我是农民的儿子

第三编　少年时代

043 | 一、"九皋殿"里的小学
049 | 二、良师益友钟道恺老师
053 | 三、初中生活
058 | 四、新衣服

第四编　青春岁月

065 | 一、高中生活
071 | 二、高考的日子
073 | 三、我的指路人李樟椿
077 | 四、情同手足
080 | 五、工地挣车费
082 | 六、去北京上学
086 | 七、首都北京

第五编　清华学子

093　一、水木清华
098　二、国庆游行
101　三、我的大学
107　四、实践活动
110　五、文体活动
115　六、马约翰教授
118　七、蒋南翔校长
122　八、我的榜样钟士模教授
129　九、毕业分配

第六编　十年水电建设

135　一、桓仁水电站
148　二、回龙山水电站
153　三、温暖的家
165　四、白山水电站
177　五、为革命老区送光明
181　六、科学的春天
185　七、入党历程
191　八、我的师父陈庭福
196　九、离开水电建设岗位

第七编　二十二载教学生涯

201　一、为人师表
205　二、班主任
211　三、科研工作
221　四、我的伯乐张贻琛教授
226　五、美国考察
231　六、授课风格
235　七、校外教育培训
240　八、无线电爱好者
248　九、科技改变生活

第八编　绽放余光

255　一、退休创业
258　二、重返故乡
263　三、人生感悟

277　后　记
281　致　谢

第一编

童年回忆

一、家乡浦江

1941年9月13日，我出生在浙江省浦江县李源村。李源村由莲塘沿、中央店、前店三个自然村组成，我出生在只有三四十户人家的前店村。我们这一带全是徽派建筑，白墙灰瓦，窄巷石路，鳞次栉比，别有一番韵味。一条清澈的小河从村旁流过，在村里留下好几口水塘，水塘里常有鸭群嬉戏，与在塘边洗衣的农妇相映成趣。村东有一道几百米长的土坡，坡上长满竹子，形成一道翠绿的屏障。村南有两棵古樟树和一棵黄檀树，树龄都在百年以上，据记最大的一棵古樟树已有550多年树龄，要三五个大人合抱才能围起来，村里人常聚在宽广浓密的树荫下摆龙门阵。村里有一口很深的老井，井水清澈甘甜，取之不尽，用之不竭，全村人的生活用水都靠它来提供。由于年代久远，村里人谁也不知道这口老井是何时挖的，井沿儿上有几道被绳子长年累月勒出来的沟痕，似乎在印证着老井悠久的历史。徽派建筑、水塘、竹林、古树、老井，共同营造出前店村的美丽风光和古色古香的韵味。

浦江县在浙江省是一个比较小的县，却有着悠久的历史，东汉兴平二年（195）建县，唐天宝十三年（754）置浦阳县，五代吴越天宝三年（910）改浦阳为浦江。浦江县的面积为920平方公里，龙门山脉分三支自西向东延伸。站在我家房子的二楼平台上，可以看到四面环绕着的不太高的山，中间是一块比较平坦的盆地。当年人口只有20来万，现在也不过40来万。县里的主要公路经过县城西边的浦阳镇通到郑家坞。浙赣铁路在郑家坞设有火车站。火车站规模不大，快车一般不停，停的都是绿皮慢车。这座火车站是浦江县重要的交通枢纽，乘火车外出的人都要来这里上车，向东可以到杭州、上海，转去北京；向西向南可以到义乌、金华，再一直走，还能到福建、广东。我当年考上清华大学，就是从这里离开家乡去北京的。

浦江县物华天宝，人杰地灵，历代名人辈出，素有"文化之邦""书画之乡"的美誉。浦江县曾出过不少书画名家，在中国美术史上占有一席之地。比如在中央工艺美术学院（今清华大学美术学院）任教的张世简教授，他叔父是中国著名水墨画家和美术教育家张振铎先生，堂兄是中国近代著名的花鸟画大师张书旂先生，其作品曾被人民大会堂、中南海怀仁堂和毛主席纪念堂收藏悬挂。张书旂先生是南京中央大学教授，在美国创办画院，曾为时任美国总统罗斯福画过《百鸽图》，这幅作品是挂进白宫的第一幅中国画。浙江画坛领军人物吴山明教授，开创出以宿墨水皴与高超造型相融合的独特艺术风格，其描绘黄宾虹肖像的代表作《造化为师》入藏中国美术馆。中国花鸟画大师吴茀之，自辟画风，形成丰润郁勃、婀娜多姿的独特艺术风格。有影响的书画名家还有很多，这里就不一一列举了。在浦阳镇专门有一条书画街，辟有书画名人纪念馆，供大家参观学习。

受前辈书画名家的影响，习书作画在浦江县早已蔚然成风。不少中小学校开设了书画课程，孩子们的文化程度虽然不高，却人人写得一手好字，还有不少人能提笔作画。在乡间村落，每年的正月十五前后，都有耍龙灯节目，灯笼上绘有各式各样的人物，大多来自《三国演义》《水浒传》《西游记》《红楼梦》等文学名著。这些画作出自乡民之手，尽管他们的学历不高，但画出来的作品却很有水平,在浓郁的节日氛围里,更显出别具一格的艺术风采。书画之乡的传统就这样在我的家乡扎下根来,代代相传,形成特有的民风和民俗。

二、我的亲人

爷爷在我父亲15岁时就病故了,我和爷爷未曾谋面。爷爷去世后,奶奶撑起了这个家,洗衣、做饭、养猪、喂牛、种地,还有搓捻子、纺线、织布,忙不完的活儿,干不完的事儿,每天都堆在她面前,让她忙得像只颤巍巍的陀螺。之所以说她颤巍巍,是因为她裹着小脚。她出生于清朝末年,那个年代的绝大部分妇女都逃脱不了被裹小脚的厄运。听说奶奶娘家是开油坊的,属于富裕家庭,她没读过书,一双"三寸金莲"支撑着非常勤劳、忙碌的她,总让人担心她会随时跌倒。事实上,无论是下地干活儿还是做家务,她都是风风火火的,而且从来没有摔倒过。有时我从睡梦中醒来,看到奶奶在昏暗的油灯下纺纱织布,吱吱呀呀的纺线声像催眠曲,不久又将我送入梦乡。清晨,我睁开眼睛,看到奶奶的瘦小身影在喂猪、喂鸡、做早饭,又忙忙碌碌起来,真不知道她是什么时候睡的觉。如今我已80岁,早过了奶奶当年的年纪,她在油灯下纺纱的样子依然历历在目。

为了给家里增加收入,奶奶养了猪和鸡。肉猪要养一年,越肥越好,过年的时候杀掉,小部分留着自家吃,大部分拿到集市上卖掉。母猪生出的小猪崽养到二三十斤重的时候,也要拿到集市上卖掉来补贴家里的开销。家里养的鸡也是这样,鸡蛋大部分要卖掉,少部分腌成咸鸡蛋。我和弟弟上小学要带午饭，每天奶奶都在我们的饭盒里放一个咸鸡蛋，再加一点蔬菜。在我的印象里，家里有好吃的东西，奶奶都留给我们吃，她从来不舍得吃。因为有奶奶的细心照料，生活虽然贫穷，我和弟弟却能健康快乐成长。在我心里，奶奶是传统农村妇女的典型代表，忙碌一生，操劳一生，却始终没有摆脱贫穷的阴影，没有享受过富裕轻松悠闲的生活。我曾暗暗发誓，等我长大成人后，一定要好好孝敬奶奶，让奶奶美美地享享福，这也是我努力学习的动力之一。奶奶去世后多年，只要一想起奶奶，她的音容笑貌便浮现在我眼前。颤颤巍巍的奶奶，操劳一生的奶奶，善良慈祥的奶奶，您在天堂可安好？

我出生时父亲不在家，他被抓了壮丁。国民党军队到我家乡这一带抓壮丁，不分青红皂白，见到适龄男青年就抓，父亲就这样被抓走了。晚上的时候，他们在一座破败的小庙里过夜。南方的夏末秋初风雨多，有时候还伴有台风。这天深夜，外面刮起了台风，下起了暴雨。屋顶突然被狂风掀开，暴雨灌了进来，大家挤在一起，惊恐万状，在电闪雷鸣中，眼看着房子摇摇欲坠，押送他们的那些国民党兵吓得逃命去了，不知谁高喊了一声"快跑吧"，壮丁们趁机逃了出去。父亲忍饥挨饿走了一天一夜才回到家里，尽管非常疲惫，惊魂未定，但看到家还在，我奶奶和我母亲平安无事，而且还添了一个男丁，就是我，在痛苦中得到一丝安慰。奶奶、父亲和母亲抱在一起痛哭一场，惊魂不定的日子还得继续过下去。

父亲在村里的私塾念过3年，能背一些古诗文，会算加减法，写得一手好字，十七八岁的时候，在他舅舅家开的榨油坊打工。当时榨油完全靠人工，就是把油菜籽、花生这些东西放到木槽里，梁上吊一根圆木，工人推动圆木去撞击，反复撞击后便能榨出油来。他在榨油坊里负责记账，谁出工了，干了多少活儿，该领多少工钱，都要一一记录下来。在记账之余，他要跟其他工人一样去干榨油的体力活儿。每年春节，父亲都会回来，将一年的工钱交给母亲，母亲再拿给奶奶，奶奶则让母亲留下一些私房钱。父亲在家的时候，基本不干农活儿，不是他不想干，是母亲不让他干。在母亲眼里，父亲给家里挣了钱，就是顶梁柱，回到家就该休息，不要累着。母亲对父亲的感情就是这样简单、直接、实在，但却很真挚，在村里能让男人少干农活儿的女人，是被人挑大拇哥的，证明这个女人很能干，我猜想母亲为此也有点小骄傲。

我母亲是个高个子，体格比较健壮，是半小脚。听母亲说，她小时候很叛逆，经常用剪刀把裹脚布剪掉，她父母无计可施也就顺她意了，结果母亲的小脚就成了半成品小脚。母亲也特别能吃苦，地里的农活儿她都能干，像割稻子、割麦子、赶牛犁田，对她来说都不在话下。赶牛犁田一般是男人干的活儿，很少有女人干，不是不会干，是因为力气不够干不了。但我母亲能干，比父亲干得还好。听奶奶讲，我出生后的第二年，春耕期间，父亲被舅舅赶回来种地。结果母亲不让他下地，让他看着我，地里的活儿她和奶奶全包了。白天婆媳俩下地，晚上奶奶纺线，母亲织布，我们一家人穿的衣服都是用母亲织出来的土布做的，自家用不完还可以拿到集市上去卖。母亲以苦为甜，以累为乐，把自己当男人用，认为这一切都是理所应当的。她的无私付出，确保了我和弟弟没饿过肚皮，能够按时缴学费，没受过什么苦，过着比多数同学要体面的学生生活。

母亲怀我的时候，正好是抗日战争处于战略相持阶段。在日寇铁蹄的肆意践踏下，中国人民遭受了巨大的苦难，山河破碎，生灵涂炭，哀鸿遍野，生计艰难。母亲跟我讲，在我们家乡这一带也来了日本军队，他们所到之处干尽坏事，烧杀抢掠，奸污妇女，无恶不作，老百姓东躲西藏。当日本军队来的时候，她和村里人都躲到村外面的庄稼地里。那时候地里种的多是玉米，长得比人还高，人藏在里面，从外面看不到。日军的飞机从头顶上一架架飞过去，飞得很低，飞机上画的"膏药旗"看得一清二楚。乡亲们趴在庄稼地里，一动不敢动，除了恨就是恐惧。在最为紧张的那段时间，早晨天还没怎么亮就赶紧准备干粮，多是炒熟的米粉，再带上喝的水，水是装在竹筒里的，带上它们去地里躲避日军。一般一躲就是一天，到晚上天黑了再回到村子里，第二天天没有亮又得出去躲。

就是在这样躲来躲去的惊恐日子里，我离开了母亲的肚子，来到了人世间。那天是1941年9月13日，我母亲没去医院，是村里的接生婆接生的。幸好不是难产，奶奶一边望风，一边烧着热水。生产过程虽然很辛苦，但是母亲和我都平安度过了，这真是一件非常幸运的事情。母亲在坐月子期间依然要躲避日军，有天晚上回来的时候，发现我家的两扇大门没有了，被日军卸下来拿走了。村里其他人家也丢了不少门板和用具，还有鸡、猪、牛等也被抢跑了。苞米收获之后，日军便龟缩在县城里，很少来乡村抢劫了，村里人也不用如惊弓之鸟那样天天躲藏了。

三、竹林

1945年，我4岁那年，日本宣布无条件投降。抗日战争是中国人民反抗日本帝国主义侵略的正义战争，是世界反法西斯战争的重要组成部分，也是中国近代以来抗击外敌入侵第一次取得完全胜利的民族解放战争。在这场战争中，中华民族同仇敌忾，浴血奋战，创造了弱国打败强国的光辉业绩。

当然，那时我还不懂这些，在恢复宁静祥和的前店村，淘气的我每天最快乐的事就是钻竹林。村东竹林是孩子们的乐园，竹林里的嬉戏，为我的童年生活带来无尽欢乐。小伙伴们经常在竹林里玩打仗和捉迷藏游戏。竹子长得很高，也很茂盛挺拔，一年四季郁郁葱葱，由竹子连成的竹林像一面围墙，约有200米长。村里人都自觉维护这片竹林，没人随便砍伐。

春雨过后，竹笋开始发芽了，只见土丘里、石缝中，一个个尖尖的小脑袋，被一层又一层的褐色笋衣包裹着，顽强地冲破桎梏，破土而出。雨露滋润，竹笋日益挺拔，一件一件地褪去身上的衣服，人走到竹林旁边，甚至能够听到竹子拔节生长的噼里啪啦的声音。春风吹拂，阳光爱抚，竹子陪着我和小伙伴们一天天快乐成长。我和小伙伴们把竹竿当马骑，用竹根做鞭子，唱着歌谣，"一二三，三二一，捡根竹竿当马骑，骑遍三山和五岳，骑遍南北与东西，还要骑到北京去，去见伟大领袖毛主席"，玩得不亦乐乎。夏日炎炎，竹子随风摇曳，婀娜多姿。风儿穿过竹林，竹叶的清香沁人心脾，翠绿的竹林将酷热逼退，留下的只有清爽的凉意。秋天来了，秋虫的呢哝代替了蝉鸣，有些竹叶枯黄了，被强劲的秋风从竹枝上拽下来，铺在土坡上，迎接沙沙的秋雨。夜幕降临，一轮明月挂在半空，皎洁的月光透过稀疏的枝叶，洒下一片清冷。一场冬雪过后，竹林穿上了厚厚的白棉衣，细些的竹子被压弯了腰，粗壮的竹子仍然固执地挺立，太阳出来后，雪变成水珠滴落下来，被洗过的竹叶晶莹剔透，像刚刚梳妆打扮完，在寒冷的冬天展示自己的美丽。家乡俗语说：清明断雪，谷雨断霜，冬春交替，纠葛不清。在不经意间，湿润的土壤里又冒出了笋尖。

经过十几轮的四季交替，我从童年长成青年，终于离开了竹林，离开了村子，去北京读书了。后来我生病到301医院理疗时，看到院子里树木葱茏，但我情有独钟的却是那片翠绿的竹林。那时我才意识到，当年我离开时，村东的那片竹林一定对我打下了深深的烙印，以至过了一个甲子，我仍然深深怀念它，魂牵梦绕，朝思暮想。

四、采菱角

盛夏的李源前店村，寂静安宁。小河弯弯，树叶茂盛，竹林葱郁，知了在树上叫个不停，乡间小路旁开满了淡蓝色的野菊花，池塘、竹篮子、石板路、祠堂，还有喜欢打着油布伞在斜风细雨中行走的女人们，构成了家乡特有的田园诗意。

孩提时，每到放学，我们就结伴到野外打猪草、挖野菜、拾柴火，只要一抬头看见夕阳西下，村庄上空升起袅袅炊烟，就知道母亲该喊我们回家吃饭了。我们会手脚麻利地收拾好各自的劳动成果，迅速向各自的家里赶去。手脚麻利的缘由，一是肚子饿，长身

浙江浦江李源前店村老家旧宅正门（上）、侧影（下）

上　前店村旁美丽的水塘

下　老乡家的葡萄种植暖棚

体的时候，不仅食量大得惊人，而且消化得还特别快；二是让母亲少喊一会儿。小伙伴们的母亲站在家门口对着旷野喊孩子回家，声音此起彼伏，听上去差别不大，但对于我们来说，绝对能准确捕捉到哪一声是自己母亲喊的。饭做好后，灶中的火炭尚未全熄，奶奶会取来红薯埋进去，一顿饭吃完，浓浓的烤红薯的焦煳香味已经在家中弥漫，那是我们第二天的早饭。

村里有一口大池塘，池塘有流动的活水，村里人在池塘的上游洗菜淘米，在下游洗脸、洗脚、洗衣服。池塘水不深，我和小伙伴们经常在池塘里游泳、打水仗。我家有一口属于自己的池塘，叫乔乔塘，池塘不大，离家不远，每年的三四月，父亲就开始在池塘里播种菱角，在接下来的100多天里，奶奶和母亲细心地侍候这些菱角，一直等到一片片菱角叶渐渐肥厚，充分扩展开来，叶下的菱角果实呈现饱满的元宝状，就可以采摘菱角了。不止我家，村里有不少小池塘小河沟都生长着菱角。菱角的叶子密密麻麻，一簇簇紧挨着趴在水面上，远远望过去，很像水葫芦或者水浮莲。在暑假的时候，我经常沿着池塘的四周游走，满怀期待地观察着菱角的生长情况，期盼着菱角赶快成熟。

收获菱角的日子是我最高兴的时候，因为这个活儿最适合小孩子干。我头上顶着草帽，忙不迭地将木盆放入水中，盆里放一条小木凳，开始试探着慢慢坐在小凳子上，这时不能心急，否则一不小心就会翻盆入水。印象中，我从未出现过这种意外。上了木盆以后，并起五指，甩开两只手掌一起用力向后拨水，平静的水面上滑过一道道波纹，木盆便开始慢慢向前进了。若刮风就危险了，木盆很容易倾覆，我就得赶紧往回划。我将木盆划到菱角处，用手将菱盘翻起，一个个菱角便映入眼帘，下半部是长得老的，不费力就可摘下，有些老透的，一翻菱盘便自动脱落了；上部是长得嫩的，采摘时稍费力，要用指甲掐一下。嫩菱妙不可言，青红色外皮用指甲稍用力便可慢慢剥开，露出那洁白无瑕的菱角肉，放入口中，一股甜脆顿时让口舌生香。

将菱角放在木盆里拖着回家，帮着奶奶分批次放到水桶里清洗，要放入足够多的水，将漂浮在上层的嫩菱分离开来。嫩菱角只能生吃，老菱角洗净后，便放入土锅灶的大锅内，再放入几碗水，水不能多，否则煮出的菱角表皮容易烂开，一看就没有食欲。我心急，不停地把柴火推进炉灶，随着灶火越燃越旺，夹杂清香的热气从锅盖四周徐徐冒出。等到火候到了，掀开锅盖，一股巨大的夹杂着清香的热气腾空升起，顿时整个屋子清香四溢。我顾不上菱角烫人，抓起菱角双手掰开，掰不开就用牙咬，软绵的菱角肉落入嘴里，清甜甘香，好吃极了，忽然想起家里没种菱角的小伙伴，拿起一个大碗，盛满冒着香气的菱角，一路小跑送过去，看着小伙伴吃菱角，比自己吃还要香甜。即便现在想起那时的情景，我也会禁不住吞咽起口水。不仅是摘到菱角时的兴奋，吃到菱角时的激动，更在于此情此景的美妙。童年的我无忧无虑，不被生活拘束。又到菱角飘香的时节，眼前恍惚浮现起儿时摘菱角的情景：满眼泛绿，池塘划水，清香袭人，夕阳西下，摘菱归来……

五、蜈蚣溪

老家村旁的丘谷里有一条蜿蜒的蜈蚣溪。蜈蚣溪是浦江县底蕴最深厚的"文化长河",一万年前,蜈蚣溪古河道孕育了浦江两岸的稻作文明,时至今日,溪水依然灌溉着浦江这片沃土。奶奶讲述过蜈蚣溪的传说——很久很久以前,溪水常常泛滥,殃及村民,村民认为是一条巨大的蜈蚣精在作祟,因为蜈蚣最怕公鸡,所以,每遇山洪暴发,村民们放大公鸡于溪中,制服蜈蚣,防止水患。

清晨,当阳光洒下来时,只见潺潺溪水清澈见底,有不少鱼虾在溪水中嬉戏,溪底是黄灿灿的沙粒、光滑滑的卵石。小溪两岸青丘连绵,翠竹挺拔,绿树掩映。晚上,月光泻在水面上,小溪像一片流动着的水银,闪着玻璃样的碎光,潺潺湲湲,好似低吟着一首朦胧的情诗,消失在夜幕中。这里是天然的洗浴场,是鱼虾的天堂,也是孩子们的乐园,假日闲暇,游泳嬉水,捉鱼摸虾,给我的童年增添了无限欢乐。

春季万物复苏的时候,鱼儿的身影渐渐浮现,小草冒出了小脑袋,岸边的树木也长出了新枝,新枝上爆出了新芽。溪水静静流淌着,粼光闪闪好像明亮的眼波,凝视着这漫山遍野的春暖花开。溪水寒凉,我们不敢跳下水,把装满青草的小筐放在岸边,用小手拨着草叶上晶莹的露珠,觉得很好玩,或者一起抓蜻蜓捕蝴蝶,小女孩在草丛间采些小花插在发间,灿烂的笑容让人陶醉。

夏天溪水涨满,溢进岸边的草地里。阳光照射在溪水上,晶莹剔透,特别耀眼,茂盛的青草,五彩缤纷的野花,欢快飞舞的彩蝶和蜜蜂,构成了一幅美丽画卷。我和小伙伴到小溪边割青草,累了,把衣服脱下扔在岸边,爬上树木,跃身一跳,溪水溅起片片水花,小伙伴们三五成群,在溪水中尽情嬉戏着,一会儿潜入水中,一会儿露出水面,激烈地打起水仗,阵阵嬉闹声在丘谷里回荡。我们会把捉来的小鱼放在玻璃瓶子里面，拿回家静静观赏。有时候翻开石块，逮住一只张牙舞爪的螃蟹，向小伙伴炫耀着自己的战利品时，不小心被它的爪钳住了，痛得哇哇叫，引来一片哄笑。南方的夏天太阳落山很晚，我们常常会忽略回家吃晚饭的时间，每逢这时奶奶就会找到这里来，尽管我很不情愿，也不得不跟着奶奶回家。奶奶固执地认为，小孩子就得到点吃饭，这样才能有个好身体。也正是奶奶的固执，为我的身体素质打下了良好基础。

秋天到了，小溪别有一番情趣。秋风起，金黄的树叶随风飘落，像一只只飞舞的金色蝴蝶，有的慢慢落在地上，给小路铺上一层金色的地毯，赤脚走在地上软绵绵的，很舒适；有的飘落在小溪上，顺着小溪漂走。最可爱的是水里的鱼儿，每掉一片树叶，大大小小的鱼儿便成群结队争先恐后地抢着，它们以为是天上掉馅饼呢。秋天的傍晚，落日的余晖洒在水面上，如万点碎金，闪闪发光。远远望去，恰似一尾尾金鳞大鲤鱼在摇尾嬉戏。

冬天来了，溪水几乎干涸了，溪底的鹅卵石暴露出来，五颜六色的鹅卵石被溪水长年累月地冲刷着，早已失去了棱角，圆滑滑的，五彩缤纷，成了我们的玩具。小伙伴们在石头上跳来跳去，追逐，打闹，捉迷藏，冬天对我们来说并不寒冷，相反，玩累的时候，人人脸上红扑扑的，头上像蒸笼一样冒着热气。

我见过波澜壮阔的大海，见过碧波荡漾的西湖，还见过风景如画的漓江，以及无数条江河，然而在我心里，我还是最喜欢老家的蜈蚣溪。在我的记忆里，小溪还是那样的清澈见底，还在响着小伙伴们的嬉闹声。

六、怀念奶奶

我快乐的童年时光,一直有奶奶的陪伴。奶奶已经离开我50多年了。自从奶奶离世之后,我常常梦见奶奶在煤油灯下纺纱的身影,啜泣中醒来,枕边已濡湿一片。

我的小脚奶奶出生在一个生活殷实的家庭,家里是开油坊的,家人勤劳致富,奶奶小时候的家教非常严格,旧社会裹足女人,大多数都是因为小时候不敢违抗父母的封建礼教思想。奶奶通情达理,胸襟开阔,虽然没有文化,但她的话语常常充满人生哲理。

奶奶的父母去世后,油坊交给她哥哥也就是我舅公经营,奶奶嫁给爷爷后养育了两个儿子,父亲是老大。可是在我父亲15岁的时候,爷爷积劳成疾不幸去世。爷爷的早逝,让奶奶痛不欲生,家里的顶梁柱塌了,生活陷入绝境,但是奶奶没有绝望。一个小脚女人,拖着一副瘦弱的身体,颤颤巍巍地挑起了整个家庭的重担。作为长子,父亲早早就分担了养家糊口的责任,到舅公的油坊当伙计,赚点微薄工钱贴补家用。幸好家里经常受到舅公的接济,让奶奶度过了艰难的日子,到我懂事后,舅公也没有停止过对我家的接济,那个时候我就体会到了亲情的温暖,懂得了雪中送炭的宝贵。后来父亲成家立业,娶了善良贤惠的母亲,母亲勤俭持家,家里、地里的活儿一把抓,让生活稍有起色。

不幸的是,我的叔叔,在20岁那年患了一场大病去世了,白发人送黑发人的不幸降临在奶奶身上,接连失去丈夫、儿子的双重打击,令奶奶伤心欲绝。奶奶不信命,父亲是她的精神支柱,擦干眼泪,她把所有的爱和希望都倾注在父亲身上,这也是父亲几十年如一日对奶奶都非常孝敬的原因。

我和弟弟的相继出生，让历经磨难的奶奶有了贴心慰藉：李家后继有人了。奶奶看到了未来和希望，也可以告慰早逝的爷爷。

奶奶半辈子生活在兵荒马乱的动荡年代，伴随她的是饥寒交迫和对生活的绝望。她经历了旧社会的水深火热，也迎来了新中国的诞生。虽然她是裹着"三寸金莲"走进新中国的，但却有着新社会的思想觉悟。当年村里召开斗争恶霸大会，没想到柔弱的奶奶鼓起勇气走上台，声泪俱下地控诉恶霸的种种罪行，奶奶的讲话有条有理，让全村人刮目相看。

我见过奶奶的小脚，很心疼。几个脚趾像姜一样扭在一起，交织着，难舍难分。洗脚时候她费力地掰开每个脚趾洗净，再用一把小剪刀，修理脚趾上的厚茧，换上干净的裹脚布，再套上袜子。在旧社会，女孩子到了一定岁数就得裹脚，不然，长大了就会被认为是没教养的表现，被人看不起，人们将裹脚视为妇女的美德。奶奶六七岁的时候，她父母就把她的脚用布裹着，再用针紧紧地、密密地缝起来，就是想解开也没那么容易。旧社会的陋习，残害了多少妇女！辛亥革命之后，缠足之风受到讨伐。新中国成立后，缠足恶习才被彻底废止，中国妇女得到了彻底解放。

奶奶热爱新中国，她最爱唱的歌是《东方红》。新中国成立初期，生活依然艰辛，几乎每个家庭都颇为拮据，奶奶总会把家里好的东西分享给左邻右舍，谁家有困难，她都会出手相助。她常常会在家里熬上一大锅玉米粥，还有蒸好的红薯，让来家里的小伙伴们吃，看着一群孩子围着饭桌吃着闹着，奶奶会很开心。

我喜欢钻进奶奶被窝睡觉，奶奶的小脚滑滑的、软软的，我偎在奶奶身旁给奶奶暖脚。而奶奶则会在寂静的夜里，轻声给我讲故事，听她的人生故事，仿佛在翻阅一部讲述旧时女人的书，引人入胜，却又令人唏嘘。在奶奶柔声细语的讲述中，听着听着，我便进入了梦乡。

在我的记忆中，奶奶对我们疼爱有加，即使家里粮食紧张，大人可以吃不饱，但绝不会让我们兄弟俩饿肚子。那时我们还小，正是长身体的时候，加上经常和村里小朋友去竹林疯跑疯玩，加速新陈代谢，总感觉肚子饿，饿了就放开肚皮吃，完全没有顾忌家里是不是缺粮，现在想起来还有一丝愧疚。也许是经历了太多的人间苦难，也许是我们兄弟俩给家里增添了很多快乐，奶奶的脸上渐渐露出了笑容。上学的时候，我们兄弟俩带到学校的菜都少不了咸鸡蛋，学费也从没有拖欠过。每当我们兄弟俩把奖状拿回来贴在墙上的那一刻，奶奶的笑容就像绽放的山花那样灿烂。

"让孩子读书出人头地"的信念支撑着奶奶克服一切困难，即使贫困像大山一样压得她无法喘息，她都要把父亲送进学堂读书。当她最疼爱的孙子成为村里唯一考上清华大学的孩子后，奶奶更是开心，逢人便夸我有出息，为家争光。这相当于"金榜题名"，光宗耀祖，是奶奶一生中最荣耀的大事。那个时候，我能为奶奶做的也就这么多了，就是用优异的学习成绩来回报奶奶，让奶奶知道她有一个可以在人前夸耀的大孙子。

奶奶含辛茹苦，父母奔波忙碌，我们兄弟俩无忧无虑，就是在这样的日子里我家终于走出了生活的冰雪之路，迎来了温暖的春天。在奶奶的呵护下，我们兄弟俩快乐健康成长，离开了家乡，上学和工作。虽然定居在外，与家乡远隔千里，但奶奶勤劳善良、勇敢坚强、宽以待人的优秀品格已在潜移默化中植入我的身体。

1969年,我在白山水电站工作的时候,73岁的奶奶去世了,听到这个消息,我无比悲痛,这是我人生中第一次深切体会到亲人间生离死别的痛苦。想着奶奶的音容笑貌,想着奶奶为我所做的一切,我的泪总是无声滑落……由于工作紧张,路途遥远,我无法回家送奶奶一程,这是我终生的遗憾。

转眼间,奶奶已经离开我50多年了。奶奶留下的爱,是我取之不尽、用之不竭的财富;奶奶在煤油灯下纺纱的身影,是镌刻在我生命中最美的画面。我世界上最好的奶奶,如果您泉下有知,您就会知道,在这个纷繁的世界里,在每一个平凡的日子里,我都会怀念您,怀念您那慈祥的笑容,怀念您那温暖的怀抱。您善良的品德,点亮了我人生的指路明灯,让我终身受益,不畏艰险,奋力前行。

第二编

农民的儿子

一、插秧

"一日春耕十日粮，十日春耕谷满仓。"农民期盼年年风调雨顺，粮食丰收，瓜果飘香，五谷丰登，丰衣足食。"一年之计在于春，一日之计在于晨。"春天气温回升，天气暖和，也是万物复苏、稻谷播种的时节。先把颗粒饱满的稻谷泡浸一周左右，发芽后，在一块合适的田里播撒，大约两周，在阳光充沛的情况下，秧苗很快长到了八寸高，翠青青的，远看像一块绿色的毯子。端午节前后，正是移插秧苗的黄金日子。我们把秧苗从秧田里拔出来，整齐地码放在挑筐里，健步如飞地挑往自家农田。父母亲早已经把农田耕好，土壤干湿刚合适，最适宜插秧。插秧是门学问，一要直，二要快，三要深浅有讲究。秧苗不能插得太深，那样会影响稻秧分蘖；也不能插得太浅，以轻轻沾着软泥为宜，否则秧苗就会漂在水面上。

"田间管理如刺绣，一针一线不能差。"父亲为人处世认真，虽然不经常在家干农活儿，可每当农忙回家帮忙时，干起活儿来一丝不苟。刚开始，我插的秧苗歪歪斜斜，有深有浅，像蚯蚓一样趴在田间。父亲对我说，插秧如写字，脚要立稳，腰要端直，手要灵活。农活儿中，只有插秧的活儿是后退的，一是为了不踩到秧苗，二是为了看见自己插的秧苗是否整齐。父亲说："把秧插好了，才能对得起咱家的大黑耕田耙地。"我抬头看看父亲，为他娴熟的插秧技术所惊叹，像蜻蜓点水，只见水动，不听水响。他左手拿着秧把，手指轻轻捻动秧苗，右手自左手迅速捏过秧苗，画一道优美的绿色弧线，转瞬之间，三棵秧苗亭亭玉立于水中，排列整齐。父亲插秧不是在写字，而是在刺绣，秧苗如线，只见他弯着腰飞针走线，不久便织出一幅美丽的农家画。

由儿时的插秧劳动忽然联想到布袋和尚的《插秧诗》："手捏青苗种福田，低头便见水中天。六根清净方成稻，后退原来是向前。"布袋和尚是谁，大家也许不熟悉，但一定都听说过弥勒佛吧，就是那个露出大大的肚子一直笑呵呵的那位，佛座两旁常镌刻着这样一副对联："大肚能容容天下难容之事，开口常笑笑天下可笑之人。"这弥勒佛的原型就是布袋和尚。《插秧诗》的意思是唯有在心田里插秧的人，才能从水中看到广阔蓝天，只有六根清净，才是修行的宽广道路。插秧向后的农活儿告诉我们，人生总有进退，有时候后退才能更好地往前走。退，是一种智慧，是一种豁达；退，并不意味着无能和逃避。只退不进是懦者，只进不退是莽汉，只有进退得当，善于以退为进者，才能审时度势，把握事物发展的态势，掌控好人生道路的方向。"宠辱不惊，看庭前花开花落；去留无意，望天外云卷云舒。"怀此心胸，方能进退从容、怡然自得。

稻田里有蚂蟥，不知何时就粘在了腿上，感觉痒痒的，碰到这种情况，千万不能扯。父亲过来一巴掌拍去，蚂蟥便会自然落下，小腿被咬的地方很快冒出血来。水田里还有大蚂蟥，扁平的身子，黄黑相间的条纹，看着有点令人害怕，种田人被蚂蟥咬司空见惯，是不会大惊小怪的。插秧若能遇到阴天，算是幸运，一是我们可以躲开火辣辣的太阳，二是秧苗落地后可以缓过神来，迅速萌发新根，不用打盹就鲜活起来了。父亲赶完农忙就回油坊了，接下来的农活儿，像给禾苗除草、除虫、施肥等，就留给母亲和我完成。"雨露滋润禾苗壮"，四个多月的风霜雨露，一百多个蓝天白云的日子，禾苗一天天在成长，分蘖、开花、结果，到了金秋，稻谷熟了，空气中弥散着沁人的稻香，禾苗挂满了一株株饱满的稻穗，瑟瑟秋风吹来，一望无际的稻田像大海泛起了金色的波涛，沉甸甸的谷穗像怕羞的姑娘腼腆地低着头……风吹稻浪，沙沙声响，宛如一曲在希望的田野上奏响的丰收乐章。

　　稻子的生长过程，承载着我家一年的希望，在各种担惊受怕和希冀中，稻谷熟了，终于迎来了开镰收割的时刻。金灿灿的稻谷给我们带来丰收的喜悦，农人们拿着收割工具奔向稻田，大地沸腾了。我弯着腰，用有力的手臂把一簇稻子揽在怀里，脸伸进稻棵中深吸一口气，然后把镰刀插进稻丛中。"唰唰唰"，充满节奏感的镰刀声，擦过耳际，那么美妙那么动听。田地里到处是人们忙碌的身影，就连小孩儿也都跟在大人的身后，帮着捡稻穗，干点力所能及的活儿。把割下的稻谷一排排摆放在田里，一捆捆扎起来，在稻桶上使劲摔打，使一粒粒的稻谷从稻穗上脱离下来，再把稻谷晒干，放在风车上抖动分谷，利用风力将瘪谷等杂质去掉，饱满有重量的稻谷便自动筛选出来，堆在自家的小粮仓。母亲用箩筐装着稻谷挑到镇里的粮食加工厂里进行加工，一会儿，金灿灿的稻谷变成晶莹剔透的白米，跟大米剥离开的米糠，那是家畜们的美味佳肴。

　　在我生命中，有一种颜色让我念念不忘，那就是稻谷的金黄色。它带着泥土的芳香，孕育生机和希望。至今，我依然对金黄色情有独钟。随着科技进步，农业机械走进千家万户，那些伴随着我童年的农活儿：灌溉、耕地、种田，割稻谷、掰玉米、摘棉花、拔豆子、挖红薯……如今已经被现代农业机械化作业取代，当年那些被风吹日晒、霜冻雨淋的农具，大都被闲置了。如今，农民收入、生活水平正在不断提高，农村的居住条件、生活环境、交通设施等发生了翻天覆地的变化。随着乡村振兴战略的实施，国家对"三农"建设的长期投入，农民的日子过得越来越红火。

"人养地，地养人，锄头底下出黄金。"感谢那个年代，农田保证了我家的生活衣食无忧，为我提供了十多年的读书费用。农活儿让我学会了坚强，懂得了珍惜，培养了我吃苦耐劳的品格。有了种田经历，更能感受到"锄禾日当午，汗滴禾下土。谁知盘中餐，粒粒皆辛苦"这首脍炙人口的唐诗的含义。这些往事我之所以记录下来，是想让我的后辈们知道，今天，是农民端稳了中国饭碗，我们一定要珍惜粮食，懂得生活的不易，尊重农民，感恩农民。

二、车水

石磨、犁耙、锄头、打稻机、石磙等这些农耕文化的老物件，记载着农家人劳动的艰辛，虽然已经淡出了大家的视线，但在我内心依然难以忘怀，每一件都留存着我挥之不去的记忆。

童年和少年时期，家乡没有通电，晚稻浇水基本要依靠水车车水。从育秧到收割，除了"天水"外，每亩田总要车3—4轮水。那时，水车和耕牛一样成了我家的宝贝。我们常用的是脚踏式踩水车，由一节节的木制链条串起的木板叶子、转轴、水箱和车拐组成，长4—6米，使用时用车拐转动转轴，转轴带动链条上的一格格的木板，提水上升，一台水车提水高度1—3米不等。

我家有两台踩水车，两人车和三人车，它有两根柱子和两根横杆，两根柱子是用来固定横杆的，上面一根是给人扶手用的，下面一根是让人踩的，前后两头安装着一块小圆木，左脚右脚依次踩过去，小圆木就会转动，身后有一条长长的抽水槽，水槽里有一格一格串起来的木板，就是用来取水的。人站上去后先要抓好扶手，再一脚一脚地踩动小圆木，随着下面横杆的转动，再带动水槽里木板的转动，水塘的水就被抽到了渠埂，流入农田。

抢收割，还要将晚稻秧抢种，在农村这叫"双抢"。"双抢"是在暑假期间，夏秋季节。火一样的太阳烤焦了地上的庄稼，农田干枯，土地龟裂，要从很远的水塘抽水灌溉。由于当时还没有水泵，大部分农田又不能直接灌溉，于是在水塘旁、田头边就架起了一个个的踩水车，成为当时农村一道独特的风景线。俗话说，水是农业的命脉。为了车到水，有时候乡亲们要提前一天在水塘排队。为防止别人插队，都会叫干不了重活儿的老人或小孩守着水车，青壮劳力则去做其他农活儿。如果有人插队，两家干嘴仗不可避免，遇上脾气暴躁的还有可能动手打架，这样的事偶尔会发生。那时都是土水渠，而且渠道较窄，夏秋时期天干物燥，渠堤的泥土也很干很硬，因此，刚开始车的水流下来时，到处渗漏，到自家田里已所剩无几。遇上心眼儿多的人，在通水的渠埂上钻暗孔，水流失得就更多了。所以水路通后，大人们都要循着水渠认真查看，看是否有水"漏"到别人家田里的情况，否则就等于白踩水了。如果排队排到晚上车水，麻烦就大了，大人们打着手电筒查看，车一轮水至少要查看水路三五回。就这样，车好一亩田的水要四五个小时，甚至更长时间。车水一般都要到农历六月底或七月初才能完成。那段时间，劳累了一天的长辈们晚上还得为第二天的农田找水，不然一家劳力第二天就得停工。

那时，父亲在油坊，家里犁田、耙田等重体力活儿都由母亲承担，父亲农忙时候也会回家干农活儿，其余时间家里家外都由母亲和奶奶操持。"夜工"成了我家的常态，凌晨4点左右，母亲把我从睡梦中叫醒，我用小手揉着还没醒的双眼，蒙蒙眬眬地爬起来，奶奶已经把早餐做好，我们喝上一碗粥，就匆匆出门。我和母亲一起把水车扛到田间，瘦小的我歪着头，挺着肚，撑起全部的力气，摇摇晃晃地往自家的田走去，实在太累了，母亲就停下来，先把她的那一半挑到目的地，再转身回来替我挑另一半。夜空繁星闪烁，地上月光皎白；公鸡喔喔喔，家狗汪汪汪，路边不时传来蟋蟀的叫声。走到田间，乡亲们开"夜工"车水的"吱呀吱呀"声，此起彼伏，遥相呼应，与虫鸣蛙叫汇成一曲静谧夏夜里的农田交响曲。

水车搬到了田间，我们先要把水渠拦截，然后搭建水车，确保牢固。开始踩水了，母亲在左，我在右。刚踩了几步，"扑通"一声，我从水车上滚了下来，跌得满身泥水。原来，踩水车也是有学问的，站在横杆上，身子要挺直，脚下踩木轮要均匀，身体的重心要随腿部的抬起踏下而稍稍后移，节奏一致。刚开始我根本控制不了自己的节奏，摔了几次，终于跟上了节奏，一步一步，与母亲默契配合，步调一致。再后来动作熟练了，跟母亲在一起配合默契，既不觉累，也不惊怕。有几次，踩着踩着，水车翻了，整个人不由自主地跌倒在水渠里，没有时间回家换衣服，干活儿要紧，这时候水比油还珍贵，任由身子湿漉漉的，混着汗水，一直踩一直踩。脚步轻快，水车飞转，水流汩汩，流入渠埂，灌溉着绿油油的庄稼。

我没什么力气，但是为了减轻母亲的负担，我会拼命加快踩水，偶尔抬头看看母亲，晨光洒在母亲黝黑的脸上，乌黑的头发虽有些凌乱，但无法掩盖母亲的慈祥。母亲中等个子，有着南方女人的温顺和贤惠，像月亮一样弯弯的眉毛下有着一双温柔的眼睛。有时候母亲会关切地问我累不累，我像一个小小男子汉，总会大声回答："不累！"东方露出鱼肚白，"哗啦啦"的水声里，承载着我们一家对丰收的希冀。太阳出来了，我和母亲头戴斗笠，汗流浃背，奶奶给我缝的小褂子被汗湿透，放到水里洗洗再穿，汗流多了口渴，到池塘边，低下头，双手捧几捧河水喝上几口。有时候觉得这样还不解渴，干脆俯下身子，双手撑在河边，嘴巴贴到水面，喝个痛快。

农田灌溉完水，母亲回家喝碗粥，便匆匆去牛栏牵牛，必须要趁热打铁把田犁好，否则车上来的水就会渗漏掉。父亲不在家的日子，母亲学会了犁田，学会了耕耘艰辛的日子。驭牛耕种，是所有农活儿中最累的一道工序，目的就是将田泥翻耕过来，长在表面的草翻在泥底，沤成肥。犁宽30厘米左右，只能用单犁，多了牛拉不动，母亲提犁也提不起来。浅一点的泥脚田还好一点，要是深泥脚田，一脚踩下去，泥水都到了膝盖以上，母亲走动很困难，更别说牛那么重，它下田后，抽脚也困难，这类水田一天下来，母亲很累，牛更累。

把田里的泥巴完全划开，在插秧的时候就会很顺利，手指也不会轻易被泥土弄伤。泥巴堆得高的地方，要用耙将泥巴拉到低洼的地方，避免在插秧时秧苗被水淹掉。田间，母亲紧跑慢赶地跟在牛的后面，每到转弯处，母亲颇费力地用双手提起犁耙，转过去后，再慢慢插进田里。母亲一只手拿着牛绳，另一只手拿着犁耙。过了一会儿，牛停下了，不管母亲怎样使唤，就是站在原地不动，母亲举起手中的鞭子大喊,但鞭子并没有真的甩下来。哪有农民愿意打牛啊!牛和人都累了,就一块儿歇歇。我把午餐送到田里。午餐是奶奶做的红薯粥,一点自家腌的萝卜干。母亲坐在田边,喝着粥,眼睛却还在田里来回转动,看看哪些凸起的田还没犁平,需要补耙;有时候,母亲会看看正在吃草的老牛,摸摸它的头,用手指梳理它的尾毛,眼神里流露出慈祥和怜悯,也有理解和赞许。微风轻轻吹拂着母亲的头发,晚霞映红了半边天,犁耙、水牛、母亲,构成一幅诗情画意的乡村晚景水墨画。

三、放牛

农民最同情牛的辛勤劳动。春耕忙的时候,牛槽里除了草料,还会加一些米麦麸糠拌在里面,牛在家里比小孩子更受宠。把牛买到家里,它就是我们家庭的一个成员,一生只有付出,不图回报。它也是最有灵性的动物之一,如果对它友好,它会很配合主人干活儿,耕地时该转弯就转弯,该加速就加速。牛不懂得偷懒,它知道土地是它一辈子的舞台,是体现价值和尊严的地方。它也知道我们不仅是主人,也是亲密的朋友,只有努力劳动,大家才能和和美美。这头牛是我家重要的固定资产,也是最重要的劳动力之一。上山、下地、拉车、搬运等,这一系列的艰辛劳作,都离不开牛的辛勤付出。

因此,我的童年多了一项工作:放牛。实际上,大多数人家的男孩子都有这项工作,每天放学后,众多放牛娃赶着牛,奔向村外草肥水美的那片草场。我称我家的水牛为"大黑",大黑体形硕大,性情温顺,双眸炯炯有神,一对尖锐的牛角令人畏惧,它从不主动欺负别的牛,但别的牛来欺负它,它也绝不示弱。家里的重活儿全都落在大黑身上,拉车、耕耘,历时十几年,称它是我家大功臣一点也不为过。我那时大概9岁,还没有牛的屁股高,它非但没有欺负我弱小,还对我绝对服从与忠诚。周末和每天下午放学后,是我的放牛时间。我与牛形影相随,牵着它找一块青草茂盛的地方,让它在那细嚼慢咽,我在周边割猪草。有一次,因为贪玩,我把牛拴了起来,跑去河里洗澡,等上岸才发现,由于绳子留长了,大黑把人家的红薯秧糟蹋了一些。事后,人家找上门来要求赔偿,我被母亲说了一顿,憋了一肚子怨气。我将这股怨气全撒给了牛,用鞭子狠狠地抽了它,在它背上留下一道道渗血的鞭印。过后我发现牛的眼睛是湿润的,表情很是伤心,或许是它被打痛了,或许是心里感到委屈,对我也是爱搭不理的。我的内心被触动了,轻轻抚摸它,表示我再也不会打它了。

农忙时节,大黑把一片片干涸僵硬的焦土犁松软了,让我们种玉米;收割完稻谷,大黑拉着沉重的石磙在打禾场上来回走动,让谷粒脱落。在节气的驱使下,牛一刻不敢停歇,"牛"不停蹄地忙这忙那。有时候大黑累得气喘吁吁,嘴里不断流着白沫,母亲看它累得实在不行,会解下套索,放它去吃草,或者带它去水塘里洗个澡。这是大黑最惬意的时光,只见它静静地躺在水塘里闭目养神,"嗡嗡嗡",偶尔飞来几只牛虻蜇几下大黑,它半睁开眼睛看看周围,不为所动,悠然自得地享受着眼前的舒适。农忙下来,原本圆滚滚的牛,体态变得干瘪了不少,毛发凌乱,无精打采,失去了往日雄风。母亲马上给它补充营养,用米汤拌米糠给它吃,也当是给牛勤勤恳恳、任劳任怨工作的赏赐。在我们的精心照顾下，牛很快就恢复了精气神。

十二生肖中，说牛是最辛苦的属相，一点不假。牛在人类历史上代表着勤劳、踏实、肯干和无私奉献精神。金牛犊也成为金钱和财富的象征，而牛的活动也代表着增值，股票价格持续上升称为"牛市"。

农村的孩子常把牛当坐骑，其乐无穷。骑在牛背上，颤颤颠颠的，好不惬意。牛很习惯小孩的任意摆布，驯服得很，怎样折腾它都不发脾气。那个年代，坐过汽车的人很少，骑过牛的人全都是。有小伙伴早上去放牛，怕上学迟到了，拉着牛在水塘里按住它的头，非要牛喝水，水喝多了肚子就容易鼓起来，回到家不会挨骂；也有小伙伴丢了牛，天黑了哭着回家，家人打着手电筒满山遍野找不到，结果牛自己跑回来了。小孩丢牛的事情经常发生，那时候民风淳朴，不管是谁捡到了都会送回来，邻里之间彼此都认得是谁家的牛。南宋诗人雷震七言绝句《村晚》，"草满池塘水满陂，山衔落日浸寒漪。牧童归去横牛背，短笛无腔信口吹"，勾勒出了一幅夕阳下牧童骑牛晚归图，就是我童年田园生活的写照。

四、割猪草

每个人的童年都会有很多难忘的记忆，随着时间的流逝，很多记忆会变得模糊不清，甚至还会忘记。但每逢闻到青草的芳香，我就会想起小时候割猪草的趣事。我的童年是和割猪草连在一起的。

记得小时候每家都过得不轻松，多数人家在经济上还是很紧张的，养几头猪、几只鸡贴补家用，是家家户户最普遍的增收方式。我家父亲在外，家里只有奶奶、母亲、我和弟弟。除了父亲那微薄的薪水外，还要靠喂猪和养鸡维持日常生活开销。家里养的几只母鸡是专门下蛋的，奶奶把一部分鸡蛋用来腌咸蛋，让我和弟弟带到学校吃，其余的拿到集市换钱回来贴补家用，或者给我们交学费。家里养了一头肥猪一头母猪，肥猪过年的时候才宰，把猪内脏、猪头还有猪腿留下家里过年，其他部分到集上卖掉。养的母猪是用来产猪崽的，我们对母猪会格外照顾，如果母猪产猪崽了，会给母猪慰劳一点精饲料或者在猪食里面多放点粮食，这是为了给母猪催奶，母猪的奶水足够多，猪崽才能健康，待长到一定时候，去集市卖个好价钱。母猪如果产的猪崽多，吃奶的时候猪崽争先恐后地抢奶吃，总有那么两个猪崽吃不上，长得很弱小，家里就会把这两个猪崽留着养到春节宰杀。时至今日，我仍旧记得母猪吃食、睡觉的样子，记得母猪生猪崽时的痛苦，给猪崽喂奶时的幸福，想起这些，心里总是暖暖的。

  在我很小的时候，我就知道自己有一项很重要的职责：割猪草，保证猪的一日三餐。每当我背着沉甸甸的草筐走在回家的小路上时，心里总会滋生出一种朦胧的成就感。我是七八岁左右开始割猪草的，一开始我是跟着大孩子割，记得大孩子们割得很多，满满的一大筐，我心里很是羡慕，就跟羡慕别人考试取得了好成绩一样。羡慕不如行动，很快我就将割猪草当成一件重要的事情去做，对自己有了量的要求，并追求多割一些我家的猪喜欢吃的那几种草。每次去割猪草之前我的小脑袋里都要想一下：哪块地里有草？什么草？顺哪条路线走？还是挺费心思的，按现在的说法，就是按计划去做。

到了目的地,眼睛里就只有草了,当看到又好又多的草时,浑身就会突然充满力量。镰刀下的小草散发着特有的清香气息,小喇叭花、野菊花、蒲公英,还有夹杂其中的无名小花,混合释放着淡淡的花香。蒲公英、车前子窝在地上,需要把镰刀尖插入地下勾断根,要不就会散开了,得一瓣一瓣再捡起来。苋菜、马齿苋、荠菜都是我的目标,偶尔还会偷割一些红薯叶。割草时常在潮湿而茂密的草丛中碰到蛇,我和小伙伴们都会辨别蛇的种类。要是毒蛇我们就赶紧跑掉,被毒蛇咬了会没命,是家长早就告诉给我们的。要是遇到毒性不大的草花蛇,我们就会利用手中工具对它群起而攻之,就当是在玩勇敢者游戏。割草时最该提防的是藏在草丛里的野蜂窝,据说野蜂毒性大,能蜇死牛。我被野蜂追蜇过好几回,痒痛难忍,泪水涟涟,以至割草时只要听到"嗡"的一声,便会条件反射般跳起来,跑得比兔子还快。

春秋时分,在种植棉花、大豆等低矮农作物的庄稼地里割草会相对舒服些,哪里有草一目了然。蹲下割草,如果是阴天,又有风,就很舒服。割一会儿,站起来,舒展舒展筋骨,四周望一望,田野一片碧绿,天空有鸟飞过,附近有牛羊啃青,远处有孩童嬉闹,感到十分惬意,身上的疲惫会不翼而飞。盛夏时候,下蒸上晒,没有遮挡,汗流浃背,这种滋味就很难受了。要是去玉米地里割草,滋味更不好受,不透风,闷热,胳膊上不时会被玉米叶子割出一道道口子,再被汗水渍一下,就是在伤口上抹盐,不是一般的疼。有时候也会因疏忽而割破手指,我都忘了那把弯镰刀曾在我手上割过多少口子,每次都会鲜血直流。当然,农村孩子不矫情,不会为这点小伤而丢下手里的活儿。处理伤口的方式，就是把指头放在嘴里吮出血，在周围找到止血的草药，放在嘴里嚼碎，再敷在伤口上，用树叶卷住手指后再用草扎起来，继续干活儿。割草的孩子都掌握这些急救本领，都能做到轻伤不下火线，主要是怕下了火线被同伴看不起，更重要的是家里的猪要饿肚子，这种事是绝不能发生的。遇到打雷下雨，要背起箩筐飞跑回家，没有人跑到大树底下避雨，因为我们早就知道，在树下躲雨容易遭雷劈。真要被雷劈死了，就不是单纯死人的事了，有可能给家里面带来负面影响，有些好事者会捕风捉影，胡说八道。每个孩子都爱自己的家，宁可被淋得浑身湿透跑回家，也不会去躲到树下。

蜈蚣溪岸边有一大片草地，草长得非常茂盛，是我们最愿意去的地方，我们会在最短时间内割上满满一背篓草，然后就在草地上玩乐。我们在草地上摔跤，跳进小溪里游泳、打水仗、摸螃蟹、捉鱼虾，常常乐不思蜀，忘记回家的时间。有时候没有伙伴，我也常去那里割草。割完草，躺在草地上，天色渐晚，飞鸟归巢，啁啾而鸣，蛙声喧哗，蛐蛐吟唱，溪流潺潺，望着不断变幻色彩的落霞，所有的疲惫一扫而光。每次我割的草都和大孩子的一样多，看着一大堆草，心里甜甜的，美美的。现在想想，这大概是我最早萌发的对成就感的理解和体会吧。小学考试我常常名列前茅，成就感不言而喻，没想到割草也能给我带来这样的感觉。我喜欢割草，不仅仅是为了家里的猪，更重要的是割草给我带来了很多快乐。

夕阳西下，恋恋不舍地准备回家，才发现草割得实在太多了，把草装进筐里却提不起来，半蹲下来背靠筐子，拽紧提手上的绳子，使劲把筐子扣在背上，憋一口气，直起腿站住了，就大功告成了，然后弯着腰把草背回家。路上依然是奔跑着嬉闹，你打我一拳，我扫你一腿，筐里的猪草不时被颠出一两把。走累了，找一块高的地方靠上去，背不离筐，很享受地休息一下。但这惬意的休息时间却不能太长，时间一久身体就会松懈下来，所以，喘息一下就要继续往回驮了，就是所谓的一鼓作气。实践出真知，这条哲理我从小就懂。望见不远处家的方向，村子上空的炊烟已连成一片。有时候，奶奶或者母亲站在村口接我，远远看见她们，心里感到格外温暖。

  回去后，先拿一把鲜嫩的草给猪，当个零食让它们尝尝，告诉它们我回来了。猪们早已迫不及待，大口大口地吃着青草，像嗜荤的人吃到了红烧肉一样。然后我把猪草剁成一堆细碎的草节，将碎草撮到水桶洗净捞出，拌上少许的麸皮或玉米面，用锅煮熟，稍凉后倒入猪圈的食槽里，猪吃得很带劲，真正是狼吞虎咽。有两头猪的时候，它们还会挤来挤去，时不时相互推搡几下，嘟囔几声。看到这番情景，一种收获了劳动成果的喜悦便油然而生。

  多余的草会倒在院子里或者门口摊晒干了当柴火或垫猪圈，我用木杈挑起一团草，抖动几下，草就均匀地自然散开，一筐草抖动完，脚下就成了一片小草原，伙伴们会一拥而上，在草地上嬉笑打闹，翻跟头，打骨碌，滚一身草屑，染一身青草气。鲜草晒成干草时，拢成一堆，一天加一层，日积月累，就成了一个大草垛。冬天，邻居们到这里倚在干草垛上一起聊天，暖洋洋的太阳晒着很舒服，过了一个冬天，仍能闻到一股淡淡的草香味。

  家里的猪崽一天天长大，除了邻里乡亲到家里来买的，妈妈总要用竹笼装几只去集市上卖。看到小猪被别人抱走，我会难过不舍，但知道这就是家里所期望的结果，是生活所必需的交换，我和弟弟不会为交不起学费而发愁，我的心情又会好转起来。舍得，有舍才有得，要想得你需要的，必须舍弃你拥有的，这是割猪草教给我的人生哲理。

猪崽卖了一轮又一轮，我也渐渐长大。我离开家到浦江中学读书，回家的时候少了，割猪草的任务就落在了弟弟的身上，弟弟读中学后又落回到父母身上。后来我上了大学，离家去北京读书，我常常想起逐渐老去的父母奶奶在忙完大活儿之后还得割草喂猪的情景，不禁为他们感到揪心。割猪草的日子离我一天天远了，我手上已经看不出曾被镰刀无数次割破的口子。有次回老家，去山谷寻找那片给我的儿时带来无限欢乐的草地，发现它已被深深埋在水底。但我又分明看见，那个在岸边割草的少年，在夕阳下和小伙伴们嬉闹的少年，仍在我眼前晃动。

五、我是农民的儿子

我的祖祖辈辈都是农民，我的身体里流淌着农民的血液，我身上有着特定的烙印，毕生对农村和农民怀有深厚的感情。从小在农村的那段生活与今天的我仍然有着根深蒂固的关联。离开家乡62年，我至今仍保留着一些农村人的习惯，对李源前店村一往情深，乡音未改，一腔一韵的浦阳口音中寄托着对故土的眷恋。这份情结只因我是农民的儿子。喂猪羊，放牛，割猪草，挖野菜，掏鸟窝，在竹林嬉戏，河里摸鱼虾，农忙时给父母送水送饭到田头，在晨光里光着脚丫迈步走在弯曲的田垄上，在丰收时节挥镰割稻……这一幕幕遥远的农村生活片段，始终让我难以忘怀。

"面朝黄土背朝天"，这是千百年来中国农民的真实写照。任何一个人都无法选择自己的出身，像我生在一个世代为农的家庭，就必然要接受命运所安排的农家子弟的一切。在13岁离开村子到古塘村中山中学读初中之前，我对外面的世界一无所知。在那时的我看来，古老的村庄，低矮的土房，成片成片的稻田，连绵起伏的丘陵，流淌的小溪，还有生活在这里的纯朴善良的村民，这一切便是我的整个世界。一条从村口延伸至远方的蜿蜒小路，听村里人说，小路通向别样的山，别样的水，别样的世界。别样是什么样，我完全没有概念，但有个梦想，我会顺着小路走出我的乡村世界，到外面去看看别样到底是什么样，我想小路尽头的世界一定很精彩。

那时的我，对"农民"这个词的理解是模糊的。村庄的贫穷与落后，似乎都与我无关。我像田里的一株水稻，茁壮成长，既得到长辈们的厚爱，又经受烈日与暴风雨的洗礼。我在广袤的田野上寻找属于自己的快乐，在星空下浮起美好的遐想，在祠堂的小学课堂上放声朗读，在昏暗的油灯下享受书本的熏陶……农家孩子的童年，多么美妙！

少年的我开始像父辈们那样，履行属于农民的责任与义务，除了上学的时间，一回到家，我的生活就与春耕、双抢、秋收连在一起，从一粒谷子撒向水田，长成一株秧苗，再到一棵硕壮的水稻，最后以无数粒饱满的谷子返回谷仓，这个过程漫长而辛苦，我也慢慢地爱上干农活儿了。日复一日，年复一年，烈日暴晒，雨打风吹，我的面孔变得黝黑，我的内心越来越强大，所有的苦，所有的累,我都必须坚强地承受,望着父母操劳的模样,我极想成为一棵大树,为他们遮风挡雨。

"日出而作,日入而息",多数乡亲只知道盯着自家的几亩田地,像老实巴交的耕牛一样,埋头躬耕重复着一成不变的劳作。他们常常为公家的水流进谁家田里多一点,谁家的牛啃食了自家的红薯秧等鸡毛蒜皮的事儿,争得面红耳赤,却又在谁家遇到天灾人祸时倾力相助,彼此好得像一家人。

吃水不忘挖井人,农民对新中国心怀感恩之情体现在"交公粮"上。当年国家在满目疮痍中站立起来,百废待兴,在这种情况下,农民即使自己不富裕,也十分乐意将公粮争先恐后上交。至今,我都为农民的大公无私精神所折服,为农民的觉悟所感动。在今天国家日益强大的同时,有我及父辈的一份贡献。

我的农村生活记忆,最引以为豪的就是"交公粮",那时叫"交爱国粮",是农民向国家交的"农业税"。给国家交公粮是一件让农民很重视、很神圣、很有使命感的爱国行为。交公粮是按照家庭人口、亩数进行交纳,一般一亩地要上交国家百十斤粮食。不管当年粮食收成如何,总是先交公粮之后,再考虑自己家的口粮。即使自己家口粮严重短缺,但是公粮是一点也不会少的。交公粮每家每户是不能含糊的,必须是最好的粮食。那时候,农业生产技术比较落后,粮食产量低,如果遇上自然灾害,往往交完公粮所剩无几,一家大小就要过苦日子;若是碰上个风调雨顺的好年景,尚且可以多留一点粮食。

我们种的粮食常常不够吃,为了填饱一家人的肚子,母亲经常会做玉米面饼子,蒸红薯、芋头等作为补充。即便是这样的情况,每年粮食打下来，脱粒、晒干后，父母总是将粮食认真地筛拣，确保把颗粒饱满、没有杂质的优质粮食交给国家。每年我们都是早早把提前好几天晒干扬净的优质稻谷装在家里的谷仓里，等得到上交通知后，再第一时间去交公粮。交公粮的地方叫黄宅镇，离我们村子有3公里路，其中有一段土路和公路，我当年是14岁，跟着父亲一起交公粮。我们分别用扁担挑着装满稻谷的箩筐，爸爸用的大箩筐，有100多斤，我用的小箩筐，装得满满的，也有50多斤。路上走的都是匆匆赶交公粮的乡亲们，有推车的，也有赶着牛车的。我挑着重担走在农村坑坑洼洼的土路上，显得力不从心，刚好是盛夏，我汗流浃背，实在太累了，就停下歇歇。到了黄宅镇，交公粮的队伍有1公里长，不知道什么时间才会轮到验收和过磅。幸好我们都有备而来，奶奶为我们准备了干粮，比如红薯或者玉米面饼子。到了中午还没轮到我们的时候，就坐在阴凉地方喝水吃红薯和饼子，排着队的乡亲都在张家长李家短地拉着家常，有说有笑，一张张晒得黝黑的脸上看不到疲惫，而是丰收的满足。如果是稻谷水分大，还得拉回去重新晒干以后再来上交。我们交掉公粮，太阳已经落下西山，饥肠辘辘地挑着空箩筐回家。月亮升起来了，星星眨着眼睛，路边的村庄不时有狗叫声，也有大人呼唤自家孩童回家的声音，黑乎乎的夜晚不时有几处灯火在跳跃，倍增我们渴望归家的心情，而奶奶的热饭和家里那盏亮着的煤油灯，温暖着我们疲惫的心。

20世纪50年代开始交公粮，勤劳朴实的农民没有任何怨言，认为这是支援国家建设，有着满满的归属感和自豪感！2006年国家取消了交公粮这一政策，取而代之的是如今农民的自产自销，发展多种经济发家致富。我知道农民是怎样用粗糙的大手、简陋的农具构筑一年的丰衣足食，理解他们是怎样在村落中迎接一生的朝起暮落。

当我到了北京读书，在清华大学目睹了另一种群体的生活状态，我才真正明白，自己就是一个不折不扣的农民。我的同学有着完全不同于我的白皙细腻的皮肤，他们性格阳光开朗，谈吐优雅，见识广，他们穿得干干净净，讲话字正腔圆。在这样的环境中生活学习，我有过自卑、挣扎、困惑，遇到自己心仪的女孩，不敢接触，不敢表达，怕别人嫌弃我的出身。经过岁月的洗礼，我的知识越来越丰富，我渐渐读懂了父母辛勤操劳大半辈子的苦心，也发现自己毫无保留地继承了农耕文明所赐予的坚强、质朴、善良、勤劳的优良品质，祖祖辈辈刻在我身上的烙印，使我领悟了"农民"这个身份赋予我人生的意义。

我一向谦虚谨慎，因此获得他人的认可与尊重。

在水电站工地，没有以毕业于名牌大学为炫耀的资本，而是想着如何去回报国家，如何对社会做出贡献，怀抱着相互平等的心态去看待他人。学历仅仅代表我在学习方面是个成功者而已，并不代表我高人一等。

每个人在人格上都是平等的，每个人都理应得到尊重，这种尊重绝不仅仅是一种社交礼仪，而是来自心灵深处对另一个生命深切的理解、关爱、体谅与敬重。学生时代，我在经济上帮助不了别人，但我乐于帮助学习上遇到困难的同学，不是把他们作为竞争对手，而是共同进步的伙伴。同情弱者，帮助弱者，是我的天性和本能。在大学当老师期间，我一直资助贫困学生完成学业……像这样的事情还有很多，只要是遇上了，我都会解囊相助。谁都有雨天没伞、泥泞中需要拉一把的时候，都会遇到漆黑逢雨的坎……伸出温暖的手，用怜悯之心帮助需要帮助的陌生人，帮助他人，成就自己。

　　如今，尽管我的家庭生活很安逸，我仍会告诉后辈们，我们李家的根在农村，在浦江的李源前店村；我仍然钟爱那金灿灿的稻浪，软绵绵的泥土，静寂的丘陵。当我再回到故乡，站在曾经挥洒汗水的田野上，有辛酸和沉重，更多的是感怀与虔诚，暖暖早春、炎炎苦夏、灿烂金秋、凛冽寒冬，故乡的一年四季，赋予我太多的人生感悟。我永远不会忘记自己是农民的儿子。我会铭记父辈传递的信念与精神，如何对待生活的甜，如何面对人生的苦，如何靠辛劳与奋斗，在属于自己的这块福田里，收获幸福的果实。

第三编

少年时代

村里名为"世德堂"的堂楼，是全村人过节聚会和商议大事的地方

老家村旁的古香樟树

一、"九皋殿"里的小学

我的小学是分开上的,一至四年级是初小,五六年级是高小。初小就是初级小学,校址在李源村李氏家族的祠堂,有两个老师,学生有4个年级4个班,有一二百人,男生占绝大多数,女生还很少有上学的。受重男轻女的封建思想影响,女孩子从六七岁开始就要帮家里做事,成为妈妈的好帮手,她们往往心灵手巧,却因为没念过书而大字不识。祠堂是四进式的,有两间大房当教室,一二年级在一间,三四年级在一间,剩下还有一些房子,是老师的办公室、宿舍和厨房。学校的厕所是男女同学共用的,没有分开的原因,主要是房子太紧张,另外学生都还小,还没有太强烈的性别意识。学生们都是吃完早饭来上学,中午回家吃午饭,吃完午饭再到学校来,下午四五点放学回家。星期六下午和星期天全天不上课,我和小伙伴们一起到河边去割草,回来后要把草扔进猪圈,一是猪可以吃,二是和猪粪踩在一起能做地里的肥料。

"忠厚传家久,诗书继世长"的古训,像村南的老樟树一样,把根深深扎在了这片土地上。我的长辈们固执地认为,为人处世应当忠厚老实,要饱读诗书,不断学习,这样才能使家族繁荣兴旺,长盛不衰。他们教育我要好好学习,学好本事,走出小山村,到更大的地方去做更多的事情。在他们谆谆教导下,从小我就懂得学习的重要性,读书成了伴随我成长的自觉自愿行为,从来不用大人操心。能够上学读书其实是一种幸运,村里有几个跟我同龄的小伙伴,因为家里太穷就没机会上学。我学习比较用功,每年的考试成绩都名列前茅,老师曾到访过我家,向我父母表扬我,说我是学习的料。

教语文的老师是从杭州师范学校毕业的,跟学生们处得很好。第一节语文课我现在还记得,课文是"来来来,来上学",就这么几个字,所以我最先认识的汉字是"来",当时用繁体字,写成"來",跟简化字不太一样,它是一横一竖,两边各有一个人。第二节课是"去去去,去游戏",游戏是玩耍的意思。后面的课文一点点增加内容,越来越复杂,认识的字也越来越多了。算术课开始时是学写阿拉伯数字,从1到100怎么写,然后是学加减乘除。

还有一门课叫写字课,写毛笔字,安排在每天下午的第一节课,要写45分钟。每个学生都有一个砚台,砚台是石头做的,比较沉,放在书包里,和铅笔盒碰到一起,会发出"叮叮当当"的声音。写字前要用水研墨,将字帖垫在纸下进行临摹。老师不光看你写字,还要告诉你写毛笔字的笔画顺序,横竖撇捺怎么写,讲得很有耐心。学生写完之后,老师还要点评。在老师的悉心指导下,我们在初小阶段就能写出比较规矩和好看的字了。

我在村小学念了三年初小,然后就去5里外的九皋小学读高小。九皋小学设在九皋殿。九皋殿是一座供奉白鹤圣帝的庙宇,坐落于岩头、黄宅、大许三乡交界处的湖桥村,始建于民国五年(1916)9月,竣工于民国六年(1917)10月。九皋殿素有"金华第一大殿"的美称,墙壁糊以红壤,正门上有民国时期书法家黄尚庆所书"九皋殿"石匾,九皋殿的前厅设有戏台,戏台上书"心旷神怡"匾额,戏台两侧石柱上镌刻楹联"能文能武一大观也,有声有色众皆悦之",在中厅,封神榜人物雕刻栩栩如生;再往后是中庭,穹然高起,如伞如盖,犹如覆斗;最后为大殿,供奉着白鹤圣帝及文武侍官的人物泥塑，泥塑出自名家周丽亭之手；泥塑左右有洪钟大鼓，殿内雕梁画栋，富丽堂皇，乃名师周光洪所刻。九皋殿的建筑集黄尚庆的书法、周丽亭的泥塑、周光洪的雕刻于一体，辉煌瑰丽，美轮美奂，令人叹为观止。这些精湛、细腻、古色古香的浙派艺术元素，淋漓尽致地展现了能工巧匠们的集体智慧和古典建筑的独特风格。

好山好水好风光，浦阳丰厚的文化底蕴孕育了一代又一代的英杰才俊。自新中国成立以来，在张才土、方本元、张桂球、钟道恺、王序兴等老师的辛勤耕耘下，桃李满天下，培养了数以千计的学生，分别在文化、科学等领域做出了卓越成就。

2005年，九皋小学并入岩头镇中心小学，九皋小学完成了它的历史使命。在政府和家乡人民的共同努力下，九皋殿被重新修缮。九皋殿是浦江百年书画、翰墨飘香的艺术缩影，2010年，九皋殿被列为浦江县文物保护单位。在每年农历二月初二，俗称"龙抬头"的这一天，九皋殿都会举行隆重的庙会，热闹非凡，这已成为当地重要的民俗文化活动。如今，九皋殿度过了百年圣诞，成为浦江百姓记忆中的精神家园。

在九皋殿浓郁的文化氛围中，我度过了快乐的高小两年生活。九皋小学从前到后共分四排房子：第一排是上课教室，第二排是老师和学生宿舍，第三排是学校办公室，第四排放着泥塑菩萨。周边的学生都到这里来上学，有300多学生，六七个老师。九皋殿寺庙周围风景很美，郁郁葱葱，有条小河从庙外流过。我们在厅堂上课，在空场上玩耍，离家稍远的可以住校。

由于学校离家远，上高小时我是住校的，这给我提供了好的学习条件和氛围。我们有十几个同学住校，晚上要一起上晚自习。那时候晚自习没有电灯，我们就把课桌拼在一起，把煤油灯放在桌子的中间，外头用玻璃罩罩住，显得更加明亮。大家围在桌子边看书写字，学习氛围浓厚，记的东西比较多，练习的机会也更多，每天基本学到晚上 8 点，然后回宿舍睡觉。当时学校的住宿条件有限，空间也不大。我和几个同学住在学生宿舍，没有床，在木板上铺上稻草，垫张席子，盖上被子就睡觉了，也没有感到艰苦，反而觉得很幸运，比别人学的东西多，记得还牢，学得很有劲头。在高小期间，我担任了学校少先队的大队长、学生会主席，以前从来没有做过这些工作，但我想大家推荐我是对我的信任，要尽全力当好学生会主席。这段经历给了我最初的组织能力的锻炼。

　　虽然可以住校，但要自己做饭。星期一我们把一个礼拜吃的大米、蔬菜和做饭的炊具都带来，蔬菜大部分是咸菜，一吃就是一个礼拜。那时候是用木炭炉子，在一间屋子里，一个人自己弄一个炉子，放上木炭，点着了，有一个锅，放点米和水，搭配好就不用管它了，等饭熟后就可以吃了。一般来说，我们都是早晨吃完饭以后把米和水放在锅里，到第二节课下课的时候，赶紧跑回去，把炉子点着，再回去上课。到第四节下课的时候，饭就熟了。我们做饭的地方没有自来水，生活用水来自学校旁边的溪水，小溪的水很干净，我们将打来的水倒入水缸里沉淀，再用水缸里的水做饭。小溪绕着学校流过去，上游的水供我们饮用、洗东西。由于学校没有澡堂，我们就在下游洗澡、洗脚。冬天很少去洗澡，夏天基本上每天都去小溪里洗澡，还可以玩水、游泳，那时感觉过得惬意又自在。我们那时候才十一二岁，一边上课，一边把自己的生活打理得井井有条，日子过得非常充实。那样的生活现在看来似乎很艰苦，但能念得起书，能在学校里住宿，还能自己做饭，在当时是非常不错的。现在回忆起来，那段日子确实锻炼和养成了我们从小劳动的习惯。

学校在整个浦江县算比较大的，教学质量也不错，各方面都比较正规。老师大多是从师范学校毕业的，也有一些原来留下来的老教师，他们都很认真负责。课程的设置除了语文、数学、地理、历史以外，还有体育课、音乐课和美术课。我那时想：学校里没有钢琴，连风琴都没有，怎么上音乐课呢？我印象比较深刻的是那个会拉二胡的音乐老师王序兴，他每次上音乐课的时候不光教大家唱歌，还用二胡拉着歌的曲子，大家跟着二胡的调子练习唱歌，我们都觉得很有意思。二胡是一种既简单又便宜的乐器，当时在南方的农村还是比较普及的。学校买不起钢琴，也买不起风琴，所以用二胡来进行辅助教学，省了不少经费。我记得当时老师拉了三个音符——"哆咪唆"，课代表喊起立，学生们都站起来唱歌，唱完以后老师就拉"唆咪哆"，意思就是请坐下。大家坐下后，老师开始进行乐理知识的教学，也很生动有趣。

高小增加了作文课。那时我们没有钢笔，也没有圆珠笔，作文是用毛笔完成的。因为写小楷比较慢，要工工整整，写一篇一两页的作文需要花费挺多时间，但对书法功底的提高很有效。写大字时，一开始有字帖，后来就不用字帖了。老师批改时哪个字写得比较好，哪个字写得工整漂亮，就会用红笔画一个圈，哪处一横一竖写得好，就在一横一竖处画一个圈，所以在一篇大字里画的红圈越多，说明你写得越好。若写得不怎么好，没有得到老师的肯定，心里还是会难受的。现在想想觉得很有意思，那时的大字课为我打下了坚实的书法功底。

高小还增加了历史、地理课。历史课比较简单，讲中国历史的起源、发展，从古代的朝代更替讲到近代。地理课讲中国各地的地形地貌，著名的河流湖泊，各个省份的位置以及铁路、公路的分布，教一些简单的地理知识。那时候我对语文、算术很有兴趣，同时对地理、历史也感到很新奇。有件事我记得很清楚，在高小六年级的时候（1954年），地理书上写当时的苏联是由16个加盟共和国组成的。16个加盟共和国是哪16个呢？我当时对这些感兴趣，所以就专门下功夫把16个加盟共和国的名字都记下来，而且还背熟了。有一次在课堂上，地理老师问大家，谁能把苏联的16个加盟共和国的名字都说出来，能说出来的请举手。有好多同学都没有注意到这一条，没有下功夫去背，所以不敢举手。当时班里就我一个人举手了。当我背完以后，地理老师狠狠地表扬了我一番，说我学习刻苦努力，记忆力很好，以后要继续努力。当时我是班长，也是少先队大队长，同时学习成绩名列前茅，很受老师青睐，老师的表扬极大地鼓舞了我，我学习也更加用功了。

当时的五年级和六年级叫高小，我是从四年级转入这个学校的，所以，我在这里读了三年，到小学毕业的时候，学校很正式地发给我一张毕业文凭，有了这张文凭就可以报名考初中了。我们学校的教育质量在浦江县属于比较好的。教育局每次来学校检查，都会夸赞我们学校教育质量不错，教师也很负责任。所以同学们毕业考初中的时候，升学率很高，有不少同学都顺利考入初中。但也有一部分同学不念了，有的是因为没考上，也有的成绩比较好，但因为家里困难，根本就没有去参加升学考试。小学毕业不念书的同学就在家里务农，帮助父母在地里干活儿了。考入初中的同学一般来说家里的条件稍微好一些，而且本身学习成绩也不错。我父母非常重视孩子的教育，所以他们尽量克服经济上的困难，想方设法让我上了初中。我记得我们当时小学班里参加考试的同学有一半左右，大概有四分之一考上了初中。

因为我的升学考试成绩出色，很顺利就被浦江县的中山中学录取了，随后进入初中阶段的学习。

二、良师益友钟道恺老师

钟道恺老师是我在九皋小学的班主任和语文课老师。他个子比较高，当年30多岁，体格健壮，喜欢运动，没有架子，态度和蔼。他平等地对待班里每一位同学，我们视他为兄长。我们有些离家远的同学，平时都住在学校，每天自己生火做饭。小小年纪离开家，不免有思家情绪，傍晚太阳落山，是我最想父母的时候，幸好有钟老师的陪伴，让我的高小生活充满了快乐。

日子是清贫单调的，又是充实丰富的。每天晚饭后，钟老师都会带着我们一起玩。我记得学校里有一个篮球场，夏天的时候，钟老师经常和我们一群男生打篮球。我们围着钟老师抢球，蜂拥而上，层层包围，只见他一个金蝉脱壳，霎时把我们甩掉，带球拍几下，又转一个圈，再拍几下，任凭我们围追堵截，都无法阻挡钟老师带球奔向篮筐的步伐。他边拍边带球，几个箭步跳到篮筐前，右手托住球，盯住篮筐，双脚下弯、微蹬，轻轻跃起，球划过一道美丽的弧线，稳稳地落入篮筐。"2分！"我们欢呼雀跃，为钟老师精湛的篮球秀喝彩。打完篮球，汗流浃背，钟老师带着我们一起到小溪游泳。学校没有洗澡的地方，学校附近的小溪成了我们师生的澡堂。小溪弯弯曲曲，溪水清澈见底，一眼望下去就能看到水底那色彩绚丽的鹅卵石。小溪两岸是连绵的田野、蓊郁的树林，有天然的遮挡，我们光着身子跳下去，一起嬉水，把一身臭汗洗刷殆尽。

钟老师知识渊博，风趣幽默，讲课深入浅出，通俗易懂，使我们兴趣盎然。我们都喜欢上语文课，钟老师每节课都会讲故事，有他经历过的真事，也有文学作品里的故事，这些故事寓情于景，寓理于情，生动有趣，引人入胜。在语文教学上，他注重融入故事和阅读，把每节语文课变成妙趣横生的故事大会。他先要求我们预习，认生字，学组词，默读几遍课文后，他再根据课文娓娓道来。于是，爱听故事的同学们屏气凝神，专心致志，被精彩的故事吸引，不知不觉地把课文的生字和词组也记下来了。只要钟老师的身影出现在教室门口，在操场上玩耍的同学们，就会像蜜蜂一样蜂拥进教室。每逢新学期，课程表下来，我们都会数着一周共有多少节语文课。我们老是期盼着上语文课，想着钟老师在课堂上会给我们带来什么好听的故事。从那时候开始，丰富有趣的故事占据了我幼小的心灵，我头脑中那空白的画册，变得色彩斑斓。钟老师的教学方法成了我日后当教师的榜样，常常利用课文内容拓展教学，用故事激发学生的学习兴趣，取得了事半功倍的效果。

钟老师让我们多注意观察生活，包括所见所闻、所思所想，书上看过的人和事，听别人讲过的事和人，这样写起作文来就会"下笔如有神"。钟老师是我一生值得崇敬、值得怀念、值得感谢的启蒙老师。"早上,白茫茫的一片大雾。远处的塔、小山都望不见了。近处的田野、树林像隔着一层纱,模模糊糊看不清……"这是课文《初冬》,钟老师抑扬顿挫、声情并茂的朗读,把我们带进原野上落叶飘零、丛林中繁花落尽的景色中,而松树柏树依然苍葱,柿子树上挂着一个个红色的柿子,像一个个小灯笼,生机勃勃,给人以温暖。钟老师诗情画意的描绘,深深感染了我,从此以后,我更喜欢语文了。

语文课本中一篇篇富含人生哲理的经典之作,是一颗颗播撒的种子,让我收获了满园书香。薪火相传,当我成为老师后,同样用知识开启学生的智慧之门。上课是严师,下课如兄长,像这样的教师,我们怎么会不喜欢他,怎么会不愿意和他亲近呢?我们连钟老师握钢笔的姿势都急于模仿。

我曾经写过一篇作文,被钟老师留下热情洋溢的点评,"语句生动、内容丰富……希望你再接再厉",红笔写的评语,言简意赅。我越来越喜欢钟老师的语文课了,每一次发回作业本,那些镶嵌在醒目的分数下面的字迹或许有些潦草,偶尔还会看到蘸水笔重新蘸上红墨水,深浅不一的字迹,我觉得很温暖,很充实,也很珍惜,那可是老师亲笔写上去的呀!看着评语细细品味,总会陶醉在其中,就像欣赏一首小诗一般,看着评语中如行云般潇洒的字迹,何等的美妙!特别是那几句赞美的语言,对一个渴望进步的孩子来说,是多么的可贵!

盼望已久的六一儿童节到来了,为了使我们能在自己的节日里留下一个美好的回忆,学校为我们精心筹备了一场别开生面的庆祝"六一"活动,学校领导讲话完毕,无数气球放飞天空。蔚蓝的天空飘着无数五颜六色的气球,像我们飞翔的梦想,我们高兴得又唱又跳,来回追赶着气球,欢歌笑语,操场变成了一片欢乐的海洋。

钟老师在课堂上要求我们把"六一"所见所闻写一篇作文,我很认真地思考怎样完成这篇作文。我想,六一儿童节必定是充满着鲜花与笑声的,生长在新中国的儿童一定是幸福快乐的,我对新中国的热爱之情跃然纸上,字里行间蕴藏着一个少年的远大志向,我用了一些修饰的语言描绘节日的情景。因为我平时把钟老师教的语法知识都记住了,把书本上一些生动的句子也读熟了,艺海拾贝,这篇作文我写得很轻松也很生动。钟老师给了满分5分。当钟老师拿着这篇作文在班里讲评的时候,全班同学都用羡慕的眼光注视着我,我有点尴尬,不知所措,激动得满脸通红,心里像揣了一只兔子,"嗵嗵"直跳。我心里默默在想,钟老师,唯有您的期望我不能辜负!"海阔凭鱼跃,天高任鸟飞",钟老师给了孩子们自由飞翔的空间。如果每个人生命里都能遇上这样的老师,是何等的幸福。

"腹有诗书气自华",班里有一个小墙报,同学们都把写的学习心得或者小文章贴在墙报上,墙报也是同学们展现才华的地方,是见证成长的园地。我把墙报视为芳草地,经常会抒发自己的情感,写一些小文章贴在墙报上。久而久之,文学成为我精神的春雨秋露,对我的品格养成产生了深刻影响。也就是从那个时候开始,我对小说有了如饥如渴的阅读兴趣,长篇小说《铁道游击队》就是在那个时候看的,使我受益匪浅。初中开始,我把每天的所见所闻写成日记,写日记这个习惯一直到了退休后才停止。

从四年级至六年级,我们的班主任和语文课老师都是由钟老师担任。当年考初中,我的作文获得满分。今天想来,我能学有所成，钟老师对我有着非常大的影响。我小学毕业后，再也没见到过钟老师，但他那张笑眯眯的脸，在篮球场上单手投篮的矫健身影，在课堂上讲评我的作文时向我投来的鼓励目光，经常在我脑海里浮现。良师益友，钟老师当之无愧。

三、初中生活

我是1954年7月从高小毕业考入初中的。当时浦江县有两所中学，一所是中山中学，另一所是浦江中学。我家离中山中学比较近一些，所以我报考的是中山中学。中山中学是由孙中山先生的追随者陈肇英先生创建的，他的老家位于浦江县的古塘村。1939年，陈肇英与同乡怀着浓厚的家国情怀，在浦江兴办教育，成立浦江第一所中学，这是他们对家乡父老的感恩，更是对国家未来的期许。宋庆龄曾两次为学校题写校名，寄托了对中山中学未来的殷殷期盼。学校地理位置优越，坐落在浦阳江畔，背靠官岩山，风景秀丽。

中山中学在当年确实很有名望。新中国成立后，政府对学校的教室进行了翻修，补充了教学设施，延续着当初那个炽热的教育梦想。当时到学校念书的学生，不光是浦江县小学毕业的，连附近的县像诸暨、义乌的学生也都到这里来上学。

浦阳江从学校的右侧缓缓流过，江上横跨一座比较大的古石桥，不像现在用钢筋混凝土建设桥梁，它完全是靠石头一块一块砌起来的，宽度可以供一辆汽车开过，相当壮观。那时大家都愿意到河边戏水、游泳，也喜欢在石桥上观看江上朝阳和落日。江边有座山，名叫官岩山。官岩山是浦江县比较高的山，山上零星点缀着一些小的建筑，当时还有一些寺庙。春天学校组织学生到官岩山远足活动，大家欢呼雀跃，一路疯跑玩耍。官岩山上树木茂盛，有一条弯弯曲曲的小台阶，顺着台阶一直往上走可以到达两山之间的寺庙，大家都喜欢在这个地方登高望远。

学校呈正方形分布，从校门进去是教务处、老师的办公室以及一些课程的教研室，里面一排是上课的教室，中间是一座图书馆，教学区的一侧是学生的宿舍，是栋二层楼的楼房。教室的后面是操场，操场上有篮球场，还有单杠、双杠等运动器械供大家进行体育锻炼。教学区的南侧还有一块很大的平地，也是一个操场，比教室后面的那块操场还要大一些，大家用来跑步、踢足球等。在操场的一侧和教学区之间还有一座大礼堂，一般开全校大会、组织活动、文艺演出都在大礼堂举行。大礼堂兼作每天早晨、中午和晚上的饭厅，初中学生都是住校的，学生们8个人一桌在大礼堂用餐，所以它既是礼堂，又是大餐厅。这在当时，无论是学校环境，还是校舍建设，都是其他学校望尘莫及的。学校老师来自各个地方，有本县的，也有外县的，教育质量在当时的浦江县算最好的。

学校分初一、初二、初三3个年级，每个年级有9个班，每个班有三四十人，规模可观。初一的时候我年龄还小，那时候还是少先队员，担任着少先队大队长的职务。初二的时候，我年龄又大一点了，受到辅导员的启发教育，我那时候就写了入团申请书，想申请加入中国共产主义青年团，但那年我没有被批准加入，因为那时候入团的政治审查很严格，要接受考验的，不能马上就吸收入团。我当时也没多想，觉得是让我继续努力，看我表现吧。一直到初三那年，经过学校共青团组织的研究，我终于被批准入团了。我那时候心里既激动又高兴，终于成为光荣的共青团员了，这也是我的政治生命起点。辅导员对我说，无论是在政治思想上，还是学习上，都要以更高、更严格的标准要求自己。我算是一个很听话的学生，不仅在政治思想上严格要求自己，同时学习方面也更加勤奋刻苦。我在班里担任了团支书，积极参加各种团活动，长进很大。

初中跟小学不一样的地方是学校有一座图书馆，我可以经常到图书馆看书。图书馆的桌子上公开放着一些杂志供大家阅读，也可以借阅你所喜欢的书。我一有时间就跑去图书馆，除了看《中学生》杂志，还会翻阅画报，同时还看一些历史书籍，了解了很多历史故事，使我受益匪浅。初中的学习环境比小学要好得多，初中三年的学习生活，我不仅增长了知识，开阔了眼界，还接受了正规的体育锻炼，提高了身体素质。

每天下午5点以后是体育活动时间，有篮球比赛、拔河比赛等各种体育活动。不知是什么原因，我那时候特别喜欢投掷。我经常去体育馆借"手榴弹"（模型）和铅球到操场上练习投掷，既是自己喜欢，同时也是为了练自己的臂力，因为我那时人比较小，体能方面不是很好。为了增强体能，我练得很认真。

初中还有丰富的文艺活动。每学期都有歌咏比赛，各班准备一些小节目，大家带着板凳坐在大礼堂观看演出。当时我年龄比较小，文艺活动参加得不多，我们班有一些年龄比我大的同学，特别是有几个女同学会唱浙江一带比较流行的越剧，当时越剧很有名的是《梁山伯与祝英台》，同学们把它排练起来，在舞台上表演。还有一个节目叫《小放牛》，同学扮演牧童，在舞台上演唱牧歌，受到了大家的热烈欢迎。由此我就感觉到初中生活跟小学的大不一样，令我眼界大开。有时候流动的电影放映队也会来到学校，在操场上拉起银幕放电影，各个班的同学拿着板凳排队到操场上观看。当时我们特别喜欢看一些战争的影片，比如《平原游击队》等，这些影片很有意思，都给我留下了深刻的印象。学习之余，这些丰富的文体活动，让我觉得初中生活十分有意义。

我对那时的伙食情况印象很深刻。每天早饭一般是稀饭和咸菜，中午是米饭和一碗素菜，一个星期里有一次或两次荤菜，晚饭基本上是素菜。8个同学一桌，每人一碗菜，米饭自己随便盛，主食管饱。伙食费每人每月交5元钱，当时来说5元钱的伙食费也不少了。如果是家里有一个工人或者一个国家机关的工作人员，拿出5元钱来给孩子当伙食费是不困难的，但是像我们农村来的学生还是比较紧张。我的5元钱伙食费是我父母和奶奶想办法筹集的，基本上是用卖鸡蛋、卖猪、卖小麦和稻谷换的钱攒出来的。有的时候若正好经济紧张，交不起伙食费，我自己会觉得很难堪，特别是在别人都如期交上伙食费后，我真有点无地自容。好在母亲会很快化解我的难堪，她会去条件好一点的邻居家里借钱，让我把伙食费交上去。我就是在这样经济紧张的条件下，把初中三年课程学下来的。

初中是我的身心发生巨大变化的阶段，也是由少年到青年的过渡阶段。我的学习自觉性提高了，记忆力越来越好。像地理、历史，还有数学等知识，我在课堂上吸收得很好，上自习的时候再稍做复习就可以记得很牢，而且作业也做得很快。一些同学愿意和我进行讨论，向我请教一些问题，我都尽量帮助他们，尽一个班长在学习方面应尽的义务。因为感觉到父母供自己上学不容易，要用更好的成绩报答他们，所以我的学习积极性特别高，学习才华也慢慢地显露出来，各门课的任课老师都经常表扬我、鼓励我。得到表扬和鼓励以后，我更加努力地投入学习中。

每逢学校放寒假和暑假，我都会回到家里帮忙干一些农活儿，还到外头割草喂羊、喂猪。每年暑假我干得最多的是车水，特别是在天气比较干旱的年份，几乎天天都得车水。当时觉得自己应该为家里做些力所能及的事情，给家里减轻些负担，让家里的收入多一些，也可以帮助自己解决一些上学的费用。

那时候的生活条件和上学的条件跟现在比真是天壤之别，所以人越是在艰苦的条件下，锻炼的机会越多，成长得也越快。我在学校里各个方面表现都是比较优秀的，每年都是优秀学生、三好学生。每年的学习成绩报告单，我都会拿回家给父母和奶奶看。父母很珍惜我带回去的奖状，会把它们粘贴在我家堂屋的墙上，最后几乎把整面墙都贴满了。邻居和亲戚们看到这些奖状，对我大加夸赞，我听了心里也是美滋滋的，暗暗下决心，以后还要继续努力。

我们这届同学有不少是新中国成立后才上的学，所以年龄跨度相对大一些。班里有一个女同学比我要大六七岁，初中毕业后因为年龄比较大，高中也就不念了，后来在大连工作。还有一位叫黄秋宵的女同学，她岁数更大一些，比我要大八九岁，她初中毕业后也不念了，后来在北京参加工作。还有一个比我大一两岁的同学，初中毕业后到杭州参加工作了。只有我们几个年龄比较小的，在中山中学毕业以后，又一起到浦江中学高中部学习。

我有一个同学叫黄从虎，他的父亲是初中教师，他家的经济条件相对好一些，每学期的学费和每个月的伙食费对他来说都不困难。我们一起到学校去，周末一起回家，那时候也没有什么汽车、自行车，都是步行。他平时的穿戴比我们好很多，我们跟他走在一起的时候，他穿着比较洋气的西装或买的布做成的中山装。像我们这些比较困难的学生，穿得比较朴素。我初中穿的一直都是我母亲手工做的对襟中式衣衫，是她亲手织出来的布。虽然简单朴素，显得有几分土气，但是我觉得穿起来还是挺暖和的。那时我年龄小，自己没觉得不好，但有的同学说我穿得太土气。这对我没什么影响，我当时思想上很明确，父母供我上学不容易，尽管我穿得不如人家，但是我要努力在学习上赶超别人，所以平时学习十分刻苦，也相应地取得了比较优异的成绩。

在中山中学念了三年，因为学校没有高中部，要念高中，就需要报考浦江中学高中部。由于我初中三年成绩优异，各方面表现突出，所以经学校批准，我被保送到浦江中学高中部。至此，我就完成了初中阶段的学习，顺利地进入高中阶段。

四、新衣服

新衣服是烙印在我年少时期的一个特殊符号。处于新中国成立不久、积贫积弱的年代，我们这一辈人经历的沧桑和坎坷，是如今的孩子们无法感同身受和理解的。那时最让小孩感到喜悦的，莫过于穿新衣了。我对新衣服的渴望，竟是一种奢侈，那种朝思暮想的心境，美好而充盈。在那些艰难的日子里，我的家人用勤劳的双手让我的生活体面而有尊严。

如今，每逢新春阖家团圆的日子，看见我的孙辈们兴高采烈地穿新衣的幸福场景，我感到温暖如春。春节是喜庆的日子，中国人过年都会穿上新衣服，似乎只有穿着新衣服才算是一个无憾的新年。而对于贫困家庭来说，就是再穷，在过年时也要让孩子穿上新衣服，要是哪家孩子过年没有新衣服，就显得寒碜了。所以，孩子们的新衣服，也是父母之间一点点的攀比和炫耀。

每到寒冬料峭的岁末，大人要张罗的第一件事，就是给孩子们准备过年的新衣服。这不仅是父母的意思，更是孩子们心心念念的事。在我家，奶奶和母亲提早把布织好，染上颜色，领着我到村里的裁缝铺那儿量体裁衣，或请裁缝师傅到家里来做衣服。等待新衣服的心情美好又难耐。我无数次闭上眼睛，想象自己穿上新衣那神气的样子，重要的是还能让村里的小伙伴羡慕不已，他们会扯住各自母亲的衣角，乞求来年也做这样的新衣。期待已久的新衣服终于做好了，兴奋之时，遗憾也会随之而来，因为我只能试穿一下，如果合身，就必须脱下来，叠整齐，放入柜子，等年三十晚上再穿。我有点沮丧，急切地盼望着新年快些到来，可日子却变得无比漫长。

终于到了除夕，年就真的来了。吃过晚饭，祭过祖，天已暗淡下来，各家各户都亮起了灯火。这个时候，我迫不及待地穿上新衣服，高兴得又蹦又跳，左看看右看看，怎么看都好看。抬胳膊闻闻，一种新衣服的味，好香，好美，简直要醉了。一溜烟跑出去到村里的小伙伴家显摆，比比谁的衣服好看。没想到，我俩平分秋色，他的衣服也很好看，得不到想要的那种羡慕神态，我有点小失落，但很快就烟消云散，穿上新衣服的小伙伴们三五成群，放鞭炮，看烟花，有时一不小心，新衣服被崩出个大洞，回家就免不了被父母一顿训斥。

大年初一，一家人都会起个大早，穿上新衣，把自己收拾得干干净净，利利索索，走家串户拜年去。穿上新衣服的感觉美得不行，好几天都不舍得换掉，那时候我们的幸福就这么简单。

读初中一年级的时候，学校里流行两边有白色杠条的裤子，在操场上看到穿着这样裤子的男同学，我认为很帅气。跟我要好的一位男同学也有一条这样的裤子，我很羡慕他。他爸爸是老师，家庭条件比较好。我也很想拥有一条这样的裤子，但是，家里的条件比较困难，我迟迟不敢向母亲开口。

爱美之心，人皆有之，初中阶段我刚进入青春期，渐渐对美有了追求，我在学校是学生干部，成绩优秀，比较注意自己的形象。虽然生活在农村，但是父母从小培养我养成良好的生活习惯。我穿的衣服干净整洁，即使是打了补丁的旧衣服，都洗得干干净净。20世纪五六十年代，大人小孩都是穿着打补丁的衣服，没人觉得丢人，更没人笑话，艰苦朴素、勤俭节约是中华民族的传统美德。在国家困难时期，衣服少，穿的时间长，很容易磨破，补丁就有了用武之地，大大小小、不同形状的补丁，贴在漏洞的背后，让人们远离赤身露体。一般家庭都是老大的衣服穿小了老二接着穿，老二长高了老三再接着穿，老三的衣服全是补丁。我们穿的袜子前脚尖、后脚跟常常磨出窟窿，或者裤子的屁股、膝盖部位磨损了，母亲常常夜里在油灯下穿针引线，给一家人的袜子和衣服缝缝补补，针脚均匀细致，那五颜六色的补丁，像绽放在艰难岁月里的花朵。"新三年，旧三年，缝缝补补再三年"，母亲千针万线，把浓浓的爱搁在针线里，让我堂堂正正地行走在人世间。

操场上又多了几位穿白色杠条裤子的同学，在一片的黑、灰、蓝颜色群中，那么引人注目，我憧憬穿着这条裤子在操场上奔跑的样子，甚至在梦里都会呓语，可是我深知母亲的难处和家里的窘迫，一个青春期少年对美的渴望就是这样酸酸涩涩。母亲好像看穿了我的心事，在她心目中，这么勤奋优秀的儿子，不应该落伍，家里再艰难，也要满足我的愿望。于是，母亲安慰我说，等收割稻谷后，也给我缝一条这样的裤子。我望眼欲穿。秋天，稻穗黄了，到了收割的季节，母亲挑了两担谷子到镇上集市去卖了后，到裁缝那里为我缝制裤子。我翘首以盼的裤子缝好了，是一长一短两条裤子！长裤是深蓝色带白杠条，短裤是紫红色带白杠条，见到裤子的那一刻，我如获珍宝，欣喜若狂！我迫不及待地穿上，裤子很合身，很舒适，在镜子里，我看到了一个意气风发的翩翩少年！那一刻，我看到了母亲眼里的光芒。那是浓浓的母爱，想必在那一刻，她肯定认为儿子很帅气，要比给自己做一身新衣服美得多。现在想起来，母亲确实很少给自己做新衣服，她穿的衣服干干净净，利利索索，当然少不了补丁，那是贫困年代的标签，但在我母亲的脸上，看不到贫困的影子。

"一粥一饭，当思来处不易；半丝半缕，恒念物力维艰。"出自明末清初朱柏庐的《治家格言》。没有挨过饿，不能理解粮食的重要；没有挨过冻，难以体会衣服的温暖。一件衣服就能让孩子获得精神和物质的双重愉悦，对生活在当今相对富裕年代的孩子来说，会觉得不可思议。如今，恐怕没有人需要积蓄一年的时光，去等待一次饕餮大餐，去盼求一件普通新衣，去享受由此带来的欢乐。但是，在我们丰衣足食后，节俭的美德不能丢，因为这是中华民族的价值取向和道德风尚。"以俭素为美，不以奢靡为荣"，小时那种经久的盼望和等待，仍时常让我想折返回去，与之相遇。

第四编

青春岁月

一、高中生活

1957年7月,我从浦江县中山中学初中毕业,同年9月1日进入浦江中学高中部学习。那时高中部刚成立不久,是浦江县唯一的一所中学高中部。我们是高中部的第二届学生,和第一届一样分两个班,每个班40个学生。学校教学楼已有百年历史,比较陈旧,教室也少,我们进校后,现有教室无法满足教学需求,为缓解教室紧张状况,学校决定让我们自己动手盖教室。

为此,学校举行动员大会,校长发表了热情洋溢的讲话,使我们激情澎湃,热血沸腾,能够亲身参加校园建设,等于间接参加了社会主义建设,想想都很激动。校长布置劳动任务,我们学生主要负责搬砖和搬运木头。接到这个任务后,我们既兴奋又担忧。兴奋的是,我们积极响应国家"鼓足干劲,力争上游,多快好省地建设社会主义"的号召,用自己的双手为学校建设添砖加瓦;担忧的是,正值炎热天气,在学习之余干这么苦的活儿,我们能否吃得消?

搬运砖头比较容易,附近有砖窑厂,我们每天下午4点下课后,就去那里背一趟砖,一天又一天,很快就把盖教室的砖全部运到了学校。搬运木头要困难多了。木头在离学校有三四十里远的一个叫马剑的地方。那里是山区,山上有很多挺拔笔直的杉树,像一个个威风凛凛的士兵,肃穆端庄,傲然挺立。当地老百姓把杉树砍了以后堆在一起,由我们运回学校。早晨四五点,我们带上干粮出发了,3个多小时后到达马剑。到了之后,我们把树木去枝,整理成一定长度,再往学校搬运,到学校时已经是晚上七八点了。基本上是一天一个来回,体力好一点的同学背大一点的木头，体力弱一点的背小的，有的大木头一个人背不动，就两个同学抬。我那时候年龄比较小，体力也不如年龄大的同学，但我是班干部，需要起带头作用，我就一个人扛一根中不溜的木头，还拿一根木棍当拐杖，走累了就休息会儿再接着走。骄阳似火，汗流浃背，粗大的树木把我的肩膀磨得刺痛通红，但我不能倒下，更不能放弃，只能咬牙前进。当地没有公路，山路崎岖不平，行走很困难，一不小心就会摔倒。同学们互相帮助，有的同学走得快，赶到前面把木材放在路边，再回过头帮助其他同学，像接力一样，既抬了木头，又加深了同学之间的情谊。一般我们不会连着干，休息一天，第三天再去背一趟。扛了大概两个星期，我们才把盖教室用的木头都运了回来。

就这样，我们边学习边劳动，没有一个同学叫苦喊累，原本瘦弱的我也变得强壮了，全校师生用行动践行了国家号召。这项活动给我留下了深刻印象，过程很辛苦，但对我们的意志、体力都是一种很好的锻炼。一年后，有4间平房教室竣工，又过了一年，有8间教室的二层教学楼竣工。走进新教室，胶鞋底把木地板踩得"咯吱咯吱"响，像一串串快乐音符，让同学们格外开心，也真实体验到了劳动所带来的愉悦和满足感。我坐在教室里，阳光透过玻璃窗洒进来，教室是那么明亮而温馨。我的目光偶然掠过窗外，木头扶栏边，几只小鸟在那儿伫立着，还时不时扭动着小脑袋，似乎在侧耳聆听我们的读书声。我们班像一个温暖的大家庭，老师是父母，40个同学就是40个兄弟姐妹，互相学习，互相帮助，互相勉励。

在学校上课的同时，我们还开展了勤工俭学活动。比如暑假期间组织同学到工地参加劳动，不仅锻炼了身体，还增加了收入，为家庭困难的同学解了燃眉之急。学校还分配给我们班一亩地，我们种上了不少种蔬菜，有白菜、茄子、黄瓜等，在热心家长的指导下，这些蔬菜长势很好，成熟后我们摘下来送给学生食堂，不仅节省了伙食费，还丰富了我们的菜品。当我们吃着自己亲手种的蔬菜时，感到格外开心，口味也比从外面买来的菜好多了。勤工俭学为我们紧张的学习生活增添了乐趣，也让我们在艰苦的劳动中得到锻炼，我觉得很有意义。勤工俭学是社会主义教育不可缺少的组成部分，是培养青年学生健康成长的重要途径。学生通过勤工俭学，扩大社会接触面，将书本上的理论知识与现实生活结合起来，不仅能够在课外展现自己的才华，还能增加收入、接触社会，在实践中挑战自我，升华自己，自立自强，成为一个品学兼优，对家庭、对社会有用的栋梁之材。

浦江中学位于县政府所在地的浦阳镇，学校旁边有一条河，这条河最后汇入浦阳江。学校前面有一口很大的水塘，为学校增添了一道美丽风景线。水塘的中间有一座用石头砌起来的古建筑物，当地人称它为钟楼，因为里面有一口可以敲响的钟。通过水塘上用石板铺设的桥，可以走到钟楼那里去。钟楼里面有栏杆和石凳。我们上完一天课后，吃过晚饭，喜欢到钟楼里的石凳上坐坐，好像古代的文人雅士一般，指点江山，激扬文字，畅聊未来。

学校左边有一座小山，山顶上矗立着一座古塔，因此被称为塔山。古塔的外表比较陈旧，听老师说它是在明朝修建的，有几百年的历史了。虽然建得不是很漂亮，但长久未修，却始终没有倒塌，周围长着很多松树，放眼望去，整个塔山一片郁郁葱葱，充满了历史的沧桑感。塔山的海拔不高，我们经常去爬山，跑上去，又跑下来，锻炼身体。上体育课时体育老师也会特意安排爬山活动，大家都觉得很不错，因为山上空气新鲜，还能感受到浓厚的文化气息。

浦江中学是县重点中学，除了本县的学生，外县的学生也会来这里求学，学校的师资力量是比较强的。通过高中三年的学习，我在文化知识方面收获颇丰。我印象比较深的是教了我三年的物理老师和化学老师，他们是从浙江师范学院毕业的，教学认真负责，善于答疑解惑，从不乱发脾气，更不会斥责和埋怨学生。不同于初中阶段的学习，除了课堂上课以外，我们还有实验课。通过在实验室里做化学和物理实验，我们获得了更加直观的感受，加深了对知识的理解，学得更加扎实。我对物理和化学的兴趣很大，如饥似渴地吸收知识，后来在物理和化学方面都有很好的成绩。

我们都是住校的，学校里有宿舍，白天上课，晚上自习，吃饭有餐厅。当然餐厅跟初中的不一样，相当于学校的大礼堂。平时大家用餐时8个人一桌，米饭在木桶里，大家可以随便吃，菜是用一个陶瓷盆装的，每桌放一盆菜，然后分到各个人的碗里，一人一碗，伙食费比初中要贵一些。初中是每个月5元钱，高中是6元钱。一日三餐都在学校吃，星期六下午放假回家，星期一早晨到学校继续上学。高中的学习要求比初中更严格，课表也排得更加有条理和规范，一般是上午上4节课，下午上2节课，每节课是45分钟，中间休息10分钟。第二节课后有20分钟课间操时间，大家到操场上活动身体。晚上7点至9点是晚自习时间，教室的条件比初中时好一些，有玻璃窗和电灯。当时的农村还没有用上电，县城的所在地浦阳镇有发电机发电，所以上晚自习时是有电灯的，比以前的油灯好很多，我们学习也更加刻苦认真了。

1957年兴起的整风反右运动，对我们学校有所波及。入学以后，我听说学校有两位老师被划为所谓右派。一位是教物理的何老师，还有一位是教数学的叶老师，他以前是学校校长。那时我们年龄较小，不懂什么是右派，什么是整风反右运动，只觉得谁教课教得好，谁跟同学的关系好，我们就拥护他，愿意跟他交流和请教问题。何老师和叶老师在我们学生的眼里，是会讲课的好老师，我们听得很明白、解渴，平时也喜欢向他们请教问题。那时何老师还比较年轻，从浙江师范学院毕业没几年，物理课讲得非常清楚，经常用生活中的实例来解释物理问题，生动有趣，使深奥的知识变得通俗易懂，所以我们都对物理这门课的学习兴趣很大。数学也不错，当时学的是几何代数。物理和数学这两门课我都非常喜欢。我除了把课本当中那些习题做好以外，还找老师推荐了课外参考书，自己去书店花钱买了，利用课余时间做一些课外的习题。学校离镇上的新华书店比较近，周末或者午休的时候，我会到新华书店去看一看。有老师推荐的好书，我就买回来自学。何老师和叶老师给我推荐的参考书非常有用，我看了以后，回过头来做课本上的习题就觉得得心应手，非常容易。后来参加学校考试和地区统考，我发现试题与参考书上的题有些类似，对我来说当然不在话下，这两门课的考试成绩都非常好。

　　1958年全国掀起"大跃进"运动。那时我上高二，我们那里也兴起了大炼钢铁运动。学校组织学生到浦阳江边洗沙子，先把沙子放到簸箕里，然后反反复复冲洗，把杂物和泥土冲走，最后剩下的便是粉末状的铁砂。满满一簸箕沙子，只能洗出一小把铁砂。教师和学生都参与进来了，日复一日，最后也洗出了不少铁砂。学校专门垒起一座土质的小高炉，使用时将木炭点燃，推拉风箱，然后将洗出的铁砂从炉顶放进去，经过高温冶炼，铁砂烧结成铁块，冷却后送到县里的炼铁厂，进行进一步的冶炼才能变成钢铁。大炼钢铁活动搞得轰轰烈烈，除了上课以外，同学们都参与到洗沙炼钢的活动中去了。

当时我是班长和团支部书记，经常组织班上的共青团员参加一些活动，和大家相处得比较和谐。除了参加学校开展的集体活动以外，假期里我还组织同学们通过勤工俭学增加一些收入，解决学费和生活费问题。当时路过我们县的浙赣铁路有一条弯道要改造成直道，新路基需要用到很多土和石头。那时候没有太多的机械设备，基本上都是人工用锄头、镐头来挖，把挖出来的沙土放到两个簸箕里，挑到新的路基上去，再用石镐把它夯实，从而完成铁路路基的铺设。正好我们村里有一个退伍军人认识铁路工程队队长，我通过他为同学们争取到了挑土工作。我们起早贪黑大概一天能挑100担土，每一担土要走100米左右的距离，每挑一担土能挣一分钱，一天能挣差不多一元钱。一个假期要干二三十天，就能挣到二三十元钱，可以解决一个学期的学费和一部分伙食费。那几年挑土是我们假期勤工俭学的主要工作。除此之外，我还想了一些别的办法让大家通过劳动挣点钱，缓解经济压力。我们干得卖力，同时学习也没有荒废。体验到生活的艰辛，我们更加认识到学习的重要性，更加珍惜来之不易的学习机会，每个同学对学习都保持着高度的自觉性。

浦江县有个叫钟村的地方，出了一位名叫钟士模的著名教授。他的学习成绩非常优秀，后来留学美国获得了博士学位。新中国成立后，国家急需高端人才，钟士模回国到清华大学当教授，组建了电机系，他是我国自动化教育事业的开创者之一。那时候的知识分子能够离开条件优越的美国，回到一穷二白的祖国，是很值得尊敬的。自从知道有这样一位优秀的老乡教授，我心里就暗暗下定决心，高中毕业后努力考到清华大学，去钟士模教授所在的电机系学习。钟教授给了我很大力量，鼓舞我努力学好各门功课，争取最好的成绩。功夫不负有心人，那时候我在班里的学习成绩始终名列前茅，但很少有人知道，是钟教授的榜样力量在默默鼓励我，成了我奋发学习的重要动力。

二、高考的日子

1960年7月，我们迎来了高考。当年能读到高中的学生不多，我们浦江中学高中部应届毕业生一共才两个班，共80人。因为人少，浦江县没设考场，需要坐公交车到邻近的义乌县考场。3天的高考时间，为了不影响考试，第一天考完我们都不回家，住在当地学校的教室里，晚上把桌子拼起来当床，也刚好是暑夏，和衣躺下很快就进入梦乡了。一日三餐在考场旁边的小摊随意吃点东西便解决了。

高考的具体日期是7月20日至22日，从周三到周五，一共三天。第一天上午考语文，下午考政治；第二天上午考物理、化学，下午考英语；第三天上午考数学。也许是平时成绩扎实，考试时候比较轻松，没有太紧张，考题我都能做出来，没觉得有太难的地方。6门科目两天半考完，第一天考完后很愉悦，第二天、第三天也考得很顺利。高考完回到学校后，老师跟我们对考试答案，我基本上全对，特别开心，觉得自己肯定能考上清华大学。

每一个参加过高考的人，都难以忘怀挑灯夜读的经历，那段青春岁月为梦想而坚持的勇气与力量，在今后的人生道路上，同样会激励自己努力前行。怀揣着大学梦想在高三奋战的这段日子有欢笑，有泪水，也有无奈和疲惫，相信会苦尽甘来。努力了，不管得到什么结果，我都不会遗憾，正如泰戈尔所言："天空中没有翅膀的痕迹，但我已飞过。"

填报志愿的时候，我很想报考清华大学，但总有点胆怯，要是考不上怎么办？还是填一个要求低一点的学校比较稳妥。正当我犹豫不定时，我碰见了堂哥李樟椿。他在浙江大学人事部工作，管学校的招生和学生分配。那年他正好回老家，他问我想考什么学校，我说我的理想是清华大学，但又不敢填，怕考不上。他帮我分析了一下，说根据我的平时表现和高考预估成绩，填清华大学问题不大，第一志愿就填清华大学，第二志愿填要求稍微低一点的其他大学。为了保险起见，我还征求了班主任的意见。班主任说根据你目前的成绩和这一次考试情况，可以报一个比较好的大学，选一个比较好的专业。那时候自动控制是我们国家最新的一门学科，很受关注，大型企业和国防建设都需要自动控制人才，是国家发展的重点，而且钟教授正好是系主任，这对我产生了强烈的吸引力。凭着这些想法，我大胆填了清华大学自动控制系为第一志愿。不出堂兄和班主任所料，我还真的被录取了，而且我知道录取消息的时间比正式发榜还要早一些。因为我堂兄代表浙江大学参加了那次新生录取工作，在招生办公室里碰到了清华大学来的招生老师，我堂哥从他那里得知我被录取了,所以在又一次回老家的时候就告诉我说:"你基本上能被录取,不用太担心,等正式通知书来了再说。"我心里有了底,赶紧去勤工俭学挣钱了。

当年我们班高考表现得不错,几乎有95%的学生都考上了,不论全国重点还是省重点。大部分同学考上了省内大学,有浙江大学、浙江工学院、浙江天目林学院、浙江师范学院等。班上只有4个人考到省外的重点大学,我考上了清华大学,陈友梁考上了北京大学,郑伟荣考上了北京铁道学院,王兴龙考上了北京第一外国语学院。那时候清华是6年制,其他高校是5年制,我是1966年大学毕业的,其他同学1965年毕业。那时候大学毕业生的工作是由国家分配的,陈友梁被分到了科学院的一个研究所,郑伟荣被分到了铁道部的一个工程局,王兴龙留在北京当外语老师了。其他同学也都顺利毕业,走上工作岗位,不久成为工作骨干,为国家做出了应有贡献。

通往梦想的道路是崎岖不平的,也是令人兴奋和备受鼓舞的。3年高中与同学一起学习,一起生活,一起成长,每时每刻都有一股强大的力量在推动我奋力向前,我考取了清华大学,实现了走出乡间小路去看外面大世界的梦想,清华在等待它勤奋的学子,未来在召唤为国学习的有志青年。

三、我的指路人李樟椿

常言道,"一个人的成功离不开他人相助",他不一定是你最好的朋友,也不一定是你朝夕相处的家人,而是有正能量、有眼光、真心帮你却不求回报的人,他在你迷茫的人生十字路口为你指明前进方向,在你陷入困境时出手相帮,在关键时刻提携你、点拨你,让你避免走弯路。这个人通常被称为"贵人",贵人可遇不可求,就像南宋著名词人辛弃疾所写的那样,"众里寻他千百度,蓦然回首,那人却在,灯火阑珊处"。

我人生第一位指路人是我的同房同宗兄弟李樟椿。他比我年长15岁,我们是邻居又是同宗,他对我从小到大都很关心。他家的兄弟姐妹多,生活条件比我家差,所以在20岁那年,他到杭州谋生了。在五四运动和新文化运动的影响下,浙江青年一代纷纷开始觉醒。他们热切关心祖国的前途和命运,以"天下兴亡,匹夫有责"来激励自己,热情投身于革命洪流中。许多青年以不同的方式,积极从事社会政治活动。有的在学校里组织进步团体,有的冲出樊笼,奔赴省城,率先走上了中国共产党领导的革命道路。李樟椿大哥是一个追求进步的青年,从小就有忧国忧民的意识,他在杭州受进步思想影响,参加了共产党的地下组织。

我在暑假、寒假有机会和李樟椿大哥见面的时候,他经常向我传播进步思想,鼓励我好好学习,争取早日加入共青团。在他的影响下,我上中学后就向团组织递交了入团申请书,光荣入团后还担任了学校的团支部书记。

新中国成立后,他被分配到浙江大学,在人事处负责学校教职员工的人事工作,也负责每年浙江大学的招生工作。他对各个高校的招生录取情况很了解,当时我对报考清华大学没有信心,打算报考浙江大学,因为他在浙江大学,只要分数够,能保证优先录取。他告诉我,浙江大学是好,但不该是我的第一选择,根据我的学习成绩和表现情况，完全可以考上比浙江大学更好的学校，他推荐我填报清华大学自动控制系。

清华大学为适应国家工业建设和国防建设的需要，于20世纪50年代设置了与自动化学科有关的一批专业，包括工业企业电气化与自动化专业（1955年设在电机系）、自动学与远动学专业（1955年设在电机系，1958年6月并入自动控制系改名为自动控制专业），对考生要求比较高，但因为是新设专业，和清华其他热门专业比，竞争应该没有那么激烈。我在选择中犹豫不定，李樟椿大哥却对我很有信心，在他的鼓励下，我最后填报了清华大学的自动控制系。高考完了后，我把在考场上的发挥情况和他说了，当时他在浙江省参加高考的录取工作，他让我放心，说会关注我的录取情况，在还没有完全公开发榜的时候，他肯定了我的成绩能考上清华大学，消除了我心里的忐忑不安。拿到录取通知书的那一刻，考上清华尘埃落定，我觉得这一切像一场梦，这是我19年来最美好的一瞬间，它永恒定格在我生命里。

到清华大学读书后，每年暑假回家经过杭州时，我都会到李樟椿大哥家里住上几天，促膝长谈。在北京，我接触范围广，思想逐渐成熟，在交谈中，大哥常常抒发对新社会的热爱，对党的赤胆忠诚。"好好学习，争取进步，成为对国家有用之才"，这是他对我多次重复的话。从一个进步青年到地下党工作者，再投身到祖国的教育事业，大哥是我心目中的偶像，正因为有无数像大哥这样思想进步的青年，所以才带来了中国社会的进步。

李樟椿大哥带我到杭州的一些著名风景区游览，如西湖、植物园、玉泉、灵隐寺等。记得我第一次到西湖游览时，就被西湖的美景深深吸引住了,有一种源于心底的声音响起,西湖真美!"欲把西湖比西子,淡妆浓抹总相宜",西湖的魅力在唐诗宋词中得以张扬,在无数传说中得以流传,处处风景处处诗,岁月如歌常抒怀。美丽西湖令我们流连忘返,风华正茂的我们有说不完的话,我俩边谈学习谈理想,边游览西湖美景,走了很远的路都不觉得累。

大学毕业我参加工作后,我们还保持着联系,李樟椿大哥很关心我在各方面的成长,不停地写信鼓励我。他说人生旅程,没有大树可以依靠,没有捷径可以寻找,要比他人多付出几分努力,每天要超越自己一点点,正如战国末期著名思想家荀子在《劝学》中所说:"不积跬步,无以至千里;不积小流,无以成江海。"进步在于每天努力,成功在于不断积累。大哥亦师亦友,我大学毕业参加工作后,大哥的鼓励和教诲依然给了我很多人生启迪。

2013年夏天,87岁高龄的李樟椿大哥来到北京,我们又见面了。50多年的岁月,弹指一挥间。回想起当年一起漫步西湖,正值青春年华、意气风发之时,未来仿佛有无数个供我们恣意挥霍的日子。谁知转眼间,我们都已步入人生晚年,经历过的风风雨雨,已如明日黄花被秋风吹走,留下的只有沧桑回忆。我请大哥吃饭,我们喝着茶水聊着天。相聚是那样的令人激动,令人开心,几十年没见,感觉还是那么熟悉、那么真切、那么自然。我们仿佛忘记了彼此的年龄,思绪回到53年前大哥指点江山令我高考定乾坤的日子,彼此想说的话太多,有聊不完的前尘往事,有说不尽的离情别绪,更有道不完的喜悦与沧桑。饭后我们漫步在灯火璀璨的北京城,两人不胜感慨。"仗打完了回家过日子,过着有一份工作、老婆孩子热炕头的日子,这日子里是没有枪声、炮声、爆炸声的",年少参加革命斗争的大哥回忆起当年的渴望,从来没有岁月静好,只是有人替我们负重前行。祖国繁荣富强,社会和平安定,人民丰衣足食,这就是先辈们梦寐以求的生活,而我们今天已经完全实现。大哥很欣慰,后辈都很优秀,养育了一个儿子、两个女儿,其中二女儿大学毕业后定居北京,二女婿在中央党校干部培训部门的领导岗位上任职,聊起后辈们的话题,大哥滔滔不绝,脸上充满了自豪。

回杭州后不久,大哥病逝,噩耗传来,我陷入久久的悲痛之中。愿李樟椿大哥在天堂安好。生老病死是人生的自然规律,人人都会经历的。人生一世,草木一秋,关键在于活得是否有价值,是否有意义。大哥早年参加革命工作,后来转入大学做人事工作,为人民打江山、坐江山,一辈子勤勤恳恳、任劳任怨,把自己的人生价值和中国人民的解放事业紧密连在一起,一生过得非常有意义。

人在亲人的期盼中来到这个世界,又在亲人的哀痛中悄然离去,这一生关于自己的风景总会凋谢,关于自己的声音总会消失,"人有悲欢离合,月有阴晴圆缺,此事古难全"。人的一生也是不断地失去自己挚爱的过程,这是每个人必经的巨大伤痛,人要学会释然,人生没有完美的,没有永恒不变的,忘掉不愉快的往事,放下所有的恩怨,花开花谢,雪飘雪落,在对生命的感悟中,我愿过好每一天。

四、情同手足

跟我最要好的同学张才土跟我同时考上了中山中学,后来到高中的时候我们还在一起。高中毕业后我考上了清华大学,他考入了浙江天目林学院,我们就分开了。我念大学的时候放暑假回家,还会去看他,他后来在浦江县工作,我参加工作以后回老家,我们还经常见面聚一聚。直到现在我们还保持着联系,他比我大一岁,都已经80来岁了。他是我从童年到现在还有联系的同学,说起来也是很不容易的。

同学之情是春日的风,夏日的花,秋日的果,冬日的阳。我和张才土同学共同撑起了70余年友谊的天空,成为我们美好青春的见证,也沉淀了岁月的精华,弥足珍贵。张才土的家在我的邻村缸咸村,我们结识在上小学的第一天,从一年级开始到高中毕业,同窗十二载,情同手足。

也许是"物以类聚,人以群分",上小学开始没多久,我和张才土便发现彼此志趣相投,很快就成了好朋友。张才土性格敦厚,乐于助人,读书勤奋,学习成绩优秀。在学校上课时我们是形影不离的好朋友,下课后,我们又相约一起去玩球,到小溪去摸鱼玩耍,总有属于我们的乐趣。小学6年毕业后,我们同时考上中山中学,虽然不在一个班,但我们还是经常在一起探讨学习。初中3年毕业,我们又同时考上浦江中学高中部,还在同一个班。我们总在一起上课、吃饭、休息,相伴成长;我们曾被同一本书感动,也曾为同一部电影而热血沸腾;我们曾为一道难题争得面红耳赤,但很快就和好如初。我们之间没有隔阂,没有分歧,一切都是那么和谐,只为梦想拼搏。我们一起嬉笑玩闹,一起慢慢长大。我们向对方敞开心扉,肆无忌惮地谈论着各自的理想,憧憬美好未来,并一起经历了高考这场青春的洗礼。在高考前紧张又忙碌的日子里,我们互相帮助，互相鼓励。最难忘的是我们被不同大学录取的那一刻，巨大的幸福和喜悦涌上心头，所有的泪水和汗水只为青春无悔。十二年光阴，在同一起跑线上所有的奔跑和努力，都成为我们人生中最美好的风景。回首过去，在岁月的长河里，我们都能看到属于自己的那几朵浪花。

张才土得知我被清华大学录取，特别开心，比他自己考上大学都高兴，发自内心地祝福我。我们相约保持联系后就各自踏上了求学之路。一南一北，我们的友情并没有因为距离的阻隔而淡薄，通过书信来往，我们分享学习生活情况及所见所闻，感受对方的温暖与牵挂。每逢寒暑假，我们回到家乡，聚在一起，总有聊不完的话题。弹指一挥间，我们已经由当年的懵懂少年成长为男子汉，不变的是梦想依旧。

我们相继大学毕业，巧合的是张才土被分配到浦江县九皋小学当老师，这是我们当年就读的学校。他非常热爱这份职业，兢兢业业地在教师岗位上辛勤耕耘，后来我到华北电力大学当了老师。我们竟然不谋而合地选择了相同的职业，这份巧合，也许是冥冥之中的安排吧。

我常常牵挂千里之外的父母，尤其是父母生病时更是寝食难安，焦虑中只能联系张才土帮忙。每一次都是他赶到家里帮助解决老人的需求。父母对他非常信赖，遇到他家里有什么困难，也会尽力帮助。有了张才土同学，我心里很踏实，能把更多的精力放在学习和工作上。

张才土的婚姻非常美满，娶了一个贤惠勤劳的妻子，在几十年的人生风雨中，夫妻俩相敬如宾，如今子孙满堂，日子过得红红火火，我为他感到由衷的欣慰。

20世纪80年代初期，张才土到我保定的家做客，老同学见面喜悦之情溢于言表，相见如孩子般天真。我们一起去了北京天安门广场，观升国旗，游故宫，感慨万千。我们与共和国一起经历了波澜壮阔的年代，在青葱的岁月，与理想共进，书写了属于"40后"的青春华彩；我们身处一个伟大的时代，而这样的时代，也给了我们更多的信任、更大的舞台，让我们在时代大潮中尽情施展才华，竭忠尽智，知识报国，建功立业，用奋斗成就有价值的人生。

同学情，是一生中的财富，是彼此经过身心交流、情感交融得来的情谊，同学之间的感情是世界上最真挚的，无论贫穷还是富贵，不存在利益关系，这种淳朴的情感不是金钱所能替代的，不管时空相隔多远，心灵永远相通，情感永远纯真，希望我们每个人都能珍惜这来之不易的缘分。如今我们都已步入耄耋之年，我们之间的友情不会随时间而流逝，也不会因距离而疏远。我们经常会通过微信寒暄问候，让友谊的桥梁永远连接彼此的心灵。

五、工地挣车费

那时候从我家乡坐火车去北京的车费要15元，这是一笔不小的开支，要卖粮食的话，得卖好几担。我不想给家里增加负担，想靠自己挣出这笔钱来。浙赣铁路铺路基，需要用石头、沙土把它填起来。那时没有推土机、起重机这些机械设备，全靠人工来完成。我的主要任务是挑土，就是用一根扁担和两个竹编的筲箕，把挖出来的土挑到路基上，距离100米左右。每挑一担土，工地上会发一根竹签，一根竹签代表一分钱。我起早贪黑拼命地挑，一天能挑100担，这100担就是一元钱。虽然头顶骄阳，汗如雨下，两个肩膀被扁担压得灼痛，但心里很高兴。我心里想，如果挑15天，就可以赚到去北京上学的15元火车费了，再坚持一段时间，还可以赚到文具用品和生活用品的费用，就可以减轻家庭负担了。

我每天在工地上坚持挑土，也在等待录取通知书的到来。虽然有堂兄透露的消息，能让我基本踏实下来，并做着去北京读书的准备，但毕竟还没收到录取通知书。直到有一天，一生中最难忘的情景出现在我眼前：父亲左手拿着一封信，右手拿着草帽，脚上穿着一双草鞋，从远处一路奔跑过来，边跑边喊着我的名字，"遵基，不要挑了，不要挑了，你被清华大学录取了"。那一刻，我呆住了，耳边所有的声音几乎都听不到了，只剩下"你被清华大学录取了"，直到父亲走到我跟前，我接过他手中的信，用沾满灰土的双手激动地打开的那一刻，我的心儿怦怦地跳，看到通知书上清清楚楚地写着我的名字，蓦然间我的眼泪夺眶而出。寒窗十二年，我的心血没有白费，夜挑孤灯，与书为伴，废寝忘餐，孜孜不倦，此时此刻都化作了手中这颗甜蜜的硕果。清华大学录取通知书是我努力的报偿，是我汗水的结晶，是我继续奋斗的闪亮起点。我有理由激动，有理由炫耀，因为我一个普通的农家子弟，靠自己的努力，考进了中国最著名的高校之一——清华大学，成为我心中最敬佩的老乡教授钟士模先生的学生，这一切让我在浙赣铁路铺路基的工地上，尽情地流淌自豪的泪水，也让父亲感到从未有过的荣光。

我很快冷静下来，挑土工作不能停，光是15元钱还不够，只能解决火车费的问题，路上还得花点钱，另外还得买点新衣服和文具用品，我不能只停留于十几元钱，还应该再挑一段时间多挣点钱。那时离学校报到的时间还长，来得及准备。我让父亲回去了，我和同学们继续在工地上挑土。因为觉得自己即将迈入新的阶段，走入新的领域，既兴奋又激动，工作劲头更足了。直到只剩下几天就要报到，我才带着工具回家了，结束了在老家的最后一次勤工俭学劳动。我清楚地记得自己挣了 30 元钱，除去车票花费，还剩余十几元钱。我父亲怕我的钱不够，卖了一些粮食，又给我凑了一点钱。

六、去北京上学

现在考上名校的学生会得到学校和媒体的大肆宣扬，甚至会被很多公司邀请去拍广告做宣传。当年我是整个浦江县唯一一个被清华大学录取的学生，按道理也是很不容易的，但当时跟现在不同，除了我们村里的邻居、亲戚、朋友和我的一些同学老师对我表示祝贺以外，基本上没有太大的动静，当然也没有什么可遗憾的，整个社会风气就这样，每个人都在自己的岗位上努力奋斗，我是个学生，考上清华，等于是取得的成绩比较突出罢了，也没有什么值得特别夸耀的。

离开学的日子很近了，母亲抓紧为我准备去北京的衣物和日常用品。母亲每天晚上熬夜，做了一床蓝色印花棉被、一套中山装和大棉袄。棉花是自己家种的，母亲把被子缝得非常厚实，中山装是用奶奶织出的粗白布染成黑色裁剪后缝制而成的，虽然很土，但那是母亲一针一线缝制而成的，我觉得很时尚很暖和。"慈母手中线，游子身上衣。临行密密缝,意恐迟迟归。谁言寸草心,报得三春晖。"几十年了,每当读起这首诗,我都会想起母亲灯下为我缝衣的情景,想起母亲对我无微不至的关怀和无私的爱,想得我泪流满面,我的思绪情不自禁地回到童年,仿佛看见一个忙碌的身影,那是母亲在驭犁耕田;一个疲惫的身影,那是母亲在为我缝制寒衣;一个喜悦的身影,那是母亲在为我学习进步而开心。细细回想,在我的生活中,哪一天少了母亲的身影?当我哭时,母亲把我抱在怀里安慰我;当我无助失落时,母亲张开她宽广的臂膀,给我温暖和爱;当我生病时,母亲守候在床前一刻都不离开,为我喂饭熬药。母亲恩重如山,我却无以回报。当然,母亲很大度,得知我在为水电事业四处奔忙时,她说这就是回报了,因为我回报的是大地山河,回报的是祖国人民。

家里有一块樟木,父亲特意请人做了一个木头箱子,给我装行李用。樟木有一股樟脑味儿,衣服和书本长时间放里面也不会被虫蛀。那时候有钱人外出会带一个皮箱,或者买一个比较好的行李箱,我家当时比较困难,买不起行李箱。临走那天,奶奶和母亲把我送到村口,那时奶奶的岁数已经很大了,而且小脚走路很不方便,走出家门的时候,她从兜里拿出一元钱放进我的口袋,说路程远,在路上买点东西吃。在这之前,我很少出远门,最远的一次是学校组织学生到杭州市游览西湖。这一次我要到更远的北京去。村里有很多人都出来送行了,大家生活拮据,没有什么好的东西可以送,主要是关心我,叮嘱我在那边好好学习,多多锻炼身体,以后为国家做更大的贡献。送给我的东西里大多是自家鸡下的蛋,有的人送3个,有的人送6个,让我在路上吃。也有送南方比较流行的用大米粉做成的米糕，买的米糕有的放白糖，有的还放薄荷，清凉中带着甘甜。当时一块米糕要一两角钱，所以送给我这样一块米糕是很贵重的礼物了，也表达了他们对我的一片心意。从家到汽车站有1公里远，汽车站有开往郑家坞火车站的班车。父亲用扁担挑着我的樟木箱和蓝色的印花棉被，一直把我送到班车上。

车启动了，我透过车窗看着瘦弱的父亲还站在汽车站向我挥手，久久没有离去。离别的酸楚涌上我的心头，我大半辈子奔波忙碌的父亲，是我家的顶梁柱，他话不多，对我的爱沉默而浓烈。小时候我坐在他的肩头上，能看得很远很远。在我的生命中，有了父亲就有了依靠，我就可以毫无后顾之忧，只管自己学习就是了。都说父爱如山，山是无言的，父爱也是无言的，父爱就在父亲的沉默寡言中，在父亲的辛勤劳作中，也在父亲慈爱的眼神里。父亲的身影，家乡的一草一木、山山水水，离我越来越远了，我的眼睛湿润了，默默发誓，今生无论去哪里，走多远，我都不会给家乡丢脸的。

郑家坞火车站是个小站，一般是慢车停，快车都不停的，所以我坐的是绿皮火车，我们那里没有直达北京的火车，我要先从郑家坞坐火车到杭州，需要两三个小时。那时的火车跟现在的不一样，人很多。第一次离开家乡坐火车出远门，既新鲜好奇，又有点紧张。我一个学生还挑着箱子和棉被，走起来很困难，大家比较体谅我，有好心的乘客还会帮我托一托箱子。有个好心人看我挑这么大堆东西，建议我办理托运，我不太懂什么叫托运，更重要的一点是，我明白托运行李肯定要不低的托运费用，我身上的钱都是自己勤工俭学、辛辛苦苦挑沙土挣来的，哪里还有更多的钱去托运行李呢？我觉得自己挑行李，比光着膀子、顶着烈日干活儿轻松多了，还是辛苦一点自己挑着吧。到了杭州站，我又下车换乘杭州到上海的火车，当天就到达了上海火车站。到上海火车站以后要重新买票，还要等上一夜，因为第二天才有上海到北京的火车。那时候也不能找旅馆，我在火车站候车室的椅子上靠着自己的行李，闻着樟木箱的香味凑合着度过了一夜。第二天挑着樟木箱和印花棉被，我坐上了上海到北京的直达火车。为了方便学生到北京报到，清华大学录取通知书里还附带两张学校印的托运行李单子，上面写着"清华大学自动控制系"，挺大的两张白纸。我当时把一张贴在木箱子顶上，另一张贴在蓝色印花被子上。火车上不少乘客看到我的行李标签以后，会用羡慕的眼神看着我，觉得我考上清华大学了，肯定是学习优秀的学生，我心里很是骄傲和自豪。火车上人比较多，我在两个车厢的连接处找了一个地方放下箱子，坐在箱子上靠着行李休息。有的时候自己看会儿书，累了或者晚上就靠着行李睡一会儿。

火车行驶到南京时被长江拦住了，无法直接通过。那时候还没有建长江大桥，岸边有专门摆渡火车的轮船，以三个车厢为一段，一辆火车被分成若干节，它们依次被推上轮船，运到长江对面的浦口站，再把车厢一节一节地拉出去，重新组成一辆火车，前后折腾了三四个小时才继续往北京开去。加上火车车速比较慢，我当时还特意算了一下，从老家坐上汽车，一路辗转到北京火车站，要三天三夜的时间，共72小时。尽管时间比较长，但我心里还是挺高兴的，因为我将要到一个新的环境——祖国的首都北京去学习。当时清华大学录取通知书上写着"清华园——工程师的摇篮"，想到自己在清华学习以后，将来会成为一名光荣的工程师，感到心潮澎湃。

现在从上海到北京，坐高铁四五个小时就够了。我在华北电力大学任教时，知道不少学生都是坐飞机来报到的，还有的学生是家里用轿车专门送到学校的，和当年我们上大学真是天壤之别，一方面表明我们国家交通建设有了很大的发展，另外一方面也说明国家确实实现了由贫穷到富裕、由弱小到强盛的飞跃。当今的中国已经成为世界第二大经济体，这既要归功于中国共产党的英明领导，也要归功于全体中国人民的艰苦奋斗。

我在媒体上看到一条好消息，杭州至温州高铁的杭州至义乌段浦江站，已经开始建设，2024年就可以通车了。浦江站是杭州至温州高铁的中间站，站点在浦江县岩头镇后叶村，浦江县将改变没有铁路的历史。我坚信，高铁的建设和顺利运营，一定会带动浦江县的经济再次腾飞。

七、首都北京

一路辗转，火车徐徐驶进北京站，广播喇叭里响起动听悦耳的声音："旅客们，欢迎您来到祖国的首都北京。"我听了心里很兴奋，早已忘掉一路颠簸的劳累，赶紧收拾好东西，挑着行李下了火车，随着人流走出站。从北京站出来，我一眼就看到了清华大学接待新生的横幅，赶忙挑着行李去那里报到。报到处停着好几辆大巴车，我的行李被热心的学长搬上了车，等装满一车人后，校车将载着我们直达清华园。终于坐满人了，校车驶出北京站后进入长安街。向东看，一轮红日冉冉升起，万道霞光洒在东西长安街上，长安街显得既宽阔又漂亮，南北两侧高楼耸立，稀疏的几辆小轿车迎面向我们驶来。北京的早晨是那样的静谧，充满勃勃生机。

校车到了天安门广场，经过天安门城楼时，我们所有新生都站了起来。啊，原来这就是我们朝思暮想的天安门城楼，毛主席向全世界宣告"中华人民共和国成立了"的地方！过去只在书上、画报上、电影里见过，我总会按捺不住那份激动和渴望，期待有一天能亲眼见到天安门城楼。现在天安门城楼离我这样近，让我看得这样清，远远看见毛主席的巨幅画像悬挂在天安门城楼上，他那双眼睛是那样的亲切慈祥，又像是在叮嘱什么。我的眼睛湿润了，心底里涌起一股无穷无尽的力量。红色的城墙，金黄色的屋顶，朱红色的廊柱，庄严肃穆，气势雄伟。金水桥边的汉白玉栏杆与晨光相映生辉，美得让我目不暇接。五星红旗迎风飘扬，远望巍峨高耸的人民英雄纪念碑，我感到岁月的厚重、使命的神圣，我要用美丽的青春去描绘国旗的风采。我不知道其他初到北京天安门的年轻人是什么心理感受，反正我们这一车清华学子都用熠熠闪光的眼睛望向天安门城楼，向我们的伟大领袖毛主席，向天安门广场，默默地行注目礼。

从燕都到北平，从北平到北京，3000多年的建城史，在这里留下了无数传说、故事和数不尽的文化古迹。从小读过太多关于北京的文章，比如众所周知的长城、故宫、天安门、前门、天坛、天桥、圆明园遗址以及四合院、胡同，等等，都带有浓重的历史感，我对北京心怀敬仰，对北京的感觉模糊而美好。无论是那红墙绿瓦、院落胡同，还是余音绕梁的京剧、百年老字号……都在诉说着历史长河中一个个精彩故事。千年古都文化源远流长，北京的古朴之美，不是在照片上可以感受的，一定是踏上这片古老的土地，静静地去感受，才能体会到这里沉淀了几千年的大美中华文化，沁入肌骨，无可替代。

大学期间，我和同学们一起，走遍了北京各个名胜古迹。

当我站在圆明园的西洋楼遗址前，眼前的残垣断壁，满目疮痍，触目惊心。圆明园继承了中国 3000 多年的优秀造园传统，既有宫廷建筑的雍容华贵，又有江南水乡园林的委婉多姿，同时又吸取了欧洲的园林建筑形式，把中西方不同的园林艺术风格融为一体，在整体布局上使人感到和谐完美，堪称中西方园林建筑文化融合的力作。1860 年，英法联军侵入北京，火烧圆明园，烟云笼罩了整个北京城。圆明园，这一园林艺术的瑰宝、建筑艺术的精华，就这样在大火中化为一片废墟。今天，在西洋楼遗址仅有几根石柱屹立在那里，记录着英法联军摧残中华文化乃至世界文明的滔天罪行。这是一个石头会说话的地方，它向世人诉说着一代名园的兴衰荣辱。看到侵略者的贪婪和残暴，我的心情十分沉重，感到屈辱和愤怒。圆明园是每一个中国人灵魂深处的伤痕记忆，它时刻提醒着我们不忘国耻，不能让历史的悲剧重演。

"不到长城非好汉"，登长城是藏在我心中的一个梦想。到了北京，我迫不及待去做了一回好汉。第二学期的春天，学校组织春游，我报名去了八达岭长城。八达岭长城位于北京市延庆区军都山关沟古道北口，是中国古代伟大的防御工程万里长城的重要组成部分。俗话说"百闻不如一见"，我从长城底部往上登，一直到了最高的烽火台。站在这里放眼望去，我不由得感叹起长城的壮美奇观，极目远眺，万里长城连绵起伏、雄伟壮观，像一条巨龙在舞动,在凌空腾飞。蓝天白云下,四周大小群山环抱,感觉祖国的山河竟如此壮美,如此多娇。作为中华儿女,自豪感油然而生。

清明过后,春暖花开,是北京踏春赏花的好时机,我跟同学们一起到颐和园春游。这座曾遭八国联军焚烧的皇家园林,是以昆明湖、万寿山为基址,以杭州西湖为蓝本,汲取江南园林的设计手法而建成的一座大型山水园林,也是保存最完整的一座皇家行宫御苑,历经多次修缮,已经恢复古色古香、恢宏富丽的面貌,璀璨夺目,处处显露出深厚的人文底蕴。当我登上佛香阁一览颐和园的全景时,满园的湖光山色足以让我沉醉其间,感叹能工巧匠用慧心巧思与精湛技术打造的杰作。

到了冬天又逢北京初雪,大地在一夜间变了模样。皑皑白雪覆盖着整座城市,凛冽寒风吹拂着大街小巷,呈现出别样的景致。我们第一次到北京的同学,看到北京初雪的样子,特别兴奋,有人提议,去故宫里赏雪,才能看到紫禁城最美的样子。周末,我们到了雪后的故宫,被眼前的雪景迷住了:金瓦白雪、红墙银衣,白雪与红墙相得益彰。每一块砖都有它独特的气质,每一片瓦都是跨越百年的对话,在洁白晶莹的雪花映衬下,一步一景皆在画中,绝美无比。庄严、肃穆、大美的紫禁城,大气恢宏,让我领略到中国建筑的厚重与静美。如果全世界每年只下一场雪,我只希望它落在紫禁城!

在北京读书6年,我走遍了北京每一个重要的历史古迹,这里步步有书香,处处有文化,浓郁的京味文化充满了神奇色彩。2000年,在我离开北京30多年后,我们一家人到北京定居。我见证了这座千年古都翻天覆地的变化。特别是2008年奥运会的成功举办,城市建设突飞猛进，道路两旁多了绿树和花草，花坛和草坪拼成美丽图案点缀着城市的大街小巷；立交桥纵横交错，犹如盘旋的巨龙；十多条地铁线把偌大北京城四面八方的交通连接起来，形成一小时的交通网，给人们带来极大的便利；高楼大厦鳞次栉比，国家大剧院、鸟巢、水立方，让人们由衷感叹现代化建筑的雄伟与壮观。中国的基建能力不停地给全世界带来惊喜，新建的北京大兴国际机场被外媒誉为"新世界七大奇迹"之首，创造了六个"世界之最"。

北京可谓是历史与现代最完美的结合，白天繁花似锦，夜晚灯火璀璨。作为中国的政治中心、文化中心、国际交往中心和科技创新中心，有深厚的文化底蕴，经济发达，交通便利，生活方便。在这里，商品琳琅满目、应有尽有，而且价位相对合理；在这里，你可以感受到现代国际化大都市的生活节奏，满足你对物质的一切欲望；在这里，挑战与机遇并存，只要你有能力、肯吃苦，总会找到属于你的平台和机遇。毋庸置疑，我们大部分人都是因为热爱北京才会来到这里，怀揣着一份属于自己的北京梦来到这个大气而又温暖的城市。我们都深深地热爱这座城市，喜欢它的包容，喜欢它独特的魅力，喜欢它的快节奏，喜欢它带给我们的压力，让我们更快成长，更快融入北京的社会氛围。我坚信，只要有足够的努力，每一位在北京打拼的人，都能够闯出属于自己的一片天地。

第五编

清华学子

一、水木清华

一路风尘仆仆，终于到了清华大学——我心中的圣殿。

清华大学的新生接待工作做得很细致，接待处在西操场，一幅大的横幅："清华园——工程师的摇篮，欢迎你！"给我留下极为深刻的印象。负责接待的往届老同学很早就在那里等候了。我在自动控制系的接待处办理了报到手续，当时自动控制系的宿舍在西区的第12号楼学生宿舍，负责接待的同学热心地帮我拿行李，把我带到了宿舍。我们一年级的宿舍在一楼，每个房间有5张上下铺，可以住10个人，在两排床铺的中间还有两张桌子和一些小方凳，供大家在宿舍里做作业和看书。每张床上贴了床铺主人的名字，我在下铺，正好我也喜欢下铺，不用爬上爬下那么麻烦。在宿舍安顿好后，学长还领我到食堂吃饭。自动控制系和电机系两个系的学生吃饭在一起，是位于宿舍楼旁边的第九食堂。

走在向往已久的清华大学校园，我发自心底地赞叹：清华园太美了！在那个信息不发达的年代，我只是在电影的新闻简报、画报上了解过清华，当我置身于这座中西合璧的中国顶尖学府时，发现这种美，不只是风景的清幽与淡雅，更是"腹有诗书气自华"的底蕴之美。我在中国古典诗词里，看到过不少关于清华朝霞、微风、夕阳、柳树与建筑物等的美好描述，在这里都一一呈现了，如书法的行云流水，素描的恬静淡然，更像是一个个凝固的音符，在弹奏着教育与科技的华彩乐章。这座现代与古韵并存的校园，让我体会到季羡林先生笔下心灵寄居地的静谧与和谐，杨绛先生面对人生大起大落的释怀和坦然。清华大学教授朱自清先生写的名篇《背影》

与《荷塘月色》，文字朴素清丽，我上高中时读了无数遍，当课本里的景色真实地呈现在眼前时，我兴奋不已，像发现了新大陆，似乎闭上眼睛也能听见荷花的浅吟细语。

清华园是一座美丽的皇家园林，亭台楼榭与湖水树林相映成趣，环境非常优美怡人。园中的建筑大多是中西合璧，显得高贵典雅，舒适度极高，否则也不会吸引清朝咸丰皇帝来此居住。从汉白玉的二校门进去，迎面正对青铜圆顶的大礼堂。二校门和大礼堂之间的草坪正中有一座古代计时器——日晷，原为圆明园遗物，是1920届学生毕业时献给母校的礼物。日晷底座镌刻有"行胜于言"的铭言，"行胜于言"从此成了清华的校风。这种校风使清华培养了一批又一批具有"健全人格、宽厚基础、创新思维、全球视野和社会责任感"，"肩负使命、追求卓越"的优秀学子。图书馆前立着一截断碑，是纪念三一八惨案牺牲的烈士韦杰三同学的；礼堂东边是建筑系馆、机械系馆、水利系馆和图书馆；西边是科学馆、教学楼和阶梯教室。教学楼旁边立有国学大师海宁王静安（王国维）先生纪念碑。大礼堂西边小山上有钟亭，唤作闻亭，是纪念闻一多先生的。小山下有一片湖泊，三面环山，另一面是校长办公的工字厅，工字厅门前有一对石狮子，前门悬挂"为人民服务"五个大字，后门悬挂"水木清华"四个大字，左右楹联写着：

槛外山光历春夏秋冬万千变幻都非凡境；
窗中云影任东西南北去来澹荡洵是仙居。

这副楹联，为庄严与神圣的知识殿堂增添了几分雅韵。

我在欣赏校园美景，沉浸于喜悦之中时，也看到了另一番情景，心灵受到强烈触动，在校园的每一个角落，都能看见拿着书本专心致志学习的学生，这是优秀人才会集的地方啊，人人都在抓紧时间努力拼搏，闲逛之人似乎只有我一个。惊悸之感从我心头掠过，我赶紧向宿舍奔去。

自动控制学科是在20世纪中叶才形成和发展起来的一门新兴技术学科，对于现代化生产和现代化国防技术具有重要的应用价值，因而受到世界各发达国家的广泛重视。新中国成立前，由于经济和科技落后，这一学科在中国基本上属于空白。钟士模先生作为中国自动控制学科和计算机学科的开拓者和奠基人之一，于1958年受命创办中国第一个自动控制系，并担任首任系主任，领导开展对自动控制和计算机领域的重大课题研究。自动控制系下设自动控制和计算机两个专业，而自动控制专业又很快发展为自动控制系统、自动控制理论和自动控制元件三个学科方向。计算机专业则经历了自动控制系（1958年）、电子工程系（1970年）、计算机工程与科学系（1979年）和计算机科学与技术系（1984年）的演变过程。

我考入的这一年是1960年，自动控制系招生7个班，算是比较多的一年。我在第7班，叫607班。因为是自动控制系，所以以自动的"自"开头，自607班，我的学号是600863。自动控制系是比较先进的一个新系，报考的同学在各方面都特别优秀。因为没有固定教室，所以新生见面会是在第九食堂举行的，当时由政治辅导员组织7个班的同学在食堂集合，每个班有30多人。我们班一共有32人，其中有6名女同学，26名男同学，各个班的情况基本上都差不多。大家在食堂集合以后，先是系领导讲话，对大家表示欢迎。然后是一位政治辅导员讲话，鼓励大家在新的学习环境里好好学习。当时说到清华大学的校训是"自强不息，厚德载物"。我不是很理解，后来才慢慢明白，就是要我们实事求是、重视实践、重视道德品质培养，成为祖国和人民需要的有用人才。系领导和辅导员都向我们提出，要做到又红又专，在政治思想上积极进步，在学习业务上刻苦努力，学好各种先进知识。和高中时代相比，我感觉像换了一个新世界，见到的人，听到的话，对我们提出的要求，都完全不一样了。我想起了家乡的秧田，我就是一株水稻，从浦江中学高中部这块秧田，被移到了清华大学这块肥沃的稻田，阳光、水、养分都是异常充足的，我能不能长大长壮，结出丰硕的稻谷，就全靠自己了。

我们宿舍不是很大，但比起我初中、高中时代的住校环境，不知道好了多少倍。我的室友们来自五湖四海，有北京的、福建的、河北的、上海的、浙江的、吉林的，大家互不相识，但都很友好，很快就熟识起来。在宿舍整理行李时，大家又有了新发现，北方同学的行李里头都带有一条褥子和一条棉被，我们南方同学没有褥子，在南方从来没用过褥子。当时带了一张凉席，铺在床上睡觉。后来感觉在硬板床上铺凉席睡觉有些硬，也有些凉，特别是10月以后凉得有些受不了了，有的同学就在商店里买了褥子，有的人买了棉花和布，请女同学帮忙缝褥子，大家互帮互助，相处得很融洽。第一次离开家来到千里之外的北京，我没有陌生感，只是在夜深时候偶尔会想家。

上课时间非常紧张，同学们都是来自全国各地的佼佼者，有来自大城市的同学，他们的穿衣打扮和言谈举止凸显出一种文化素养，我们班有几个高级干部的子女，他们生活比较俭朴，没有任何特殊化，他们是见过大世面的，性格热情开朗，处事有主见，学习也很刻苦，能够和我们打成一片，老师对待他们和我们一样，一视同仁。唯一跟我们有所区别的地方就是他们的家大多在北京，周末的时候会有小车到学校接他们回家，到周一的早课前再把他们送回学校。清华园很大，我们从宿舍到教室要走很远的路，有时候去图书馆或者别的地方我们都要赶时间，走得特别快，那些高干子女从家里带来自行车，从这个教室赶到另一个教室就快多了。我经常在他们的自行车后座上搭坐，这样就节省了时间。其他同学像我一样，逮着就坐，毫不见外。朝夕相处间，我受到他们的影响，视野变开阔了。在老家我读书成绩都是名列前茅的，在清华我不能懈怠，也不敢懈怠，怕落后别人，比你聪明、比你有才华的人都在努力，你有什么理由懒惰甚至躺平呢？所以我会常常告诫自己要努力再努力。好在我的大脑很争气，也足够用，无论我往里面装多少知识，什么时候往里装，都是全力配合，从没闹过罢工。我又想起了上高中时的勤工俭学，也许搬砖、运木头、挑土，锻炼了我良好的身体素质，让我可以游刃有余地应对高强度的学习生活。

周末的时候，我经常会穿行于风景如画的清华校园，感受这所百年名校厚重的文化氛围和独特的魅力。清华园的许多建筑都很古老，动辄便有上百年的历史。虽然陈旧，但绝不陈腐，各个时期的建筑独具特色而又相得益彰。清华精神之所以生生不息，在历史的洪流中散发着人文与信仰的光辉，是在"自强不息，厚德载物"校训的鞭策下，教师有渊博的知识储备，有严谨的治学态度，有敢攀世界科技高峰的精神和实力，让莘莘学子沉浸与仰望，转而为把自己打造成为高素质、高层次、多样化、创造性的骨干人才，而刻苦学习。作为其中的一分子，我一定勇挑重担，不负青春。

二、国庆游行

一年级新生头一个月基本不上课，学校安排了入学教育，请老同学讲在大学里怎么安排自己的生活和学习。另一件事是学校安排新生进行队列训练，在10月1日国庆节那天参加天安门游行，接受党和国家领导人的检阅。得知可以参加天安门游行，还能见到毛主席，同学们都十分兴奋。我们天天进行队列训练，有时在操场上，有时在饭厅前面的小广场，有时在宿舍旁边的水泥路上。先是由我们班体育委员带领大家练队形，练到一定程度以后，再由年级负责人对我们进行进一步的队列训练。学校领导站在操场二楼的水泥台上观看大家练习，鼓励说这是毛主席和党中央对我们青年学生的重视和信任，大家一定不要辜负这份信任，在游行时走出我们的风采。

国庆节头天晚上我们几乎都没睡着，期盼着第二天早点到来。10月1日凌晨3点我们就起床了，把自己最干净整洁的衣服拿出来穿上，排着队往天安门出发。因为游行人员包括很多单位，队伍庞大，汽车开不进城里，所以学校就安排我们早点出发。从清华园到东单有三四十里地，大家背着放干粮的书包，手里拿着纸糊的红旗，红旗上写着"中国共产党万岁""中华人民共和国万岁""毛主席万岁"等口号。一路上我们丝毫没感觉到累，只是异常兴奋。

上午10点，庆祝大会开始，我们站在东单的胡同里，那里看不到天安门，但通过广播能清楚地听到中央领导的讲话。大家的心情都很激动，静静地听着。年轻的中华人民共和国已经11岁了，此时正经历三年困难时期，但我们不怕，即使有再大的困难我们也能克服，有再艰难的险境我们也能冲过去。在听中央领导讲话时，我心里就是这样想的。

游行开始，我们按照指挥部要求整好队伍。走在最前面的是一些特殊方阵，然后是检阅部队，最后是群众游行队伍，有工人、农民、各界人士，以及学生队伍。清华大学和北京大学走在学生队伍的最前面，每排40多个同学，一排一排步伐整齐地往天安门方向走去。从东单出来，经过王府井大街和北京饭店，走了半个多小时到达天安门。为了保持队伍不乱，我们这一排十几个人手挽着手，一起从天安门广场东侧向西侧走去。平时训练的时候，要求经过天安门时走正步，步伐要整齐，实际上一到那里，大家激动得都乱了步伐，基本上没人走正步了，就是喊着口号，摇着小红旗，仰望着天安门城楼，看到毛主席在天安门城楼上出现的时候，激动地跳了起来。我们看到毛主席走到天安门城楼的东边，向下面游行的群众挥手致意，然后又走到西边，向西边的群众挥手致意，停留一会儿，又回到中间向大家招手。广场气氛顿时火爆起来，海潮般的学生队伍前呼后拥，涌上了金水桥，满目红旗飘摇，欢呼声震耳欲聋，仿佛置身于欢乐的海洋。我欣喜若狂，那种场面令人终生难忘，现在回忆起来还觉得历历在目，心潮澎湃。这时队伍越来越拥挤，有很多人停了下来，都不想往前走，希望多停留一点时间，能再看一看毛主席。喇叭里传来指挥人员的声音："请天安门广场游行的学生和革命群众不要停下,不要停下,向前行进,向前行进……"我们只好慢慢往前走,直到队伍走过广场,我仍在扭头回望,那一刻,真切感受到了心中红太阳的温暖。

维持秩序的警卫人员催促着大家保持队形继续往前走。游行队伍一直往西走,走到西单大家放慢了步伐,队伍分散到长安街两侧的街道里去了。我们晚上还要参加天安门广场的狂欢晚会,还不能回学校。西单南侧有一座教堂,我们在那里吃了自己带的干粮,解决了午饭。

下午6点开始集结队伍,到6点30分左右集合完毕。在长安街上天安门广场附近,大家按照指定的位置围成一个个圆圈。除了清华大学,北京大学、北京航空学院、北京地质学院和北京医学院等各个大学都有自己的狂欢队形,部队也有参加的。狂欢晚会从7点开始,主要的活动是跳集体舞。当时跳的集体舞在学校练习过,还有一些学生组成的学校文工团在圆圈的中间表演歌曲和舞蹈节目。没过多久,天安门广场放起了烟花,烟花图案多样,色彩绚丽,有麦穗状、云朵状、鲜花状,在天安门广场上空绽放。我是第一次看到那样美丽的烟花,既新鲜又好奇。放完烟花以后,大家又开始跳集体舞,半小时后又放了一次烟花。那样的狂欢景象,给我留下了难以磨灭的印象。

狂欢活动持续到晚上10点,结束后各个单位有序向外撤,往东单、西单和前门三个方向,撤了以后在不同的地点会合,再连夜步行赶回学校。我们回到学校时已经是10月2日的凌晨四五点了,我们丝毫不感觉累,激动的心情久久不能平复。回到宿舍,有不少同学开始写信,赶紧把这次的经历告诉家人和朋友,让老家人共享这份喜悦，我也拿起笔，把10月1日在天安门广场经历的激动人心的过程，写信告诉父母。父母亲身经历过旧社会到新社会的转变，从水深火热到当家做主，对新中国充满了无限热爱的感情，北京就是他们最能寄托心怀和抒发情感的地方。父母很快回信说，我的来信他们读了一遍又一遍，奶奶特别开心，在村里逢人就说"我孙子在北京见到毛主席了"，村里人都很羡慕。

三、我的大学

10月4日我们开始正式上课了，由此进入了大学的学习阶段。

到大学以后，跟原来的中学比起来，在学习环境上有了很大改变。清华大学面积广阔，环境清幽，教室多，图书馆、阅览室都很宽敞。最主要的区别在于学习方式的变化。在中学，各个班有班主任，有固定的教室，课后在教室里复习功课，做课后作业。大家会互相监督，班主任也会经常到班里看一看。老师每堂课上课之前会对上一堂课学习的内容进行回顾，提一些问题检验同学们对知识的掌握情况。为了检测学习效果，经常会有一些小测验。特别是高中阶段学习，实际上是在一种严格的纪律约束之下进行的，学生除了学习还是学习，完全被束缚在书本上了。大学的学习方式是完全不同的，最大的区别就是每个班没有固定教室。大学的学习方式比较灵活，学习内容难度更高。中学的学习主要靠死记硬背，课堂上认真听讲，课后反复练习加深记忆，一般来说学习成绩不会太差。大学课程就不一样了，光靠死记硬背是不行的，也背不过来，有好多联系实际的课程内容，需要独立思考，活学活用。从一定意义上说，大学学习，主要是培养学习能力，包括独立思考能力，实操动手能力，以达到提高认知水平的目的。

  大学的授课方式也跟中学大不一样，有很多大课往往是七八个班的同学聚集在一个阶梯教室里，两三百人一起听老师讲课。上课没有固定教材，需要自己记笔记。以高等数学为例，当时我们自动控制系一年级7个班全部在第一阶梯教室上课，还没有规范的高等数学教材。老师推荐的参考书是苏联的斯米尔诺夫写的《高等数学教程》，参考书可以在图书馆借，也可以去新华书店买，但是学生太多，供不应求，所以一般也不容易看到。即使你借到了，买来了，翻译过来的语言跟我们中文的教材也大不一样，有很多地方难以理解，所以最根本的办法还是在上课的时候专心听老师讲，认真记好笔记。为了离老师近一些，听得更清楚，记得更详细，我每次上课的时候都会早一点去，争取抢到靠前的座位。大一时，高等数学、化学、物理学、理论力学等课程都采取了这样的授课方式。

  大学里课外作业的布置也与中学不同，中学里学生按时完成老师布置的作业，课代表将收到的作业交给老师批改，批改完下发给学生，学生对错误的地方进行改正。大学里老师也会布置作业，定好交作业的日期，学生自己安排时间去做，统一由课代表收起来交给辅导老师。交不交作业完全由你自己决定，你要不交也没有人来催你，老师也不会点名批评，而且作业也不是全部被批改，一般能批改三分之一或二分之一的作业。作业发下来后，你自己去找被批改作业的同学核对一下，答案错了改过来。这一次批改他的作业，下一回有可能就批改我的作业，大家相互对照找到正确的答案。这些事情都需要你自己来做，你要不做，没有人来检查你，也没有人来劝阻你。如果你不复习，也没有人来说你，最终的总账要算到期末考试。期末考试不及格，允许你进行一次补考，如果补考还不及格，你这门课就留着，等以后看你还有没有不及格的课程，如果你有两门课的补考都不及格，你就要留级，跟着下一届学生继续修这门课。如果补考两门课都不及格，到明年还有不及格的，这样3门课不及格的话，学校就认为你不适合在大学念书，会劝你退学回家。有些同学对待学习不够严肃认真，以为考上大学就万事大吉了，整天就想马马虎虎地应付过去，所以会被劝退，而且不光教务处会通知退学，还会在学校的布告栏里贴出来，宣布你被退学了。这种情况是很难看的。每年布告栏里都会有几个人被公布取消学籍。我的同学中没有被取消学籍的，我也不认识这样的学生，看到布告栏里的公告，我总是想不明白，费了九牛二虎之力，好不容易考上大学，还是清华大学，怎么就不珍惜呢？从学习强度来说，高中阶段绝对强过大学阶段，从自由度来说更是没法比，怎么会让自己连挂3科呢？不说学习能力问题，只要考上了，能力一般都没有问题，仔细想想，这些同学的最大问题是自律能力比较弱，导致在求学路上半途而废。

清华大学地盘比较大，有时候第一、二节课在西区阶梯教室上，第三、四节课就要换到东区西主楼的阶梯教室上，路程较远，中间20分钟的课间时间基本都花在路上了。条件好的同学有自行车，下课骑自行车很快就到另一处教室了，显得比较从容和方便。我们大部分同学，特别是来自农村的，基本没这个条件，都是慢跑快走，来到另外一处教室，也算是一种锻炼吧。

我们班有不少高干子女，他们大多平易近人，穿戴跟我们一样，没什么特殊的地方。为了跟大家打成一片，有的同学刻意在新裤子的两个膝盖处打上补丁，后来大家知道了感到十分好笑。他们平时住在学校，周末回家，周一早晨赶回学校上第一堂课，来回有小车接送。他们行事很低调，很注意自己的影响，周一回校的时候，车开到清华大学的校门口就不往里头开了，自己走进去。他们学习也很认真刻苦，不搞特殊化，令大家十分钦佩。睡在我上铺的是廖仲武同学，他父亲是中央某部部长，我跟他接触比较多，他比我大一两岁，平时很关照我。他有一辆英国进口的三枪牌自行车，既结实又轻便。他平时上下课一般都骑自行车，我有时候会坐在他车的后座上去上课。有时候同学生病了，要到校医院，走路去不太方便，我们就用他的自行车把同学送到校医院。大家互相帮助，相处得非常融洽。一直到毕业以后参加工作，我们还一直保持联系。

  班上同学来自全国各地，上海的同学学习成绩最好，其次是福建的同学和我们浙江的同学，通过作业完成情况和考试成绩能够显示出来。从西北、新疆、青海这一带来的同学基础较差，学习当中遇到的困难多一些。班里同学相互帮助，互相探讨，没有谁看不起谁，学习风气还是挺好的。

  我在高中的学习成绩始终名列前茅，到了清华大学以后想保持这个纪录就没那么轻松了。这里汇集了来自全国各地最优秀的学生，每个人都有令人惊叹的独到之处，和他们保持齐头并进已经很不容易了，更别说要冒出头。事实上，在最开始的时候，我必须要付出更多的努力，才不至于落后太多。我在课堂上全神贯注听讲，认真做好笔记，课后及时复习。晚上7点到10点是自习课时间，可以到图书馆学习，也可以在自习室自学，没有人来监督你，需要自己很自觉地去做。自习时要完成作业，还要整理笔记，该记的都得记住，这样才能把功课学好，所以第一年我的学习是很紧张的，星期六和星期天都是在图书馆和自习室里度过的。这一时期是调整学习方法，适应大学教育的阶段，也是人增长自信、提高自我认知水平、向科学技术进军的一个打基础过程，对未来的成长起到了很好的促进作用。

我们自动控制系是一个新系，多数教师比较年轻，他们热爱教育事业，专业水平高超，讲课生动有趣，在业余时间跟我们打成一片，对我们进行各方面的辅导。到第一学期结束的时候，我已经基本适应了大学的学习生活，在大学校园里，有一种强烈的如鱼得水的感觉。除了辅导员、任课老师外，主要应该感谢钟士模教授。前面已经说了，钟士模教授是我的老乡。到了学校以后，我专程去拜访过他。钟教授见到我这个小老乡很开心，告诉我，你一定要注意学习方法，大学的学习方法和中学是大不一样的，要尽快适应大学的学习方法。他说，第一要合理安排自己的时间，自觉完成作业，并根据老师批改的作业进行对照；第二要勤奋刻苦，认真听讲和记笔记，课后及时复习，巩固每天所学知识；第三要善于思考，活学活用，多读课外书，举一反三，不能局限于老师课堂上讲的知识，要到图书馆借阅相关参考教材，拓展知识的宽度和深度。钟先生说的多读课外书，到了三年级我才兑现。三年级的课程安排相对宽松一些，能有时间阅读一些课外资料和外国书籍。清华大学图书馆藏书非常丰富，包括你能想象得到的各类书籍，只要你想学，就有充分的资料提供给你。所以我从三年级开始进入另一个重要阶段——靠自学来增长知识的阶段，这一阶段对我以后的成长很关键。

1959年到1961年，新中国面临成立以来最严重的经济困难，国民经济遭到破坏，农业大幅度减产，市场供应紧张，全国人民的生活陷入困境。当时粮食是定量的，凭票供应，不能敞开吃。即使这样，学校的饭堂为了保证学生的营养，用玉米面做的窝窝头和小麦面做的馒头作为学生的主食，让我们能吃饱。早餐喝稀饭吃咸菜，中午有荤菜，味道可口，晚上基本是素菜，味道也不错。这种饮食的安排对我这个南方人来说是很适应的，比起我在农村家里的饭菜要丰盛多了，我没有感觉到困难时期所带来的太大压力。

我的同学来自各个省份，听他们讲家乡的情况非常艰苦。在这样的大环境下，国家还能保障我们大学生的伙食供应，让学生吃到馒头、窝头和荤菜、素菜，我内心充满了感恩之情。这是党和国家对我们在校大学生的关爱，对我们学习生活的支持，解决了我们的后顾之忧，让我们可以安心地学习知识。老师也常常教育我们要珍惜受教育的机会，努力学习，早日成才，报效祖国。所以说，在困难时期，我们的学习生活基本没受到影响，怀着感恩之心，为了祖国的未来，同学们反而更加努力学习。

那时候除了经济条件比较好的同学，我们班上的绝大部分同学都享有一定等级的助学金，像我这样从农村来的没有收入的学生，助学金是每个月16元5角钱，其中的12元5角钱是每个月的伙食费，加上饭票和菜票一起交给食堂，还有4元钱是生活费，可以买笔记本、书籍、笔墨等学习用品。每月4元钱的生活费对我来说绰绰有余，有的时候还用不完，我就攒起来用于其他必要的开支。

四、实践活动

大学一、二年级的时候，主要是以高等数学、物理、化学这些科目作为基础课。清华大学很重视学生的基础课，我们基础课教材大部分都是苏联版本翻译过来的，比较讲究系统性，大家学得很扎实。到三、四年级的时候，就以专业基础课为主了，比如说要学电机学、电子学、工程制图设计等。这些课程为我后来的专业课奠定了深厚基础。特别是电机学这门课，是由国内知名的章明涛教授讲授，他是从美国留学回来的，讲课水平很高，很受同学们欢迎。电子学是童诗白教授讲课，童教授自编教材，讲得深入浅出，我们很愿意听他的课。

除了理论课以外，清华大学在教学中非常重视课程实践，即实验环节和实践环节，也叫实习环节。像电子学这门课，一共有将近十个实验，都是结合讲课内容进行实验。物理、化学、理论力学等课程也都安排了实验课，大家在实验室里做各种各样的实验，培养了动手能力。实验课上三个同学为一小组，做实验之前要写预习报告，实验过程中要动手记录各种数据，实验结束后要写实验报告。实验报告是对实验过程中得到的数据进行分析，最后得出结论。我觉得做实验很有收获，这也是培养我们养成科学作风的过程。

我们有一门课叫金属工艺学，理论课程学完以后要到学校的工厂去实习。工厂里有钳工、车工、刨工等工种，每个工种轮着跟师傅学，由师傅演示后自己操作。以前对于这些具体的东西，只是有一个简单的概念，具体到锉刀怎么拿、锤子怎么用等实际操作一点不懂。实习期为三个礼拜，虽然不长，但是通过工人师傅手把手来教，也掌握了一些皮毛的东西，算是被师傅领进门了，不再像过去那样是个白丁了。

上完电子学这门课后，我们蠢蠢欲动，就想装一台矿石收音机，主要是利用矿石的单向导电性来替代二极管，矿石也就一平方厘米大小，将它装在玻璃管里头，在玻璃管外面绕上线圈，线圈中间有个磁心，这个磁心移动到不同的位置就可以改变频率，收到不同的电台广播节目，插上耳机就能听到了。记得当时能收听到北京台和中央台，台数虽不多，也够我们欣赏了。我们宿舍每位同学都做了一台，大概有火柴盒大小，有了这么一台小小的矿石收音机，放在枕边，睡觉之前或者周末听听电台的广播，欣赏音乐节目或其他节目，精神生活就丰富多了。后来市场上出现晶体三极管，我们就去买来了，在老师的指导下，组装了一台简单的晶体管收音机。用一条稍长的导线作为天线挂在衣服架子上就可以很好地接收信号了。这台晶体管收音机收到的电台比矿石收音机多多了，还有了扬声器，调节音量也很方便。所以在学习理论知识基础上再加上动手实践环节，是很有裨益的。

自动控制系接触的电子方面东西比较多，像半导体二极管、三极管、印刷电路板，学校当时还安排了用电烙铁来焊接电子线路板的实习环节。这个实习环节为期一个月，当时自动控制系正在研制一台计算机，叫130计算机。这台计算机是由学生和老师自己设计，然后在学校的工厂里焊接组装调试的，最终研发成功。我们负责其中的一个环节，就是电子印刷线路的元器件焊接。原来我只在理论上知道二极管、三极管，具体是什么样的不是很清楚。通过实习，我不仅认识了这些元器件，而且懂得怎样焊接好这些元器件，使焊接点美观漂亮。当时的训练包括焊接元器件的处理、印刷线路板的组装和诊断、计算机的调试等,这些都为我以后搞科研打下了坚实基础。

我们系有一台用电子管做成的第一代计算机,那台计算机体积很大,相当于三间教室连在一起,计算速度也很慢。我刚进大学时,学校组织我们参观了这台计算机,当时我觉得它很先进,因为它的计算速度比人用手工计算要快几百上千倍。后来我们参与组装了130晶体管计算机,它的速度比电子管计算机还要快,体积也缩小了很多,大小相当于教室里两个讲台并在一起。跟现在的笔记本电脑比,130计算机的计算速度要慢很多,体积也大很多,不过在当时也算是很先进了。两相对比,可以看出我国在计算机领域确实实现了飞跃。

除了上面提到的实习环节,清华大学还安排了社会实践活动,对同学们大有裨益。记得我念到1965年的时候,学校组织我们到农村搞"四清"运动。我被分配到昌平县(今昌平区)的一个生产队,住在老乡家里,和老乡同吃、同住、同劳动,按照"四清"工作队的要求进行一系列活动,比如宣传社会主义制度和社会主义按劳分配原则,对生产队的账目进行清理,发现有问题就提出来,做得好的要进行表扬,最后还要帮助他们建立一个以贫下中农为主体的领导班子。在返校的时候,我们和他们建立了很深的感情,我们都舍不得离开那里,他们也舍不得让我们走。回来后,有的老乡还来过学校看望我们,有解决不了的困难也会找我们寻求帮助。通过参与这项社会活动,我们不仅帮助农村做了工作,自身也受到了政治教育,提高了政治觉悟,锻炼了我们的社会实践能力。

清华大学倡导学生在掌握扎实的基础理论前提下，注重分析问题与解决问题的能力培养，以及实践动手能力与创新能力的培养，从清华走出去的人才灿若星河，大多具备理论研究能力和实际动手能力，具备求真务实、踏实肯干的工作作风，成为工作骨干和技术带头人，还有不少人走上各级领导岗位，甚至成为党和国家领导人。比如我们这个班，毕业时一些同学被分配到航天部、国防科工委、二炮、水利电力部等国家重要部门，几十年过去，都在各自岗位上做出了不同贡献，教授高工一大批，还有当部长、局长的，没有一个掉链子，给清华抹黑丢脸的，这都跟清华大学坚持正确的办学方向、较高的教育质量、严谨的学风、丰富的社会实践活动等是分不开的。

五、文体活动

2020年7月24日，杨倩在女子10米气步枪项目比赛上，为我国夺下东京奥运会首金。这位在领奖台上露出可爱笑容的小姑娘，是就读于清华大学经济管理学院本科2018级的学生。只有清华敢把"参加奥运会当成是暑期社会实践活动"，学生还顺便拿个金牌为国争光。现在刚高考完的新生进入清华，首先要接受的是20公里军训拉练洗礼。20公里，独树一帜，不是哪所高校都能做到的。

早年清华曾以"三好学校"著称，这三好指的是校舍好、英文好、体育好。清华大学体育教育闻名全国，重视体育是清华的传统，绝大部分清华学子都拥有比同龄人更健康的体魄，无数清华学子把在清华受到的体育教育作为一生的财富。清华建校之初即以"培植全才，增进国力"为教育宗旨，以"进德修业，自强不息"为教育方针。1913年周诒春接任清华校长，他明确提出德、智、体"三育并进"的教育方针。在主持校政期间，他积极倡导体育运动。当时，体育在国内不受重视，跑跑跳跳被视为不文雅的行为，清华学生中不少人对体育的重要性缺乏认识。1914年，清华学堂开始实行每日下午4点至5点的强迫运动，即届时学校将图书馆、教室、宿舍都关闭起来，让学生出来活动。1931年出版的《国立清华大学二十周年纪念刊》曾刊载《清华二十年来之体育》，其中记载：清华由宣统三年（1911）至民国七年（1918）期间，虽无体育正课，但实行强迫运动。其法即于每日下午4时后，将全校各处寝室、自修室，以及图书馆、食品部等处之大门一律关锁，使全体学生到户外运动场，投其所好，从事运动。为了督促学生锻炼、检查运动效果，学校提出了具体标准。1919年《清华一览》在"体育课程"篇章中，阐述了"体育实效试验法"，并规定试验注重的几点内容：甲、康健；乙、灵敏；丙、泅水术；丁、自卫术；戊、运动比赛时具有同曹互助之精神并能公正自持不求侥幸。1927年，《清华周刊》刊登教务主任梅贻琦的文章《清华学校的教育方针》，其中就体育讲道：凡在校诸生，每学期皆为必修，学分固不算在学分总数之内，然非体育及格者，不得与毕业考试。学校还规定在校学习期间学生必须通过"五项测试"，即100码跑（14秒），半英里跑（3分钟），推铅球（20英尺），跳高（45英寸）或跳远（12英尺），射箭（10分）或熟悉篮球、足球规则。体育不及格者不准出国留学。1916级学生吴宓（我国现代著名诗人、学者、比较文学先驱）毕业时各科成绩优良，仅跳远没有及格，便不得和同级同学一起出国，只好等体育通过后于1917年赴美留学。

　　重视体育为什么会成为清华传统呢？这和清华早期教育者的爱国情怀是密不可分的。清华创立之初为留美预备学校，八国联军攻占北京、庚子赔款的惨痛史实，激发了清华师生的爱国之心；先进的西方物质文明与古老华夏的贫穷、衰败、落后形成的强烈反差，启迪着清华人为雪耻图强、振兴中华而努力奋斗。那时清华学校学生毕业后即留学美国。以什么形象、何种精神状态跨出国门，是生机勃勃、奋发向上还是身衰体弱、精神萎靡？这是一个摆在清华教育者面前不容忽视的现实问题。1915年校长周诒春呼吁："同学当具少年峥嵘奋发有为之气，万不可有老暮儓弱之象。"他找体育部主任马约翰讨论了这个问题，担心学生出国受欺侮，这关系到祖国的荣誉问题。

　　新中国成立后，清华保持了重视体育的优良传统。学校从1953年起率先实行劳卫制，即学习苏联的"准备劳动与保卫祖国体育制度"。这一年全校参加劳卫制锻炼的同学达95%以上，只有病弱同学未参加。年末举行劳卫制验收，80%以上的同学达到及格标准，有25%的同学达到优良标准。1955年2月，校刊《新清华》公布各年级男女生劳卫制测验计划，内容有体操、跑步、跳、掷、攀绳、游泳、引体向上、俯卧推伸等。

　　1964年1月4日，师生代表举行马约翰教授在校工作50年祝贺会，校长蒋南翔在讲话中号召全校师生："向马约翰先生看齐，同马约翰先生竞赛，争取至少为祖国健康工作50年！"从此，"为祖国健康工作50年"成为清华人的响亮口号。每天下午4点半校园广播里都会响起:"同学们,体育锻炼的时间到了,走出宿舍,走向操场,去参加体育锻炼,保持强健的体魄,争取至少为祖国健康工作50年!"接着会播放广播体操音乐。无论身处校园的哪个地方,只要听到这个音乐,大家都会很自觉地放下书本,走到操场或路边做广播体操。我在清华上学时,每天必做广播体操,做完之后,一般情况下,都是我和几个同学拿着学生证去借用运动器材进行锻炼,锻炼到6点再去食堂用餐。用过晚餐回宿舍休息一会儿,大概7点到阅览室上晚自习,一直学到晚上10点,铃声响了再回宿舍休息。宿舍熄灯时间是晚上10点30分,这样才算结束了一天紧张、有序的学习生活。

从1912年起,清华学生中的体育爱好者、才能出众者就组成了各类体育代表队。随着学校体育活动的普遍开展和校内外体育竞赛的进行,体育代表队在各类重要比赛活动中,如华北运动会、全国运动会中都取得过良好成绩。在历届远东运动会上,清华学生也为祖国争得过荣誉。第一届远东运动会,潘文炳获十项运动第一名、五项运动第二名、跳远第三名,个人积分排名第一。其后几届远东运动会,清华学生也屡获名次。

我上清华时,学校有多支球队,像足球队、篮球队、排球队,只要你有水平有兴趣,都可以申请参加。当时的篮球队和排球队都在北京市高校比赛中得过冠军。田径队短跑运动是强项,有不少人创造了很好的纪录。我们班有位姓罗的男同学,他的特长是短跑,跑得特别快,在学校运动会上拿过名次。还有一位姓王的女同学,她参加了投掷方面的比赛,获得不错的名次,一方面是受益于清华浓厚的体育氛围,另一方面则是清华拥有众多的体育场馆和丰富多样的运动器材，有标枪、"手榴弹"、铁饼、铅球等，只要你想锻炼，拿着学生证到体育器械借用处就能借到。夏天有游泳课，体育老师会教蛙泳和自由泳的基本姿势，掌握之后，到游泳场馆做进一步练习，旱鸭子当年就能变成水鸭子。冬天有滑冰课，老师会教滑冰的基本技巧，包括花样滑冰、速滑等。清华园的荷花池冬天冰冻后就可以滑冰了，在下午固定的体育锻炼时间，有不少同学借滑冰鞋去那里滑冰，有技巧高超的同学很夺人眼球，常常激起一片叫好声。

我比较喜欢武术，报名参加了清华大学武术队。队里有专门的武术教练，有少林拳、太极拳等项目，还有剑、枪、棒等多种器械。男女同学都可以参加，我学的是太极拳。别看太极拳动作缓慢，却非常锻炼身体，调养心智。除了对太极拳感兴趣，我还喜欢太极剑，就是用剑练习太极套路。大三那年我参加了北京市高校武术比赛，参赛项目是国家体委规定的标准32式太极拳，获得了简化太极拳第三名。这是我在省市级体育赛事上第一次获奖，没拿第一我也很激动，决定继续坚持下去，好好锻炼身体。为了学好太极套路，我积极向教练请教，平时也下功夫练习。每天早晨或周末有空的时候，我都会找个安静的地方练习。我们武术队有个王教练，他有很深的造诣，会用刀枪剑棍等器械打出各种武术套路，其中少林拳和太极拳的水平达到了相当高度。我练的杨氏88式太极拳、国家体委规定的32式太极拳以及太极剑，都是他教的。我很庆幸能碰到这么专业的武术老师。参加工作以后，我还会在业余时间练习太极拳和太极剑，它们变成了我的强身之术，那些太极套路我至今还记得清清楚楚。

清华大学有很多文艺社团，比如合唱队、舞蹈队、话剧队等，

1961年在清华大学武术队时期留影

上　李遵基（前排右二）与清华大学同学一起登长城

下　1961年在清华大学读书时期留影

大家自愿参加，这些文艺社团多次在全国比赛中取得好成绩，在逢年过节时举办的演出活动广受欢迎。

清华大学的教育包括德智体美劳各个方面。学校每年都组织学生参加植树活动和助农劳动，助农劳动是去北京郊区的小汤山帮助老乡收割麦子，有一两个礼拜，吃住在农民家里。虽然大家都是出类拔萃的优秀学子，但和农民没有任何违和感，了解农村，热爱农业，亲近农民，这是助农劳动在思想情感上的收获。正是这种全面发展的教育方针和措施，使清华学生毕业时不仅成绩优异，还有强健的体魄，健全的人格，高尚的情操，大多数成了各个领域的优秀人才，为国家做出了很大贡献。

清华建校百年时我回去参加了庆祝活动，看到"无体育，不清华"已经成为一种独特的校园文化，"为祖国健康工作50年"的标语，以及同学们锻炼的身影随处可见，体育锻炼蔚然成风，贯穿了清华的百年历史。

六、马约翰教授

说到体育，不能不提马约翰教授，清华校友和体育教育界人士，没有不知道他的，虽然他已经离开我们有半个多世纪，但他在清华的影响依然深入人心，每个清华人都和他密切相关。

1914年秋，马约翰应聘到清华大学任教，最初担任化学系助教，随后改到体育部任教。1920年，他接替美国人成为学校的体育部主任，直到1966年逝世。他在清华大学工作了52年，曾任中国田径协会主席、中华全国体育总会主席等。他为中国体育教育事业做出了巨大贡献,是中国第一个体育教授,被誉为体育教育的一代宗师。

我在清华念书的时候,马老已接近80岁,他身体非常好,还在坚持体育锻炼,我经常在校园里碰见他。马老的装扮与众不同,具有极高的辨识度。他身着洋装,打领结,穿长筒袜,西裤扎进长筒白袜里,哪怕是数九寒天,我们年轻人都穿着厚棉袄,他也只穿件御寒的背心,一直是白衬衫和深色西裤,搭配一双皮鞋,走起路来像一阵风,比年轻人走得还快,户外运动时则穿着一套运动服,一副运动员打扮,满头银发飘动,目光炯炯有神,神采奕奕,红光满面。后来他年纪大了,具体的课程就不教了,但是在我们上体育课的时候,他经常会在操场上看我们运动的情况,有不正确的姿势,他会毫不客气地指出来,并帮我们纠正。大家都很敬重他,也非常乐意接受他的指点。

在清华听说过很多关于马老的故事。当年校长周诒春提出能不能把"东亚病夫"送出去,马老就常向学生们说:"你们要好好锻炼身体,要勇敢,不要怕,要有劲,要去干,别人打棒球、踢足球,你们也要去打、去踢,他们能玩什么,你们也要能玩什么。中国学生在国外念书都是好样儿的,在体育方面也要不落人后,功课要棒,身体也要棒。"他来学校之前,清华已经实行所谓的"强迫运动",但在锻炼时间内仍有人躲在树荫、墙角等幽静的地方读书,而到操场的人也不一定都是认真地、科学地锻炼。马老拿着小本子到处寻找,不是为了记名字、给处分,而是为了说服躲起来的学生锻炼身体,不要被人当成"东亚病夫"。学生在他的督促下,都养成了锻炼的习惯。他以身作则,和学生们一起锻炼,在锻炼方法上对学生随时加以指导。他提倡锻炼项目多样化，使身体全面发展，达到增强体质的目的。他按学生的不同特点编组，有计划地做些矫正项目，引导他们掌握赛跑、跳跃、器械、球类的基本技术，既提高了学生兴趣，又增强了锻炼效果。

我有幸在第一阶梯教室听过马老的讲座，给我留下了深刻印象。他讲话生动有趣，激情澎湃，不用讲稿，不用麦克风，一直站着从头讲到尾，除了在黑板上写字，还做着各种动作，让人感觉他一直在动，充满青春活力，完全不像80岁的人。教室有三四百个座位，从前排到后排全部坐满，后面来的同学没地方坐，就站在教室过道，门口也挤满了人。整场讲座大概90分钟。他强调生命在于运动，从头到尾举了很多例子来说明只有保持运动、坚持锻炼，才能够赢得健康，使我们的生命充满活力，为祖国健康工作50年。他说人不能待着不动，不能不运动。只有运动，才能锻炼我们的肌肉和骨骼，使自身充满力量，进而发挥自己的才能，实现人生价值。他强调每天都要锻炼身体，每天都要洗澡，并教给同学们5分钟淋浴法。讲座最后，马老总结说，他倡导的体育运动的目的，大致有如下几点：其一，健壮身体；其二，培养高尚品德；其三，磨炼奋斗到底的意志；其四，发扬互助友爱精神；其五，永葆清华传统。当时我对他讲的这些并没有完全听懂，后来对他体育育人的事迹听得多了，才对他那套"健身励志"的体育观有所领悟并敬仰至今。马老的理论得到广泛传播，很多清华师生都十分赞同他的观点，不断传播他的运动理念，积极进行体育锻炼。马老以独特的人格魅力成为清华园里无人不知、无人不晓、无人不爱的名人，也是大家学习和效仿的榜样。

马约翰教授在清华执教52年，培养了几代清华学者，桃李满天下，影响至今。1986年，学校在清华西区体育馆南侧为马老竖立了塑像。在清华园和马老同享塑像殊荣的有梅贻琦、蒋南翔、朱自清、闻一多、梁思成等教育家、国学大师、科学巨擘，他是唯一一个因体育而闻名的教授。清华大学在1993年设立"马约翰体育奖励基金"，奖励为体育教育做出重要贡献的教师和坚持全面发展并取得优异成绩的学生运动员。学校把每年10月作为"马约翰体育运动月"，在学生中开展一系列体育活动、体育比赛和体育表演，以此来纪念马约翰教授。有清华学生自豪地讲："我们的'马约翰杯'比奥运会的项目还多。"

马约翰教授把一生贡献给了清华，他是一部清华体育传奇史。他创立和奉行的体育教育思想和教学经验，至今仍有重要价值。他的鹤发童颜，他的步履矫健，他的马甲西裤，他激情挥舞的拳头，至今仍是我记忆中难忘的影像。

七、蒋南翔校长

我第一次见到蒋南翔校长，是在大礼堂举办的新生入学典礼上，他身穿一套朴素的深蓝色中山装，脸上戴着一副黑边框的近视眼镜，和蔼可亲，平易近人，就像一个普通人的打扮，一点没有"大领导"的架子，让我对清华一下子产生了融入感。蒋校长代表学校发表了热情洋溢的讲话，核心内容有两点：第一，勉励我们积极锻炼身体，保证以后很好地为祖国服务。他向我们提出一个要求，凡是清华大学的学生，毕业以后都要至少为祖国健康工作50

年，因为年纪越大，知识、经验就越丰富，发挥的作用就越大。那时候清华大学是6年制，假如毕业时是25岁，那么25岁开始要健康工作50年，就需要工作到75岁，而不是60岁退休。他解释说是健康工作，不是今天要请假，明天要休息，病恹恹的人是不可能成为国家栋梁的。第二，期望我们走"又红又专"的道路。顾名思义，"红"是政治成熟，"专"是业务精通。正确处理"红"与"专"的关系，是知识分子成长成才的必要前提。"为祖国健康工作50年""又红又专"，这些带有要求和期望的话语，在我刚刚成为一名清华学子时，就深深印在了脑海里。

当年在清华学习的每个学生，对于蒋校长关于红专的论述，都耳熟能详。现在，"又红又专"这个名词鲜有人提及，但在20世纪六七十年代，它却是一个广泛流传的教育口号，"做又红又专的无产阶级革命事业接班人"是千千万万学生的奋斗目标，也是蒋校长代表党和人民所表达出来的对我们青年知识分子的殷切期望。蒋南翔校长是中国青年运动的著名领导者、马克思主义教育家，也是根红苗正的清华人。

1932年9月，蒋南翔考入国立清华大学中文系学习，翌年加入中国共产党，曾任清华地下党支部书记。1952年底，39岁的蒋南翔迈进了他熟悉的清华园。这一次，他受中央委派，出任清华大学校长，此后又兼任学校党委书记。蒋校长到任后非常重视体育工作，从1953年起，在全校普遍推行了劳卫制体育锻炼标准，提出了"锻炼身体，劳动卫国""人人锻炼，天天锻炼"的口号，把锻炼身体同抗美援朝、保家卫国、建设祖国的崇高目标结合起来。

在我上大一的时候，清华大学师生聚会祝贺马约翰教授八十寿辰，蒋校长高度赞扬说："半个世纪来，马老始终如一地服务于体育事业，并身体力行，在全校年纪最大，精神最好。"在我大四的时候，学校召开了庆祝马约翰服务清华50年大会，蒋校长又一次表示："所有在清华上过学的同学，差不多全都受过马先生的热心教诲。我们要把身体锻炼好，向马约翰先生看齐，同马约翰先生竞争，争取至少为祖国健康工作50年。"1962年9月，在迎接新生大会上，针对国家出现的经济困难，蒋校长关切地提醒同学们，不要发生浮肿病，要注意"一方面是粮食营养，另一方面是学习中劳逸结合，注意锻炼"，希望"将来清华毕业的同学，不仅业务上、政治上都很好，身体也很棒，独立工作能力特别强，至少为祖国健康工作50年"。

在马约翰精神的影响下，蒋校长提出的"至少为祖国健康工作50年"这句浓缩了清华体育精神的话语，已经响彻半个多世纪，并深深地烙在每一名清华人心中，它凝聚了清华人与祖国同呼吸、共命运、爱国奉献的一片深情，也是清华人脚踏实地、从我做起、从现在做起的朴素实干精神的生动体现。同学们自觉地每天坚持体育锻炼，立志练就一副好身体，以后为祖国健康工作50年。当时锻炼开始和结束时，我们都会排队，喊口号："为祖国，锻炼！锻炼！锻炼！"这种精神鼓舞着大家，使大家身体素质越来越好，学习效率也随之提高。老师们以身作则，每天和同学们一起参加各种运动项目的训练，不少老师都有自己的体育特长。体育是什么？体育是强身健体，体育是精神意志，体育是与智商、情商一起构成现代人完整人格的动商。清华大学的教育理念正是站在了智商、情商、动商这三位一体的人才培养的高度上，长期坚持，潜移默化，将走进清华的优秀学子培养成德智体美劳全面发展的人才。

"同学们，体育锻炼的时间到了，走出宿舍，走向操场，去参加体育锻炼，保持强健的体魄，争取至少为祖国健康工作50年。"这是我在清华园里听到的最熟悉口号。在清华园里，每到下午锻炼时间，同学们都走出课堂、图书馆、宿舍，到操场上，各班级组织起锻炼小组，集合整队，由小组长带领高呼口号："为祖国，锻炼！锻炼！锻炼！"此时此刻，马路上、操场上、球场上到处都是锻炼的人群，热火朝天，充满着生命的活力和青春的欢乐，这种场面实在是太感动人了。这时，蒋校长也会走出办公室，参加长跑活动。我们经常在大操场，在师生跑步队伍中，看见意气风发的蒋校长。

蒋校长执掌清华14年，是任职时间最长的清华大学校长之一，他以"唯实求是"精神，带领全校师生员工，积极探索社会主义多科性工业大学建设之路，使清华大学得到迅速发展和提高，共出了147名中国科学院、中国工程院院士，有大批优秀人才成长为学术大师和治国栋梁，更多的人成为有理想、有抱负、有创造力的又红又专的专业人才。他重视最新科学技术的发展，在他的积极筹划和推动下，清华大学陆续创办核能与核技术、电子计算机、工程力学等高新技术专业，推动原子能反应堆、电子感应加速器等研究，为发展中国国防和两弹一星事业做出重要贡献。当年我学习的自动控制专业，就是蒋南翔校长与钟士模教授等共同创立的。

"至少为祖国健康工作50年"，在蒋南翔时期成长起来的清华学子，每当听到这个口号，就仿佛回到学生时代与蒋校长一同在操场上奔跑的美好时光。如今的清华体育不断发扬光大，已经形成了爱国、重视学生全面发展的体育传统，在此基础之上，在新时期又提出了"育人至上，体魄与人格并重"的体育教育观，喊出了"无体育，不清华"的口号。我的大学同学如今已是耄耋之年，不少人还奋斗在工作岗位上，真正实现了"至少为祖国健康工作50年"的目标。我在60岁的时候，身体很健康，并没有退休的念头，于是开始了创业，直至74岁那年突然患病，才万分遗憾地离开了工作岗位。从这个角度来说，我履行了毕业后"至少为祖国健康工作50年"的号召，为此我感到自豪。

八、我的榜样钟士模教授

读高中的时候，老师给我们讲过大数学家华罗庚的故事。1950年他在美国已是国际知名的一流数学家，并被美国伊利诺伊大学聘为终身教授，但他不为金钱和待遇所动，毅然带领全家回到刚成立的新中国，为新中国建设做出了杰出贡献。老师还讲过我国"原子弹之父"钱学森的故事。1949年新中国成立时，当时任加利福尼亚工学院超音速实验室主任的钱学森深为祖国的新生而高兴。他决定回国，用自己的专业知识为新中国服务，即使美国当局设立各种障碍，千方百计阻拦，他依然历尽艰辛回到祖国怀抱。听着这些伟大科学家的故事，爱国的种子在我心中萌芽。当老师讲述我的老乡钟士模教授的故事时，我听得特别入神。

钟士模，原名钟子范，1911年7月8日生于浙江省浦江县钟村。幼年家庭贫困，父亲务农为业，母亲操持家务，小学时常半耕半读或在家务农。他靠着自己平时省吃俭用积攒的零花钱当盘缠去浙江建德第九中学报考。他以优异成绩考入九中后，上的是免费和提供食宿的师范讲习科；毕业后，做过几年小学教师；大约在18岁那年，被过继给家境富有的叔父母为子，始得入普通中学学习，进入上海大同中学高中部，从此奋发求学。那个年代，绝大多数知识分子都出身豪门贵族，而像钟士模这样的布衣寒士，可以说是"凤毛麟角"。1932年高中毕业后，他考入交通大学电机工程系。1936年毕业后，他来到清华大学，任电机工程系助教。由于日军入侵华北战事扩大，他随校南迁，1937年任长沙临时大学助教，1938年起任西南联合大学助教、教员、讲师。1943年他取得学校资助留美资格，进入麻省理工学院电机工程系攻读博士学位。1947年获得博士学位。在麻省理工学院深造的4年中，他广泛涉及电工基本理论、电机基础理论等领域，并在电机理论方面提出了很有创意的见解，这为他后来在学术上的发展奠定了坚实和宽广的基础。国家的贫穷落后让他忧心忡忡，知识救国成为他的梦想，1947年他带着博士研究成果回到清华大学，任电机工程系副教授，次年升为教授，主讲电路理论、电机学等多门课程。

就像那个时代所有爱国知识分子一样，新中国的成立让钟教授备受鼓舞，踌躇满志，而掀起社会主义建设热潮的新中国，也为钟教授施展才华提供了足够大的舞台。1957年受教育部委托，他举办了全国自动化进修班，为新中国培养了第一批从事自动控制工作的教员与技术人员。1958年，他受命筹建全国第一个自动控制系，担任系主任，开展对自动控制和计算机领域重大课题的研究，为国家培养急需的顶尖人才。在他的带领下，全系教师克服重重困难，保证了教学工作的开展，为我国的国防尖端工业解了燃眉之急。1960年，就是在我入学的那一年，在钟教授的组织领导下，我国第一台六阶非线性小型模拟计算机研制成功，并投入小批量生产，随后又相继研制成功二十阶非线性中型模拟计算机，全晶体管小型通用数字计算机，成为我国高校中自行研制的第一台第二代计算机。

自动控制系成立不久，处于起步阶段，钟教授亲自制订教学计划和培养方案，在阶梯教室为数百人授课。他帮助青年教师拟订教案，听他们试讲，为他们当铺路石和引路人，保证了教学任务的完成和高品质的教学质量。钟教授担任8年自动控制系主任，累计开设了41门新课程，培养了1000多名毕业生，并完成了9项重大科研项目。这累累硕果，不仅倾注了钟教授的大量心血，也是他率领的教师团队的智慧结晶，所以才香飘中华大地。当年自动控制系的毕业生，大部分人成了航空航天控制、核能控制、机械自动化、电子技术等部门的技术骨干或领导干部，其中不少人成为国内外有影响的知名专家和学者，在我国现代化建设中发挥了重要作用。

人造卫星、火箭导弹在刚发射到稳定运行这一段过程，也就是几百秒的时间，这段过程就是自动控制中的过渡过程，这段过渡过程时间短，状态复杂，控制起来非常困难。钟教授在这方面有很深的研究，出了很多著作，发表了不少相关论文，受到国内外自动控制领域专家的一致好评。有一本最有名的，也是国内自动控制方面最先出版的著作，叫《过渡过程分析》。这本书是自动控制系高年级学生教科书。此外还有《电子式脉冲调节器》《拉普拉斯交换法优点的扩展》等论文。他的研究成果，为我国在自动控制领域的进一步发展、人造卫星的研究、原子能和氢弹的发射研究，以及其他领域的控制原理应用等奠定了重要基础。

进入清华大学，近距离接触钟教授，让我对他有了更深的认识，也更加敬佩我这个老乡教授。钟教授的教育理念具有科学性、前瞻性、针对性和实用性。他认为教育的目的不是为了考试，而是如何进行科学实践，如何进行有目的的考试；他倡导在教学计划规定的范围内，本着"少而精"的原则，分清主次，突出重点，向学生讲授核心知识，次要的内容少讲或不讲；他提出学校培养的学生不但要考试成绩好，还要理论联系实践，在日后工作中解决实际问题，为国家和社会承担更多责任；他建议教师要把自己积累的实践经验，哪怕是失败的教训，都毫无保留地传授给学生，这样才能让学生在工作中少碰钉子，少走弯路，事半功倍。钟教授的教诲对我有潜移默化的影响，后来我在22年的教学生涯中，把这些教育理念融入我的教学中，受到学生欢迎，取得很好的效果，足以证明是宝贵的精神财富。

报到之后，我迫不及待地去拜访钟教授。他住在清华大学新林苑一号教授别墅区。我把从家里带来的小竹筐装上家乡的梨子和杏，走过林荫小道，来到钟教授的家门口。我的举动实际上有些唐突，再加上一个是大教授，一个是穷学生，相差何止十万八千里。不过从另外一个角度来看，那个时候人与人的交往是很单纯的。对于我来说，就是来拜访一个老乡教授的，并没有想到他是名人，是系主任。见到来开门的钟师母，我有些紧张的小心脏顿时释然了，亲人般的感觉油然而生。钟师母也是我们浦江县人，他俩在老家结婚后定居北京。钟师母身穿一件具有江南风情的斜襟衫，温婉而恬静，说话带有浓浓浦阳乡音，轻声细语，如小桥流水，清风拂面。在异乡听到乡音，是那么的亲切，我们同喝浦阳江水，虽然是第一次见面，彼此却没有陌生感，像在他乡相遇的久别亲人。我们仨用老家话交流着，钟教授和师母都说能从老家出来一个清华学子真的是很值得骄傲的事情。了解了我的家庭状况后，他们勉励我一定要发奋学习，为家乡争光。他们对我从老家带去的竹子编的小筐和土特产非常喜欢，爱不释手。钟教授拿起小筐左看右看，说看到它就想起了家乡的风土人情和亲人们。他侃侃而谈，娓娓道来，讲述了他童年和青少年时期的故事，家乡的一山一水、一草一木都能唤起他美好的回忆。钟先生勉励我在大学这6年间要认真学习，注重学习方法，说大学与中学的学习方式是有区别的，要适应大学生活，跟上大学紧张的学习节奏，自动控制系是清华大学新成立的一个系，是国家重点扶持的新学科，国家很重视对这些人才的培养，日后这些专业毕业出来的学生都能成为国家的栋梁，叮嘱我在学校要注意身体，他是自动控制系的系主任，以后专业上遇到不懂的地方可以请教他。

不知不觉一个多小时在浓浓的乡情中过去了，我不敢过多占用钟教授的时间，起身告辞出来。钟教授语重心长，家长般的关心让我深受感动，也受益匪浅。在后来几年的学习期间，跟钟教授的接触比较多了，每逢周末有空，我都会去拜访钟教授和钟师母，向他们汇报我的学习情况，反映生活中遇到的难题，他们都不厌其烦地给予我帮助。他们有一个儿子，年龄和我相仿，在清华大学电机系的电气实验室工作。我们有很多共同语言，很快就成了无话不谈的朋友，在周末的时候，我们会一起和朋友们聚会，相互交流学习情况。我也会跟在北京高校读书的老乡们到颐和园或其他名胜古迹游玩，能在异地他乡遇到这么一群老乡还是很开心的，大家相处得非常融洽。

钟教授身上丝毫没有专家学者的架子，他作风民主、质朴热情、严于律己、宽以待人，是青年教师和学生的良师益友。在学术上他造诣很深，对许多问题有独到的见解，在工作作风上，他总是以平等态度与年轻学者讨论问题，虚心而诚恳地听取意见，完美诠释了什么是不耻下问。尽管钟教授有着丰富的教学经验和很高的学术水平，但他始终以严谨的态度对待每一堂课，即便有些已是讲过多遍的课程，在走上讲台前他还是认真伏案备课，工工整整地写出新的讲稿。按照他的"少而精"的原则，突出重点，主要向学生讲授核心知识的要求，他的课程信息量大，对于求知欲旺盛的我们来说，非常解渴，因而深受学生们的喜爱。

钟教授对我的帮助很大，有件事我记忆尤其深刻。在我上大学二年级的时候，有段时间由于学习比较紧张，身体扛不住了，住进了校医院。我的扁桃体发炎很严重，高烧不退，校医院帮我转到北京同仁医院去住院治疗。医生决定给我动手术，切除扁桃体，需要住院两个礼拜。钟教授得知我生病住院的消息后，非常关心我的情况，觉得小小年纪远离家乡，来到北京上学很不容易，立即委派系里的唐老师来同仁医院看望我，带话给我，让我听医生的话，好好休息，争取早日恢复健康，回到学习岗位上。唐老师还给了我5元钱，说是钟教授让他捎给我的，让我买点水果补补身体。现在看来5元钱不多，在当时可是一大笔钱。当时我每月的伙食费是12元5角，已经吃得很好了，钟教授给我5元钱，是我将近半个月的伙食费了，这5元钱我没舍得买水果，后来用来买书了。

我默默地记下这一切。在钟教授身上，我感受到的是博大精深的学问和仁慈与善良的品质，他的人生境界，值得我用毕生去追求。

我的大学生活是从1960年开始的，正赶上三年困难时期，粮食短缺，全国人民都在过苦日子。我们大学生的粮食定量每个月是36斤，助学金每月16元5角。尽管不能放开肚皮吃，但维持基本生活还是相当可以的，跟其他吃商品粮的比起来，我们的粮食定量是属于比较高的。一般单位，包括国家机关工作人员，都是一天一斤粮食左右，女同志还更少一些，而且有很大一部分是粗粮，有百分之三四十是细粮，细粮包括一部分大米，一部分面粉。我们在食堂可以吃到玉米面的窝头，还可以吃到白面馒头和少量米饭。一般早晨吃咸菜，中午有荤菜，晚上是豆腐、粉条等素菜，粮食供应基本能满足大家的需求，但还是有学生体质下降，身体浮肿，出现了一些慢性病。为此钟教授特意召集全系学生进行了一次讲座。他鼓励大家在困难时期不仅要认真学习，保持学习积极性，同时要注意劳逸结合，正确进行体育锻炼，不要进行运动量太大的锻炼。他的讲话深入浅出，深入人心，像家长一样叮嘱我们既要学好，又要保证身心健康，给我留下了深刻印象。

钟教授生活俭朴，待人接物平易近人，很受学生喜爱。遗憾的是他没有给我们班单独讲过课，我只在学校阶梯教室听过他的课程。他教过的两位研究生毕业后成为讲师，为我们上过课，其中一位讲师讲授由钟教授编写的《过渡过程分析》，他讲得入木三分，这门课的知识在我后来的工作中得到很好的应用。当年我还不太理解这些高深的理论，后来随着科技的发展，学的东西越来越多，越来越体会到他所研究的领域有多重要，他对国防工业的贡献有多大。

遗憾的是，钟教授由于工作繁忙，身体过度劳累，于1971年5月11日，在工作岗位上突然心脏病发作，因抢救无效，最终离开了我们，离开了他所挚爱的科学事业，时年仅60岁。他一生担任过许多重要的学术和教学领导工作，历任清华大学工业企业电气化教研组主任、自动学与远动学教研组主任、电机工程系副主任、自动控制系主任、校务委员会委员、中国自动化学会副理事长、国际自动控制联合会理论委员会委员、全国高等学校电工专业教材编委会主任兼电工学及电工基础教材编审组组长、国家科委自动化科学学科组副组长、《自动化学报》主编、《高等学校学报（电工、无线电、自动控制版）》副主编等。他的离世对清华大学、对国家都是一个重大损失，当年我在白山水电站得到这个沉痛消息时，心如刀绞，悲痛万分。恩师走了，但他的音容笑貌在，谆谆教诲在，精神永存！

我们要永远铭记那些为国家做出卓越贡献的中国知识分子，中国航天事业能够不断创造世界奇迹，新型火箭首飞，卫星导航系统、月球与深空探测等尖端领域连续取得重大成就，都和钟教授他们的理论贡献分不开。在神舟十四号载人飞船发射圆满成功的时刻，在夜深人静之时，我仰望苍穹，告慰我敬爱的老师：钟教授，您一定很欣慰，今日盛世如您所愿！

九、毕业分配

我在1960年入学，6年制，应该在1966年毕业分配工作，但

1966年"文化大革命"开始后,大学毕业生的分配工作也随之停止了。我们这届年龄最大的已过30岁,最小的也有二十五六岁了。这么大的年龄不能参加工作,还需要家庭供养,空有天之骄子的名头,却整天无所事事,这成了一个严重的社会问题。有个同学,家里有8个兄弟姐妹,他是老大,在他上大四的时候,父亲不幸病逝,母亲又没有工作,家里生活压力巨大。在毕业分配无望时,他牵头组建了1966届毕业生串联会,以争取尽早分配为宗旨。通过串联会十几个同学的不懈努力,终于在1967年10月28日上午,在清华大学大礼堂,召开了清华大学1966届本科毕业生和研究生毕业分配誓师大会。

我至今还记得,那天在半圆形的天穹下,回荡着"文革"以来少有的真诚与庄严的声浪。2000多名热血沸腾的青年人在这里举拳宣誓:坚决响应毛主席的伟大号召,到基层去,到农村去,到工厂去,到边疆去,到祖国最需要最艰苦的地方去,和工农结合在一起,沾一身油污,滚一身泥巴,把自己改造成为用毛泽东思想武装起来的一代新人。这一段誓词尽管带有时代的痕迹,但的确是发自内心的真诚表达。

大礼堂的誓师大会以后,同学们陆续走出校门。我们班同学的毕业分配情况有以下几种:一部分人被分配到部队的军垦农场锻炼;一部分人到农场插队,接受贫下中农再教育;还有一部分人被分配到工程单位,接受工人阶级再教育。我就是属于后面这种情况,被分配到水利电力部第一工程局,单位在辽宁省的桓仁县。自动控制系分配到第一工程局的一共有4个人,我和另外两名男同学都服从分配去报到了,还有一位来自上海的女同学,她平时学习、

上　清华大学读书时期留影

下　1967年摄于北京

上　李遵基（前排右一）与清华大学同学合影

下　李遵基（右二）与大学同学在清华园合影

锻炼等方面都不错，担心到了工作岗位后，适应不了艰苦的工作环境，就直接回上海了，听说她家条件比较好，后来在上海找到了很好的工作。

　　我们班长被分到农村去了，有几个干部子弟在学校表现不错，但因为父亲是"走资派"，在政治审查方面过不了关，被分配到辽宁省朝阳县农村当社员了，还有的同学被分配到北京小汤山劳改农场，有的同学被分配到北大荒农场。尽管如此，我们都把工作分配视为接受工农兵再教育的过程，没有人把个人利益放在首位。到基层去，到农村去，到工厂去，到边疆去，到祖国最需要最艰苦的地方去，是我们这一代知识分子的家国情怀，也是我们无悔的选择。

第六编

十年水电建设

一、桓仁水电站

新中国成立 70 余年了，中国水电事业由小到大，由弱到强，在这条曲折坎坷的路上，一代又一代水电人奋力拼搏，留下了可歌可泣的坚实足迹。他们远离繁华热闹的大都市，长年与大山为伍、与江河为伴，在岁月的长河里坚守着、奉献着，让共和国的大动脉强有力地搏动着，让他们去不了的大都市流光溢彩、富丽璀璨。也许有人认为我的感慨是多余的，那就让我从我工作后参与建设的第一座水电站桓仁水电站讲起。

在滚滚浑江上，屹立着一道"屏风"——桓仁水电站，这是浑江流域最大的梯级水电站。什么是梯级水电站？就是在一条河流的水能资源开发上，由于自然条件和技术上的原因，对河流进行分段开发，自河流的上游起，由上而下，拟定一个河段接一个河段的水利枢纽，这样的开发方式称为梯级开发，所建成的一连串的水电站，称为梯级水电站。1933 年，美国在田纳西河流域的开发方案中首次提出多目标梯级开发的主张，并加以实施。此后，坎伯兰河、密苏里河、哥伦比亚河、科罗拉多河、阿肯色河等相继按照田纳西河的开发方式进行多目标梯级开发，由此梯级水电站成为水力发电的重要形式。浑江为鸭绿江的主要支流，河道多蛇曲，河谷多处狭窄，流域开发分为 7 个梯级，即桓仁水电站、西江水电站、凤鸣水电站、回龙山水电站、太平哨水电站、双岭水电站、金哨水电站。桓仁水电站从建站之初拦江筑坝，到全流域开发建设，历经60 余年，保障了辽宁、吉林两省工业发展的电力需求。

电力工业是国民经济发展中最重要的基础能源产业，是国民经济的第一基础产业，也是国家经济发展战略中优先发展的重点。新中国成立后，我国开启了社会主义工业化建设进程，东北作为老工业基地，焕发了青春，迎来了蓬勃发展的历史机遇。与此同时，由于电力需求不断攀升，出现了供电不足的紧张局面。为解决这一问题，国家决定利用浑江流域丰富的水资源建设水电站，在解决东北地区用电的同时，兼顾防洪、灌溉作用。1958年初，一批年轻人响应党的号召，怀着"建成浑江流域第一座水电站"的雄心壮志，开始了艰苦的踏勘工作。他们沿着浑江上游一路走到桓仁，最终在五女山脚下找到适合建设水电站的地势。五女山位于桓仁镇北侧8公里处，相传有五位巫女屯兵其上，因此得名。还有传说古时有五位仙女下凡，为民除害，人们在山上修建五女庙以示怀念。迄今庙址尚存，为国家级文物保护单位。五女山是省级风景名胜区，风景如画，为桓仁美景之冠。

1958年8月1日，在浑江边的草地上，搭起简易平台，召开了桓仁水电站开工典礼誓师大会，建设者们斗志昂扬地踏上建设桓仁水电站的征途。受困难时期的影响，桓仁水电站在1960年8月停建了，1965年恢复施工，1967年7月水库蓄水，1968年7月20日1号机组并网发电，1975年7月工程竣工，历经12年的建设周期，成千上万的劳动者用热血与智慧夯实了新中国水电建设的基石。它记录了新中国水电建设的变迁，凝聚了几代建设者的劳动结晶，也是我们难忘的集体回忆。

1968年底，我和一批来自全国各大院校的年轻人，怀揣着投入祖国建设的梦想，来到了五女山脚下，开始了离开清华后的人生奋斗。我被分配的单位是水利电力部第一工程局，工作地点在桓仁县城东北4公里的泡子沿镇。一同分配来的大学毕业生一共有几百人，分别来自大连工学院、青岛海洋学院、山东大学、辽宁大学等，我们清华大学的毕业生则来自水利系、自动控制系和工程物理系，共有108人。我们来报到时，1号机组已经并网发电，水电站的工程建设接近尾声了。

桓仁水电站聚集了几千名来自全国各地的建设者，有工程师，有民工，还有刚加入这个行列的大学生们。在这里，不分彼此身份高低，都是工地建设的一分子，在不同岗位上发光发热。108位新来的清华毕业生和水泊梁山108位好汉正好吻合，实际上，我们也确实憋足了劲，准备在这里大干一场。

我被分配到木材加工车间。因为建坝需要大量的模板，伐木工人把从森林里砍伐的木头送到工厂，堆积在一起，我负责的工作是把一堆堆木头排列整齐，需要的时候一根一根搬出来，然后运到制裁车间，把木材裁成一定规格，制成浇混凝土的模具，用来建筑大坝。车间有两台锯，一大一小，都是由熟练的师傅操作，当时我还挺羡慕这份工作的，觉得能让我操作，我就可以学到一门专业技术了。你要问这和所学的自动控制专业有什么关系，我可以明确告诉你，没关系，但这份工作对我来说很重要。首先，它能确保我每月领到工资，成年人了，有份稳定收入是最重要的；其次，它给我融入社会的机会，由一门心思学习的学生转变成靠劳动挣钱吃饭的劳动者，是人生的一次蜕变，由茧化蝶，没走出校门前，你可以两耳不闻窗外事，一心只读圣贤书，离开学校后，就需要靠自己打拼来生存了；再次，它是未来几十年的职业生涯起点，未来能不能走稳、走好、走顺，起点很重要。工作内容和所学专业基本不对口怎么办？一是调整心态，专业不对口没关系，心态平稳很重要，因为从你工作的第一天起，你就开始积累工作经验，不断校正你职业生涯的走向；二是离开，像我们的上海女同学那样，找到更适合自己的工作岗位；三是躺平，什么也不干，回家啃老。不过我们那个时候，主动躺平的几乎没有，除非有病不能工作，上大学本身就很不容易，终于熬到可以回报父母，回报社会了，再加上人皆有之的感恩之心，建设祖国的豪情壮志，几乎都是斗志昂扬地成为建设大军里的新型劳动者了。

  我以前没干过这么重的活儿，刚开始很不适应，感觉身体很累，还休息不过来。最初的激情消退之后，每天重复着单调而繁重的劳动，就越发觉得自己是出卖苦力的壮工。那些木头很重，小的有几百斤，大的有上千斤，一般要4人才能抬得动。我在高中和大学都参加过勤工俭学活动，也干过体力活儿，但没干过这么重的体力活儿，何况在学校是偶尔为之，在这里是天天干，还被无数双眼睛盯着，我们成了被观察对象，看能否经受得住劳动关的考验。我没有退路可走，我不像那些来自大城市的同学，他们有在城里工作的父母可以依靠，我没有，我父母过去是自食其力的农民，现在是挣工分的人民公社社员，而所挣工分刚好够他们填饱肚子，何况在我身上还寄托着他们的期望，虽然不会像对钟士模教授那样高看我，但在他们内心深处，肯定把我和钟教授归为一类人了，都是读书人，而且是在清华大学读过书的人，不管别人怎么诋毁，在他们的内心深处，一定还保存了足够的骄傲和自豪。我要是从桓仁水电站跑回去，和他们一样脸朝水田背朝天，估计他们会被气得半死。所以我不能有打退堂鼓的念头，一丝一毫都不能有。看到身边每一位工人师傅忙碌的身影,他们长年累月重复干这样的体力劳动,还那么乐观,毫无怨言,坦然接受,我心里真有一种自愧弗如的感觉。他们平凡而渺小,却又非凡而伟大,往近了说,桓仁水电站不就是从无到有从他们手中诞生的吗?往远了讲,社会主义祖国的建设成就不正是千千万万像这样的默默无闻的劳动者创造的吗?我是响应国家号召,来接受工人阶级再教育,成为他们中的一员,哪怕再苦再累,也要像他们一样挺住。春风吹开心结,人间自有四月天。从此我主动多干活儿,干重活儿,我年轻,越干越有劲,越干恢复得越快,最初的疲惫感消失了,我身上松松垮垮的囊肉变成了棱角分明的肌肉,即使木头很粗,我也要试一下看能否抬得动。先是挑小的,慢慢地挑比较重的,再后来几百斤的也能跟师傅一起抬起来了。由此我验证了那时曾流行的一首打油诗"困难像弹簧,看你强不强,你强它就弱,你弱它就强",还是挺有哲理的。

但是,凡事过犹不及,要量力而行,否则马上就会有教训给你。有一次,4个人抬一根几百斤重的木头,我弯着腰起来的时候,用劲有点猛,腰部像电击一般,我不由得"哎哟"一声——腰扭伤了,我赶紧赶到医院挂号就诊。当时的医疗条件不是很好,医生只给开了止痛药,给又红又肿的腰部贴上膏药,还给开了病假条,嘱咐我回去好好卧床休息。我回到宿舍躺在床上,心还留在木材加工厂,想着工人师傅们和一起分配来的大学生们,此时此刻都奋战在生产一线,那时讲"抓革命促生产""大干快上建设社会主义"和"轻伤不下火线",躺在床上有一种强烈的愧疚感。我仗着自己年轻,没把腰伤当回事,第三天就回到工作岗位上,忍痛坚持着,赢得了别人的赞扬,也留下了腰肌劳损的病根,至今50余年,每到阴天下雨还会隐隐作痛，只能贴膏药或者进行针灸按摩缓解疼痛。这种伴随终生的疼痛，很容易唤起对那段激情燃烧岁月的回忆，也很想多说一句，有病要治，而且要治彻底。如果把自己的身体比作一块地，你所有的价值、事业、梦想等都要从这块地里长出来，你必须要精心呵护它，不可以摧残它。你对它好一点，它会十倍回报你，你对它差一点，它会百倍报复你。

我每天早晨6点起床，7点到车间，给工人师傅们念《毛主席语录》，再读1小时报纸，早上8点开始正式劳动，晚上8点所有人还要进行2小时政治学习，晚上10点后各自回宿舍睡觉。我非常渴望早晚的政治学习，工人师傅们认为我在车间里是学历最高的，肚子里墨水最多，且思想觉悟也高，又轻伤不下火线，便把每天读书读报这个神圣的任务交给了我，这是对我的最大信任。我高度重视，严肃对待，学着播音员的广播强调，认真把《毛主席语录》和当天报纸流畅地读给大家听，没有人交头接耳，除了我的声音鸦雀无声，而我字正腔圆的声音在车间里回荡着，好像一阵阵春雷从我心头滚过。现在想想觉得不可思议，但那个年代，我们的的确确是这样做的，而且每个人都是极其认真的，没有人迟到，没有人早退，更没有人无故不来。对待政治学习，用当时流行的话说就是"一天不学问题多，两天不学走下坡，三天不学没法活"。大家通过报纸关心国家大事，了解国际风云，好像这个地球上发生的每件大事都和我们有着密切关联，而我们做的事也和解放全人类有关，我们身上肩负着崇高的使命。每天的时间被劳动、学习、睡觉填满，周而复始，日子过得平淡而充实。

毛主席是我们心中的红太阳，我敬仰他，崇拜他，是毛主席带领中国共产党推翻了"三座大山"，建立了新中国，为中华民族的伟大复兴，为中国人民的幸福生活，开创了新的历史纪元。如果说有什么没有改变的话，就是我对毛主席的感情，从小到老，一直没有改变，所以我读《毛主席语录》的时候是饱含感情的。我还记得在人们相互承诺或保证时，当时最流行的一句话就是"向毛主席保证"。这句话也曾经是我的口头禅，我们很多人至今还能熟背毛主席发表过的所有诗词，我也不例外，毛主席诗词博大精深、内容丰富，可以极大地提升人生境界。我曾对身边的年轻人说，多读读毛主席的诗词，读懂弄通，不仅可以了解中国共产党的奋斗史，更可以看到一个伟人崇高的人生境界。我们不太可能达到这样的境界，但可以学习，可以欣赏，这是一场非常难得的精神之旅。不追求物质生活享受，只注重精神生活如何，这也许就是我们这一代知识分子的家国情怀。

当年由于设备落后，没有大吊车搬运，几乎所有的搬运工作都是靠人工。三伏天，大家汗水淌得就像从水里捞上来的一样；三九天，汗水浸湿衣服，风一吹冻得直打哆嗦，手脚生满冻疮。我是南方人，从没有遭遇过零下40摄氏度的极端天气，在清华上学时，最多经历过零下20摄氏度的严寒天气。零下40摄氏度的气温，相信绝大多数人没有亲身接触过，那是可以冻掉耳朵、泼水成冰、寒风如刀的气候环境，人在其中，冻僵的不仅仅是身体，脑筋也会不灵活的。我有过动摇，有过徘徊，有过迷茫，但是我没有自暴自弃，本着敝帚千金的原则，我像孔雀爱惜羽毛那样保护着内心依然旺盛的求知欲。这里离县城有5公里多，附近没有书店，我把大学的书本带来了，空余时间重新学习了一遍，让专业知识更为扎实和巩固，这实际上为我在"文革"后走上大学教师岗位打下了坚实基础。除了看书学习，没有别的业余活动，但是工地的高音喇叭每天转播中央人民广播电台节目，从广播里传来的革命歌曲为我们枯燥的生活增添了不少欢乐。说到歌曲，最动听的是回荡在我们车间里的劳动号子，那真是一首奇妙的乐曲。

我在木材加工车间工作了4年左右，在忙碌的车间里经常听到抬木工人劳动号子声。车间待加工的原木从几百斤到上千斤不等，都是伐木工人从山上搬下来的，我们要根据原木大小重量，分为4人组、6人组，特大原木需要8人组一起来抬。8人一组抬特大原木的场面十分壮观，4人一副杠子，要求个头差不多，确保受力均匀，便于配合。抬的时候由一个人喊号子指挥，这个人被称为号子头，号子头大声吆喝着"杠子上肩""手攥把门（中间的顺杠）"，只见8人左右大小肩，前后四四杠，神情专注地分列两旁，行动一致，步伐整齐，配合默契，省时又省力。号子头一声："哈腰挂呀！"8人齐刷刷地弯下腰，卡上挂钩；又一声："挺腰起呀！"8人身体猛地向上一挺，只听肩骨、卡钩、把门一阵噼啪作响，大木头慢慢地动了窝，抬起来了！他们像8个勇士，脸憋得紫红，青筋在太阳穴上蹦跳，脸上的汗珠像水一样往下淌。号子头领吼："挺腰起呀！"众人合："嘿！稳步走呀，嘿！加把劲呀，嘿！上跳板呀，嘿！谁都不松套，嘿！齐心往上跨，嘿！不惧木头大，嘿！不畏肚子空，嘿！心里有朝阳，嘿！前途真光明，嘿……"声声号子从抬木工人的胸膛里迸发出来。伴随着雄浑、急促、有力的号子声，抬木工人迈着寸步，一点点地向前挪移，小心翼翼地抬着原木往前走。脚下大地仿佛在震动，发出"嗵嗵"的响声。铿锵有力的号子声此起彼伏，在车间里久久回荡。这是我听过的最嘹亮、最粗犷、最豪迈的劳动号子，这也是中国伐木工人创作的最美歌谣。

森林作业劳动强度大，危险性高，所以号子相应形成高亢粗放、气势豪迈、压倒一切的风格。森林号子千百年来与森林采伐劳动相伴，一直流传在东三省。森林号子节奏明晰，具有独特的腔调和浓郁的韵味，听起来震撼人心，山河的壮美与号子的粗犷浑然一体，形成独特的天籁之音，回响在茫茫森林之中。抬木头不仅是劳其筋骨的体力活儿，更是一项极其危险的工作，稍有差错便会造成伤亡，它要求力量与智慧并存，有超强的忍耐力及高度的配合精神，它所承载的是信任、协作和团结的文化内涵。

可是又有谁知道，在动听的号子背后，隐藏着多少伐木工人的艰辛呢？他们在工地每天也只有3两到半斤的细粮配置，所谓细粮就是大米或白面，只能占到定量的30%，其余70%是粗粮，以玉米面做的窝头为主食。他们干的是重体力活儿，身体能量消耗大，但补充又不够充足，就像他们扛大木头一样，只能硬扛。他们是具有鲜明时代特征的劳动者群像：吃苦耐劳、勤劳朴实、任劳任怨、爱国爱家，他们用繁重的劳动托起建设新中国的美好愿望。当年的建设者如今早已不复当年的英姿勃发，他们把一生都献给了这片热土，即便生活不易，却依然热爱。他们是最值得我敬重的一个特殊群体。

随着现代化的进程，机械化改善了劳动强度，劳动号子渐渐远去，流传了千百年的森林文化处于濒危状态。令人欣慰的是这些劳动号子已经被列为国家级非物质文化遗产，伐木工人用血汗和生命谱写的劳动号子，点燃了中华民族不屈的生命之光，值得永远流传下去。在我有生之年，也许很难再和曾经朝夕相处的工人师傅们相遇，但刻在我脑海里的劳动号子是永远不会消失的，它是工人师傅们留给我的豪言壮语，它依然那么雄壮有力，震撼人心，无时无刻不在提醒我：幸福是奋斗出来的！

人的心智成熟是需要多方滋养的，除了知识之外，还有工作环境。当我置身于火热的劳动氛围被工人师傅乐观心态感染的时候，当我看到辛勤汗水换来丰硕果实的时候，当我觉察到自己一天天变得强壮起来的时候，我倍感劳动者的光荣，面对再大再多的艰难困苦，我也不会退缩，干就是了。当然怎么干是很讲究的，绝不是蛮干、瞎干。我所讲的是精神上的强大，所谓在战略上藐视"敌人"，在战术上要重视"敌人"。人生是一个不断挑战困难、征服逆境、战胜自我的过程。也许有的人在征服困难的过程中成长了，有的人却被困难吓退而畏缩不前，有的人则被磨难击败而从此浑浑噩噩变成行尸走肉。坎坷与逆境，都是必经之路，没有什么是扛不过去的，我在劳动中收获了对人生的感悟，思想得到了升华，心智慢慢成熟起来。

1968年12月22日，报纸上刊登了毛泽东最高指示："知识青年到农村去，接受贫下中农的再教育，很有必要。"随即全国开展了知识青年"上山下乡"运动。其实上山下乡并非始自"文革"，它从20世纪50年代便被倡导，至60年代而展开。对当时的知青来说，他们到农村去，是为了消灭"三大差别"，带有积极的理想主义色彩，邢燕子、侯隽、董加耕等一大批优秀青年，便是那个年代知青的典型代表。知识青年上山下乡，是特殊的历史为一代青年提供的一条特殊的道路。在这条道路上，有宝贵青春的荒废，有美好理想的破灭，有生活信心的动摇，更有一代知青的奋斗业绩。在国家最艰难的岁月，是知青同当地人民一起，用自己的勤劳和智慧，支撑着共和国大厦。不管别人如何看待知青运动，作为走进工矿企业的一名知青，我很有感受，主要感受有两点：一是作为从校园里走出来的大学生，应该把到基层劳动锻炼视为最光荣的事情，通过和普通劳动者的共同劳动，不仅强健了体魄，更是加深了彼此间的感情，会非常自觉地摒弃"万般皆下品，唯有读书高"的封建思想；二是很强烈地感到我们学到的只是书本知识，必须要经过实践检验，得到验证、充实和提升，才能转变为真正的学问。向实践学习，向有经验的工人师傅学习，向一线能工巧匠学习，绝不是空话，这是我的宝贵经验，价值千金。

我们一起被分配到工地的同学，相互之间感情都很深，大家互相帮助、互相照顾、互相鼓励，有一种同甘共苦、同舟共济的精神。我们中有的打风钻，有的浇混凝土，有的操作振捣器，都是在干繁重的体力劳动，没有人坐在办公室从事工程技术人员工作，虽然如此，大家在不同的岗位上任劳任怨，激情满怀，深受工人师傅们的好评。工作第一个月领工资那天我们都很开心，我领了46元，因为清华是6年学制，比5年制大学毕业生多4元，比中专毕业生多12元，我收获了羡慕，但绝对没有人嫉妒，那时的友情就是这么纯洁。这是我踏进社会走上工作岗位的第一份工资，和其他同学一样，我第一时间跑到邮局，给含辛茹苦的父母寄去了大部分工资，以表达我对父母的感恩孝子心。给家里寄钱，让我第一次感受到了对父母报答的幸福感，第一次感受到了一个男人为家庭分担责任的自豪感，第一次感受了要给父母、奶奶和弟弟带来钱财的快乐感。一个人的喜只能算窃喜，一家人的喜才是大喜，我有钱了，让我的亲人们来分享，所带来的愉悦，是多少钱也买不来的。

在水电工地，生活条件十分艰苦，和在清华的学生时代相比，悬殊不可谓不大。我们在集体食堂吃饭，跟工人师傅们一样，没有被特殊照顾，事实上，我们就是一名普通工人，每人每月只有5斤细粮，其他全是粗粮，大多数情况下，我们吃的是玉米面窝头，蔬菜主要是大白菜，偶尔能吃上豆腐，荤菜很少，每人每月只有半斤肉，遇到吃肉的时候，大伙儿像过年一样快乐。

我们和工人师傅们住在一起，是一种叫"干打垒"的简易房。说起"干打垒"，就不能不说说大庆石油大会战。那是在1960年3月到5月，4万多人的石油会战队伍在短短3个月的时间里，一下子集中到荒无人烟的大草原上，居住条件十分困难，睡的是草窝、地窖和临时搭建的帐篷、木板房，在春夏之际，还可以忍一忍，但进入冬季，这一带的温度是零下二三十摄氏度，甚至能达到零下40摄氏度。在如此严寒的地区，如果没有可靠的御寒手段，很可能会冻伤大批的人，冻坏大量设备，若遇上连当地人都害怕的"大烟炮"暴风雪，将造成灾难性的后果，导致会战队伍严重减员。有人建议到了冬天将会战队伍和设备撤到哈尔滨、长春、沈阳、抚顺等地，等来年春天再开上来。但这样一来，大会战就变成了拉锯战、消耗战，推迟油田开发时间，加剧国家的油荒困难。为解决居住问题，会战指挥部经过调查研究，发现大部分当地居民的住房是砖框土坯房或者纯用干土打起来的房子，当地人称为"干打垒"。这种房子看起来土气，但厚墙厚顶，冬暖夏凉，可以就地取材，施工简单，造价低廉。指挥部决定发动广大职工建造"干打垒"房

在水电站工作时期留影

在水电站工作时期留影

屋，渡过难关。经过3个月的奋战，在劳动号子声中，终于建成了30万平方米的"干打垒"，会战队伍的4万多人住进了"干打垒"，解决了安全过冬问题，保证了石油会战的顺利进行。从此，这片荒原出现了灿如繁星般的由"干打垒"组成的村落，袅袅炊烟升上蓝天，石油人在这片大油田上扎下了根，开发了大油田，将"干打垒"村落建设成为现代化的工业城大庆市，将"干打垒"精神演变成一种强烈的为国分忧的爱国主义精神，一种勇敢面对现实、顽强战胜困难的创业精神，一种奋发图强、自力更生、勤劳节俭的主人翁精神。

随着"工业学大庆"口号的深入人心，"干打垒"在无数个施工现场落地生根，成为艰苦环境下解决住房问题的标配。"干打垒"记录了一代又一代劳动者的奋斗足迹，也见证着新中国建设发展的辉煌成就，奋战在各行各业的劳动者所创造的丰功伟绩，永远镌刻在祖国的历史丰碑上。

在水电建设的工地上，也建起了大片大片的"干打垒"房子。我住的"干打垒"有两个炕，住着10多个人，大家挤在一起睡觉。夜晚，万点灯火，宛如天上的繁星，从"干打垒"里飘出的欢声笑语，在夜空下回荡，为荒寂的山区注入了勃勃生机。我在水电站工作10多年住的都是"干打垒"，"干打垒"代表着沸腾的生活，代表着充满青春理想的岁月，它给予我的精神财富是厚重的，也是跨越时空的。无论时光如何流转，无论城市发展的脚步走到哪里，"干打垒"精神早已成为融入我生命的一笔宝贵精神财富。

建设桓仁水电站、回龙山水电站是为了缓解东三省的用电紧张状况，工期紧任务重，建设者们不论在哪一个工作岗位上，都有一份沉甸甸的责任，只有经历过那个年代的人，才会感受到当年建设新中国的满腔热情和高昂斗志，工地上你追我赶、热火朝天的场面，今天已很难复制了。我在水电工地木材加工厂的时间里，亲见了大坝是怎样建起来的，发电机是怎样一台一台安装进去的，在物资匮乏、没有机械设备的情况下，成千上万的工人师傅用镐头敲、土篮装、扁担挑、铁锹铲，劈山凿石、拦江筑坝，成就了一个又一个不可能，让这座混凝土"巨人"，稳稳地站在了浑江滔滔江水之中。

这是我国坚持独立自主、自力更生精神，自行设计安装的全国第一座大型水电站。落成那天，水利电力部第一工程局召开庆功大会，那天到处张灯结彩，各路建设队伍披红挂绿、载歌载舞，工地内一片欢腾，置身其中，早已忘记曾经的苦痛，只觉得所有的付出都是值得的，祖国正青春，我们正青春，我和建设者们一起振臂高呼，欢呼声传遍浑江两岸，惊起大群的鸟儿，真是"高峡出平湖""当惊世界殊"。

二、回龙山水电站

因桓仁水电站主体工程施工任务已基本完成，根据回龙山水电站建设的需要，第一工程局于1969年5月由桓仁县泡子沿镇迁移至回龙山水电站的建设工地。回龙山水电站位于辽宁省桓仁县城西南44公里的浑江上，是浑江中下游水利资源梯级开发的第二个水电站。1968年10月开始设计、勘测，1969年2月完成初步设计后，由我们第一工程局进行施工设计，同年5月主体工程开工。

我跟随第一工程局来到回龙山水电站建设工地，还在木材加工厂工作，让我开心的是师傅们安排我去操作电锯。在桓仁水电站，我就渴望能去操作电锯，因为这算是高级技术活儿，有相当的技术含量，而我对有技术含量的工作充满了渴望，觉得能让我发挥出更大价值。在桓仁水电站我没敢提出来，主要是因为我是新来的学生，缺乏工作资历和经验，鼓不起毛遂自荐的勇气。这次是师傅们主动安排我当电锯操作工，让我随心所愿，我暗下决心，一定不辜负师傅们对我的信任和期望，把活儿干漂亮了。

新的工作岗位让我充满激情，胆大心细、干事认真是我的特点，我生产出来的产品质量备受称赞。车间里有高分贝的噪声、漫天飞扬的粉末，这种工作环境在夏天特别难受，酷热下，汗水和粉末搅和在一起，糊在身上像有无数只蚂蚁在爬。但我很快就适应了，劳动的快乐和成就感，是来自精神上的愉悦，身体上的不舒服，在这种愉悦面前简直不值一提。有一次，由于我的疏忽，差点造成严重事故，现在想起来仍然心有余悸。事情是这样的：电动锯长期运转，会产生很多锯末，需要定期清理，这样机器才能正常运转。装锯末的大口袋是设置在地下室的，装着一个带电机皮带的漏斗，皮带运转把锯末排到外面。我在操作过程中发现皮带不能正常运转，锯末堆得满满的，我跳到地下室了解情况，发现锯末把电机堵住了，负荷很重，转不动了。第一次遇到这种情况，只想尽快把故障排除，周围没有工具，我想就用手去掏吧。于是，我把手伸进去，不停地往外掏锯末。突然间，电机转起来了，把我的手带到皮带里去了，工作服的袖子纽扣没扣上，皮带把我的袖子卷进来，我用尽全身力气把手往回抽，卡住了皮带。情况十分危险，眼看我的手就要被卷进去了，我大声呼救。师傅们听到我的喊声，忽地冲上去把电源开关拉下，皮带停转了，我赶紧把手抽回来，有惊无险，我顿时冷汗直冒，长长地舒了一口气。我一检查，发现工作服从袖口到腋下全被撕裂了，如果师傅们不拉下电源开关，我的手、胳膊，甚至整个身子都会被卷进皮带，后果不堪设想！事故发生后，车间开了安全会，我检讨自己由于没有工作经验、安全意识淡薄、鲁莽作业造成了安全事故。师傅们在批评教育我的同时，也肯定了我认真负责的工作态度，提醒我要时刻牢记安全第一。我虚心接受了批评，也告诫自己以后一定要注意安全生产。

安全生产无小事，一旦出事，往往非伤即亡，不仅关系到自己的安危，也关系到家庭的幸福与否。在我出事不久，有一件更严重的事发生了。我们住的地方是一座江水环绕的弧形小岛，那年夏天，浑江发洪水，当时大坝还在建设中，排水系统不完善，汹涌的洪水很快将小岛置于危险境地，小岛变得越来越小，很快就要被洪水吞没。有一部分会游泳的工人安全转移出去了，但还有很多不会游泳的工人被洪水围困着，情况万分危急。局里紧急组织了救援突击队，这些队员都是二三十岁会游泳的小伙子，他们纷纷跳到江里，拼命游向小岛，营救被困工人，而岛上的工人也紧急做了一只只木筏，分别坐上木筏，在汹涌的江面上与突击队员会合，场面惊心动魄，经过几个来回，终于把围困工人全部安全转移出来了。当大家松了口气，清点突击队人数时，发现少了一名队员，气氛一下子变得紧张起来。局里马上组织人员到处搜寻，却都没结果。后来江水慢慢退去，在一根倒下的电线杆下面发现了这名失踪的队员，只见他的双脚被电线缠住，溺水遇难，早已没有了生命迹象。事件已经过了很久，笼罩在我心头上的阴霾却一直没有散开。

通过这两件意外，我深有感触。我们在外一定要照顾好自己，生命是宝贵的，也是脆弱的，不知明天和意外哪个先来，父母养育一个孩子长大成才不容易，我们一定要学会保护自己，加强安全意识，注意防范安全事故，以免发生意外，不能让白发人送黑发人，免得父母在悲痛中度过余生，这其实也是一种孝。

在忙忙碌碌的工作中，我在木材加工厂兢兢业业干了3年，这3年的摔打，让我脱掉了学生气，变得沉稳了，从一个毛手毛脚的大学毕业生，成长为一个熟练的电锯工人。由于各部门对人才需求量大，我的工作表现得到大家的认可，工程局领导并没有埋没我的才华，知道我是学电气的，把我从木材加工厂调整到动力队。动力队负责安装及维修电源、电气设备，我的工作职责是电工，工作范围很广，涉及工地所有的用电和维修，包括挖掘机出现故障，都在我们的管理范围内。上班时我们几乎没有空闲时间，哪里出现险情，哪里就是我们出击的目标，我们火速赶去排除，保证工地一切用电设备的正常运行。我们上班的装束很特别，腰上别皮带，挂着钳子、扳手、电工刀，俗称"三大件"，看上去有些威风凛凛的样子，帅气得很。

感谢这份工作岗位，让我掌握了电工的基本操作技能。我学的电气自动控制，只是理论上的知识，而电工操作、电气规程、电气设备的原理都是在现场边工作边学习的，学用结合，把掌握的知识和技能用在工作上，为工地建设做更多的工作，让我的思想变得越来越充实。

回龙山工程建设很紧张，任务量大，工人们日夜奋战，干得热火朝天、轰轰烈烈,大干社会主义在这里绝不是一句空话,而是火热的劳动场面,是每个工人师傅的满脸汗水,是全局上下拧成一股绳的付出。在安装机组的过程中,我们一局安装队本领过硬、技术熟练,各个不同职能班组协同作战,安装工作非常顺利,工程进度直线上升,各项工作量都提前完成了。经过紧张的开挖、土建、坝面浇筑、坝体灌浆和基坑预埋,保质保量地提前完成了任务,于1972年9月,电站下闸蓄水,10月18日,第一台机组投产发电。回龙山水电站从主体工程开工到投产发电,仅用三年零两个月就完成了第一台机组的装机任务。再往后不到一年,1973年7月,第二台机组投产发电。这样两台机组连年投产发电,时间之短、速度之快,在世界水电站建设史上十分罕见,这一奇迹是由我们水电一局创造的。回龙山水电站终于在1977年10月26日全面竣工,主要建筑物有拦河坝、引水隧洞、地下发电厂房及地下开关站等。大坝为混凝土重力坝,坝长567.3米,最大坝高35米,共35个坝段,坝址以上控制流域面积12506平方公里,多年平均入库流量为179.3立方米/秒,总库容为1.23亿立方米,调节库容为0.18亿立方米,为日调节水库,成为浑江梯级电站一颗闪光的明珠。

自从我们水电一局在辽宁成立后,中国有了自己的水电建设队伍,随后第二局、第三局、第四局……第十四局,像雨后春笋,遍地开花。中国的水电事业迅速发展壮大,确保了工农业生产的需要,社会生活也有了显著变化,家家户户再也不用点煤油灯了,人们用上了电灯、收音机,从收音机里可以听到各地新闻、革命歌曲和样板戏等。不断满足人民日益增长的物质需求,给我们带来了工作激情与动力。不久,整条浑江流域进入了大开发、大发展时期。

浑江流域几座水电站的陆续建成和投产，是所有建设者的劳动成果。我们把最美好的青春献给了一道道大坝，大坝也因为我们的付出成为勤奋的"劳动者"，至今仍站在滔滔江水中，默默无言地奉献着光和热。

三、温暖的家

年轻人都喜欢追求轰轰烈烈的浪漫爱情，用青春激情去寻找完美爱情。我们那时处在热火朝天的新中国建设时代，恨不得把每分每秒都投入到工作上，没有时间去花前月下卿卿我我，享受浪漫与激情，在爱情观上，就是找一个热爱劳动的志同道合的革命伴侣，共同建立一个幸福美满的小家庭。随着年龄的增长，我渴望一份淳朴的爱情，在艰苦的生活中能有爱人陪伴，相互扶持、相互依靠、相互取暖。也许不同年代的人对爱情有不同的理解，但每一种爱情都有它存在的意义，都有自己独特的美丽。

我在回龙山水电站待了3年，在这3年中，我完成了人生大事：恋爱、结婚、生子。

我爱人叫吕淑敏，她是辽宁本溪人，医学专业学校大专毕业，她在学校是优秀学生，是班里的团支部书记。她的优秀源于家庭良好的教育，这跟她爸爸是中学校长有关，她也多次跟我聊到父母对她的严格要求，从小她就勤奋好学，品学兼优，是别人眼中的好孩子。我们相识时，她已是个身高一米六七、亭亭玉立、温婉大方、肤白貌美、让人一眼难忘的姑娘。她是毕业时被分到桓仁水电站的，刚好分到木材加工厂。我们是通过早晚的政治学习认识的，我用字正腔圆的男中音来念报纸,没想到会打动她的心。事实上,她一出现就引起了我的注意,因为她是新来的姑娘们中长得最漂亮的,第一眼看到她我就产生了好感,这就是所谓的一见钟情吧。经过一年多的接触了解,我们被彼此吸引,共同的话题越来越多,就这样相爱了。当我们一起来到回龙山水电站后,我觉得自己到了该结婚的年龄了,于是便向她求婚了。当时我28岁,她23岁,男大当婚,女大当嫁,一切顺理成章,她接受了我的求婚,我们去民政部门领了结婚证。当时流行举办简朴的革命婚礼,所以,我们也采用简简单单的仪式,请工人师傅们过来吃几颗喜糖,热闹一番,算是完成了人生大事。在工地上,大部分年轻人的结婚仪式都是这么简朴,没有攀比的概念,算是当时的一种社会风气。

我脱离了单身生活,不需要再住"干打垒"集体宿舍,单位分配给我们一间10平方米的单独"干打垒",我们把床被凑在一起,吃住一起,就开始过上了成家立业的日子。屋里有一个炕,挺暖和的,一进门就是做饭的地方,家里没有什么家具,吃饭睡觉都在炕上。新婚的日子是甜蜜的,我们相敬如宾,相爱如饴,房子很简陋,家里很温馨,和单身汉的生活完全不一样了。

我爱人在工地卫生所工作,每天的工作任务很繁重,经常背着药箱满工地跑,哪里有工伤,哪里有病人就往哪里跑。她是一个很有工作责任感的医生,哪怕夜里有急诊,她都会义无反顾地背着药箱出诊,把救死扶伤精神视为人生理念。

当年卫生所的药品比较匮乏,直到建设白山水电站的时候都是这样,为了能让更多的患者得到医治,卫生所经常组织医务人员到深山野岭去采草药,自制中草药。这些工作是没有报酬的,都是医务人员利用下班或周末休息时间去采集，他们责无旁贷，毫无怨言。有一次我爱人和几位同事周末时间去山里采药，天黑了还没有回家，我非常焦急。因为她平时下班都是很有规律的，一般在天黑之前能回到家。这次有点反常，天越来越黑了，还不见爱人回家的身影。我不能再等下去了，赶紧跑到卫生所报告有关情况。卫生所领导一听也很紧张，因为山里有很多野兽甚至老虎出没，天越黑危险系数越大。卫生所领导马上安排几个人跟我一起上山寻找。我们拿着手电筒边走边呼喊，我当时的心情很恐慌，怕爱人出什么意外，那样我肯定是无法承受的。我从没有那么大声喊过爱人的名字，声嘶力竭，不仅传得远，野兽听到也会吓跑的。万幸的是，没过多久，我们终于听到了应答的声音。循着声音，我们找到了我爱人和她的同事们。原来，她们在山上迷路了。她们本想多采一些草药，没想到天很快就黑了，由于山里树林茂密，那天又没有月亮和星星，她们迷失了方向。当她们焦虑万分的时候，听到了我们的呼喊。可能是夜还不够深，野兽并没有出现。回家后爱人告诉我，当她们意识到迷路时都很紧张，怕遇到危险，她提出往夜空明亮的地方走，那是白山水电站施工工地的方向，找到水电站就得救了。大家在关键时刻相互鼓励，沉着冷静，没有惊慌失措，她们就是在往白山水电站走的时候和我们相遇了。这件事情发生后，我对爱人多了一份敬佩。

爱人一生从医，"患者至上"是她的职业信仰，她和同事们把时间和精力都用在了患者身上，即使当年医疗设备落后、药材紧缺，他们仍然在有限的医疗条件下用爱心服务患者，用行动诠释"医者仁心"。医生对患者如亲人，处处为患者着想。当年爱人在怀孕期间，得知工地有工伤发生，背上药箱就奔现场，即使在寒冬夜里，也是毫不犹豫地钻出被窝，穿上衣服出诊……我爱人及她的同事们用人性之光，温暖着患者，诠释了医务工作者的优秀品格。"投我以桃，报之以李"，我们家里经常会收到患者自家种的苹果等农产品，这也许就是他们唯一的感恩方式。如今50多年过去了，爱人背着药箱出诊的身影，依然经常浮现在我眼前，她和她的同事们是优秀医务工作者的代表，永远值得我们敬佩。

爱人不仅仅在业务上出色，多次受到单位嘉奖，在家庭生活中也很勤劳能干。她包揽了家里所有的家务活儿，包括烧炕劈柴这些本应该男人干的活儿，还有养鸡养鹅、种瓜种菜这样的农活儿。有时候出诊回来已经很累，她稍事休息便把家里收拾得干干净净、井井有条。家虽小，却透露着她对生活的热爱与珍惜，显示着一个女医生的兴趣与品位。成家后，我把心思都用在了工作和业务学习上，总想通过工作成绩来证明自己的价值，没有太多精力顾及家里的柴米油盐，家里能有这样的贤内助，是何其幸哉。我们走过了50余年的婚姻生活，也有过争吵有过误会，但是，我永远忘不了爱人在最艰难的时候与我同甘共苦、风雨同舟，我一生所取得的所有成绩，背后都有爱人的帮助鼓励、无私奉献和默默支持，正如《十五的月亮》这首歌里唱的："丰收果里有你的甘甜，也有我的甘甜；军功章啊有我的一半，也有你的一半。"

1970年底，爱人要回老家待产。由于工作紧张，我不能请假陪她一同回去，她一个人挺着大肚子，带着行李箱，几千公里的旅途，乘火车坐汽车，一路奔波，克服了种种难以想象的困难，才回到我的老家。现在想起来都有些后怕，万一在哪个环节出了问题，后果不堪设想。可在当时，我们一方面是把工作放在第一位，这是理所应当、不容置疑的；另一方面，我十分相信爱人，她是如此能干，又是医生，在千里归途上照顾好自己，应该不在话下。我写信回去，叮嘱父母把我爱人照顾好，以弥补我内心的愧疚。儿子是在12月出生的，南方的冬天又湿又冷，在北方生活惯的人很难适应，没有暖气，更没有热炕，只能生炉取暖。农村连像样的公厕都没有，卫生条件比较差，在这样的环境里生活，会遇到各种各样的难题，爱人却对我没有丝毫的怨言。由此也可以证明她的纯朴和善良，她不仅有美丽的外貌，更有一颗美丽的心灵。

初为人父，我浑身洋溢着幸福的喜悦，我的生命得到了升华，我要承担父亲的责任，为了儿子，我甘愿付出自己的生命。在我的眼里，儿子是无价之宝，从孕育到出生，每一个细微变化都会牵动我的心，我第一次感受到了生命的神奇，也让我真正体会到为人父母的不易，体会到父母眼里所饱含的悲与喜、哀与愁、苦与甜，还有血脉相连的牵挂。儿子名叫李东，感谢李东的到来，让我们享受初为父母的喜悦，让我们的生命得到了延续。

由于我俩工作都很忙，只能把孩子暂时留在老家，由我母亲来喂养。家有老人真是一宝，父母永远在为我们排忧解难。爱人产假结束后回到工地上班，从此我们有了无尽的牵挂。那时母亲也是60岁的人了，每天忙着地里的农活儿，还要管我儿子的吃喝拉撒，当李东生病了，母亲更是担惊受怕，父亲有时会搭把手。就这样带了李东4年，母亲吃了不少苦，受了不少罪。我们随单位搬迁到白山水电站后，居住条件有些改善，母亲把李东送回到我们身边。儿子刚回来时很不习惯，有些生疏，我母亲没有马上离开，继续帮我们带了一段时间。冬天，我们一家4口挤在一个炕上睡觉，虽然拥挤，生活清贫，但孩子和老人的欢笑声溢满了房间里的每一个角落，家是多么的温馨和谐啊，不是刻意追求的幸福就这样降临了，每时每刻陪伴着我们。

母亲牵挂着父亲回老家了，儿子入了平顶山幼儿园。幼儿园的条件虽然简陋，但有阿姨照顾儿子，我们也能安心工作了。早上把儿子送去，晚上下班后接回来，听着儿子奶声奶气地给我们讲述幼儿园里的趣事，我们一天的疲劳会立马消失得无踪无影。儿子4岁之前生活在农村，不懂什么叫公园、马路、电车，但儿子懂得什么是高山、大河，长白山在哪里，原始森林里有什么，什么是发电厂，什么是大吊车。周末是儿子最快乐的时光，我们带他去附近林地看繁花听鸟叫，抓蜻蜓捕蝴蝶，采蘑菇摘木耳，用大自然的雨露阳光来熏陶他幼小的心灵，用不一样的童年体验启迪他的智慧，就像一株小苗深深地扎在了肥沃的泥土里。儿子长大成人后，他所展露出来的优秀品质，诸如阳光向上、健康聪明、富有爱心、宅心仁厚、开朗豁达等，让我感到十分欣慰。

我平时有意识地培养儿子对电力知识的认知，周末时候我要加班，到工地进行电力设施的修理或者大型设备的安装时，我都会把儿子带在身边，给他讲解水电站的有关常识，潜移默化地影响他，儿子对这些也很感兴趣了。他对工地上的大电厂、大吊车的结构原理十分熟悉，让小朋友们十分惊奇，当然也满足了他小小的虚荣心。随着儿子年龄的增长，我们父子俩关于水电站方面的话题越来越有共同语言了。我愿意做儿子成才路上的铺路石和启明星，为他劈山开路、照亮前程，在教育儿子的同时，也为自己培养了一个志同道合的良师益友。

也许是虎父无犬子，儿子高考那年，被华北电力大学动力系热工自动化专业录取，我当时在该校的动力系热工自动化专业当老师。所以说，儿子的人生选择是受了我的影响，我是他人生和事业的启蒙老师。在华北电力大学，我从当助教到讲师，从副教授到教授，最后成为热工自动化专业的教研室主任，脚踏实地一步一步实现我的人生目标，耳濡目染，儿子在大学期间也很优秀，大学毕业后分配到北京自动化研究所，一年后任职一家美国外资公司，从事自动控制系统方面的工作。后来他离开这家公司，自己创业，成立了公司，主要从事电力系统自动化方面的业务。

儿子在创业初期很艰难，最早是做电器材料的采购和供应业务，等积累了一定资金后，他就开始做电力系统工程，与很多发电站有业务来往，公司业务不断扩大，他开始做新能源项目，像风力发电、太阳能发电这类清洁能源工程。公司发展方向与国家生态文明建设要求高度吻合，所以发展势头非常好。我们各有事业，各有所长，在家里相互交流，儿子变得成熟稳重了，青出于蓝而胜于蓝。在科技发展日新月异的今天，我对很多新生的领域是陌生的。"长江后浪推前浪，一代更比一代强"，没有嫩芽生长，难以成森林；没有人才辈出，家族难以枝繁叶茂。儿子面临着诸多挑战，还能成就一番事业，这让我感到十分骄傲和自豪，对儿子的未来我充满了信心和期盼。

1976年，爱人又怀孕了，我在白山水电站担任电气技术员工作，爱人为了不影响我的工作，又是独自乘火车回老家待产。爱人乘坐的火车在7月28日凌晨2点多经过唐山，火车刚刚过了唐山 1 小时，也就是在凌晨 3 点 42 分，唐山发生了 7.8 级的大地震，这场大灾难，造成了 24.2 万多人死亡，位列 20 世纪世界地震史死亡人数第二。如果火车晚点 1 小时，后果不堪设想，我们真的很幸运，躲过了这场大灾难！我虽然是一个唯物主义者，但这一次的巧合，让我认为一定是未出生的女儿让妈妈逃过一劫。当我得知爱人安全抵达后，我一颗高悬的心才骤然放下，真是不幸中的万幸，刹那间我竟然热泪盈眶。大难不死必有后福，我的后福就是女儿出生了。

女儿的出生，让我们惊喜万分，在中国人的传统观念里，最好的家庭模式就是一儿一女，正应了那句老话"一儿一女凑个好"，儿女双全的家庭据说更有福气。父母这辈子养育了两个儿子，孙女的出生，让二老喜上眉梢，比得了个金疙瘩都高兴。因为儿子在我们身边，父母一方面舍不得离开孙女，另一方面不想给我俩增加负担，于是就把孙女留下，一直带到 10 岁，才于 1986 年送到我们身边，这时候我们已经在保定生活，女儿转学到了保定。

两个孩子出生后都留在我父母身边一段时间，父母对孩子们倍加疼爱，他们勤劳善良、宽厚待人的处世之道，让孩子们看在眼里记在心上，长大后两个孩子都成为正直善良的人，有自己的原则，做什么事情都十分认真，对爷爷奶奶非常孝敬。

我女儿叫李茹，是一个很有个性的聪明女孩，也许是由于爷爷奶奶的溺爱，青春期比较叛逆。因为那个年代通信不发达，在 10 岁之前我们对她关心不够，跟所有年轻父母一样，我们把时间和精力都放在了工作学习上。不像现在有了亲子教育，年轻父母都很重视孩子的早期教育，给孩子报各种各样的培训班，给孩子最好的启蒙教育。而我们认为孩子有两个老人的教育，就不用我们操心了，忽略了长期分开会造成跟女儿感情上的隔阂，女儿曾经有一段时间觉得我们很"偏心"，如果我们尽早把女儿接来生活在一起，那么就会跟女儿建立很深的感情，相互之间的互动会更顺畅、更和谐，也不至于出现跟女儿沟通困难的问题。

当年我们工资不高，我每月工资59元，爱人46元，每个月寄给父母10元，余下的缴纳儿子李东的学费和我们的生活开支，每个月都很紧张。我们回家时都叮嘱父母要重视对女儿的教育，在生活和学习上多关心她，虽然老人对孩子无微不至地呵护，远在千里之外的我们也无时无刻不在牵挂着儿女，我们知道陪伴孩子成长的时光，是生命中最为幸福的时光，但是，现实让我们很无奈，我和爱人无数次地商量要把女儿接到身边，最后都向现实做出妥协，夜深人静是最想女儿的时候，这种牵挂挥之不去，有时竟让我们难以入睡。

女儿在14岁左右有了叛逆苗头。那年冬天，她骑自行车上学时不小心撞了一位阿姨，没向对方道歉就走了。我知道后严厉批评了她，要她骑车注意安全，碰到别人要赔礼道歉，万一将对方碰伤了，我们要负责。她开始是接受我的批评的，并向对方道了歉，后来我针对这件事又对她进行了一番批评教育，她觉得我过于严厉和啰唆，揪住不放，心里不服，傍晚时闷闷不乐地离开家，直到晚上9点多还没回家。外面寒风刺骨，我担心她会出什么事，顾不上穿衣戴帽，穿着拖鞋就跑到外面去找她。找遍了小区周围没有发现她，我又跑到外面公路两旁来回找，还是不见踪影。女儿平时喜欢在附近的铁道边散步，会不会跑到那里去了呢？于是，我跑到铁道边呼喊她的名字，天黑得几乎伸手不见五指，我的呼喊被浓浓的夜色吞没了，还是没找到女儿。我被巨大的恐惧攫住了，各种可怕的念头在我脑海里闪现。"我可爱的女儿你到底在哪儿？爸爸错了，不该没完没了地数落你。"她已经是大姑娘了，有了自尊心，而我完全忽略了这一点。可怜天下父母心，我的痛悔像一束光打在了一棵大树上，我可怜的女儿在大树后面缩成一团，终于被我发现了，悬在我心里的石头落了地！她听到了我的喊叫，也看到了我在找她，我知道她很害怕，也很倔强，也许我的出现让她不再害怕了，所以故意躲在大树后面不出来。一股怒火又从我的心底腾起，我上前拉着她的手要她跟我回家，她用力反抗我，在拉扯过程中，也许她看见我穿着单薄衣服还赤脚穿着拖鞋，在寒风中牙齿打战，她感受到我身上的浓烈父爱，渐渐不反抗了，跟着我回家了。

　　这件事情让我进行了深刻反思，在教育孩子的方式上应该以正面引导鼓励为主，不能过多地责备，特别是在孩子认识到自己的错误后，要及时止住这个话题，不能揪住不放，没完没了，这样不仅达不到教育的目的，还容易引起孩子的抵触情绪。检讨起来，我对女儿是充满愧疚的，10岁之前她没在我们身边长大，让她误以为我们重男轻女。对我们而言，对孩子的爱都是同等的，不存在多与少的问题，只是儿子在我们身边时间长，受到的教育和影响比女儿多一些，儿子在某些问题上更容易跟我们形成一致意见。女儿有自己的想法也很正常，她缺失什么，实际上便更渴望得到什么，只是我们忽略了这一点。人的成长环境不同，哪怕是一奶同胞，形成的性格特征也会有差异，只要我们珍惜这一份浓浓亲情，误会终究会

上左　1975年母亲与儿子李东在杭州西湖

上右　1975年夫人与儿子李东在杭州西湖

下　李遒基与夫人、儿子、女儿在北京合影

上　1990年李遵基与夫人、儿子在杭州西湖合影

下　儿子幸福一家

化解。

女儿参加高考，同样被华北电力大学的动力系热工自动化专业录取，选择跟儿子同样的专业。大学毕业以后，跟一位清华大学毕业的男孩交朋友，这男孩在美国硅谷工作，后来他们结婚了，到美国定居，现在生活美满幸福。女儿回国的时间少了，我们相见的时间也少了。我的女儿，父亲已经步入耄耋之年，那时时惦念的目光，那份埋藏心底的至爱，像夜空闪亮的星星，温暖地闪耀着，会一直照亮你回家的路，不会因为季节更迭而变化，也不会因为时光的流逝而消失，无论风霜雨雪，都会陪伴你一生。

为人父母是一场生命的修行。自从孩子呱呱落地，我们就开始有了牵挂，生活重心全部以孩子为中心，他们变成了我们生活的晴雨表，老家父母来信报平安，我们开心；孩子生病，我们寝食不安；刮风下雨，我们想着孩子是否被风吹雨淋。孩子回到身边，用心呵护。也许我们有很多的不足，做父母的难免也会犯错，也需要成长，需要提升，改正自己不好的地方，给孩子做好榜样，努力成为一个永远合格的家长。我深知随着年龄的增长，要做到永远合格是很难的，但我们会努力，在父母上了年纪之后，希望孩子们体谅父母的唠叨，体谅父母的艰辛与不易，体谅父母的简单与幼稚，从而保持你们对父母的一份尊敬，一份关怀，一份呵护。你们是父母的精神力量，是明天的希望，是血脉的延续，更是一种血浓于水的亲情。对你们的严格要求是父母的责任和义务，父母希望你们能茁壮成长，有担当、懂感恩、有爱心、三观正，羽翼丰满，有展翅高飞的本事，将来能靠自己立足于社会，用自身的价值来创造属于自己的美好生活，成为对祖国对人民有用的人。

那是春天的一个早晨，儿子和几个小朋友推着自行车出去了一会儿，回来就高兴地喊："爸爸，我会骑车了！"儿子披着一身金色的阳光，灿烂的笑脸如绽放的花朵，定格在我的记忆中。如今，有时见到儿子，这幅画面又倏然出现在我眼前。那是夏天的一个下午，女儿走出考场，这是高考的最后一门考试，我没问女儿考得怎么样，但在女儿充满自信的脸上，我已找到答案，我的女儿没有辜负我们的期望。

时光像流水，缓缓向前，几十个春秋过去，无论孩子们的脚步走得多远，亲情依然会紧紧地伴随在身边。因为拥有了爱的惦念与牵挂，我的生命力如此旺盛，我的意志力如此坚强。面对疾病，我不会感到孤单，因为在我的身后，有你们关切的目光，你们是高悬在我人生路上的两盏明灯，灯光中溢满了你们的爱，溢满了你们的祝福，照亮我继续前行的路。

世界上没有任何价值连城的物品，能够放在心灵的天平上与亲情衡量。亲情与金钱、世俗无关，亲情是世间最纯净、最珍贵的情感。从孩子们降临人间的那一刻起，被爷爷奶奶及我们细心呵护，这份浓浓的爱如早春的溪水，充沛而旺盛，宁静而明澈。从嗷嗷待哺到牙牙学语，从蹒跚学步到戴上红领巾，我们享受着孩子们成长中点滴的喜悦。一沓沓的家书，诉说着我们的欢笑、泪水、感动和期盼；生活中的每一件事情，宛如闪亮的珍珠串成了一串，无比珍贵。

如今，我们家三代同堂，子孙满堂。儿子结婚后，育有一男两女。大孙女叫李怡萱，出生于2013年；二孙女叫李文萱，出生于2016年；小孙子叫李训沣，出生于2018年。孙辈们的出生，给我们家庭增添了幸福的欢愉，他们聪明乖巧、健康可爱，让我享受着无比美妙的天伦之乐。我一直在默默地祝福我的两个孙女和小孙子，一定要听父母的话，接受老师的教育，努力让自己成长为有知识、有胆略、能担当、身体健康的优秀人才。

儿子是幸福的，也是幸运的，他娶了贤惠能干的山东姑娘梁爽为妻，成为他的贤内助。因为有了替他分忧解难的贤内助，儿子才能把更多的精力放在事业上。他一直从事新能源太阳能风力发电等工程项目，做得有声有色。儿媳妇很重视3个孩子的培养，老大学小提琴，老二学钢琴，两个孩子都有艺术天赋。儿媳妇还经营着一家珠宝公司，公司一直在发展中。

俗话说"家和万事兴"，一个家庭越和睦越兴旺。家是温馨的港湾，不管你走多远，最后还是要回家。我年纪大了，越来越想老家，越来越离不开现在的家，家是我人生的归宿。我总结几十年的人生经验，要想让一个家庭越来越兴旺发达，就要做到：遇事商量，沟通解决；小事包容，一笑而过；不翻旧账，不揭伤疤；多念旧情，学会感恩。"事成于和睦，力生于团结。"和气就是财气，团结就是力量，和谐就是幸福。人心齐，泰山移；家人安，一切皆安；家人幸福，就是最大的幸福！

四、白山水电站

回龙山水电站落成之日，即是我们迎接下一个挑战之时。很快，我们水电一局接到更加艰巨的建设工程——复建白山水电站，让停建10年之久的白山水电站起死回生。白山水电站位于松花江上游桦甸市、靖宇县的交界处，距吉林市约 300 公里，是我国"五五计划"时期兴建的 70 项重点工程之一，也是东北地区最大的水电站，是以发电为主，兼有防洪、防凌、水产养殖等综合效益的大型水利枢纽工程。新中国成立不久，在苏联的援助下，国家启动了白山水电站的筹建工作，1961 年因中苏关系破裂，专家撤走，水电站因此停建。直到 1971 年，白山水电站再次上马，重新吹响建设的号角，这个艰巨任务交给了我们水电一局承担。于是，从祖国各地包括东北的泡子沿、云峰、丰满等地云集来成千上万建设者，参加白山水电站的复建工程。

如今的白山水电站是亚洲第一大地下绿色水力发电站，是全国第四大水力发电站，库区植被良好、江水清澈，149.5 米高的大坝位居全国第一，年均发电量突破 20 亿千瓦时，总装机容量 150 万千瓦，单机容量 30 万千瓦，充足的清洁能源通过高压输电网络接入东北电网，给东北振兴提供了充足的电力支撑。白山水电站是中国水电事业建设史上极具象征意义的里程碑。

我们从桓仁县坐汽车转移到白山镇，回龙山水电站那一排排熟悉的建筑物消失在我们的视野里。此时此刻，水电人的豪情激荡在我的心间，我们踏遍万水千山，风里来，雨里去，四海为家，哪里需要就到哪里去。居无定所，把宝贵的青春砌筑在水库大坝上，倾注在发电机组里，变成能够发出光和热的电，被送往祖国的四面八方。如今，我们又踏上新的征途，去开拓新的战场，白山水电站，我们来了！

当年的白山镇就像是一座大点的村庄，有些小村庄零零星星分布在周围，每一座小村庄只有二三十户人家。这是一片沉睡的荒芜的土地，物质匮乏，交通闭塞，贫穷落后。野径斜阳，晚烟疏树，层林尽染，美不胜收，大自然赋予这片土地太多的神奇风物。小村庄民风淳朴，村民待人可亲。祖祖辈辈生活在这里的村民以种地为生，土地肥沃，阳光充沛，玉米和土豆是这里的主要粮食，其他蔬菜，比如西红柿、黄瓜、白菜、萝卜都生长得很好，粮食和蔬菜自给自足。周围是深山老林，崇山峻岭，冬长夏短，镇里唯一的一条公路可以跟外界连接。

对于建设者来说，欣赏美景是一带而过的事，我们要在这里生活和工作，大小村庄显然容纳不下建设大军，一切都要从头来。没有住的地方，加班加点加油干。用两个月的时间，在山上盖起了一排排的"干打垒"，房子不大，二三十平方米，一个炕连着做饭的灶台，配上简单的家具和日常用具，一个新家就落成了。我们在这个家一直生活了8年，直到我被调离。在这里的8年生活经历，给我的身心留下了不可磨灭的烙印。我的思想在这里成长，我的灵魂在这里成熟，我视这片土地为心灵的故乡。

白山水电站的建设大军有1万多人，带动了当地的经济，被尘封百年的村镇热闹起来了，村民把种的粮食蔬菜，养的家畜家禽，拿到街上交易，形成小集市，每天熙熙攘攘，热热闹闹，充满了亘古未有的人气。小商店也开起来了，布匹、衣服、糕点、糖果等原来稀缺的日常生活用品随时可以买到了，不过刚开始因为求大于供，几乎一来就被抢购一空。单位为我们排忧解难，及时安排汽车从吉林市或者桦甸市采购来急需的日用品，保证我们的生活供给。熙熙攘攘的集市打破了这里的沉寂，成为从全省各地来的民工和工程局工人相互交流的欢乐世界，同时也成为信息传递的平台，村里的不少年轻人通过这个平台了解到用工需求，成为临时工，参加电站建设。后来建了医院、大商店、学校，久而久之，小集市成了大集市，商品琳琅满目，变得越来越繁华了。

我们跟当地老百姓和睦相处，对他们而言，白山水电站的建设，让他们的生活环境发生巨变，他们原生态的生产生活方式得到彻底改变。随着更多当地年轻人参加工地建设，工人跟当地人之间的交流渐渐增多，大家融为一体了。

离我们驻地不远的小村庄出了位打虎英雄，当时很轰动。小村庄风景很美，远处峰峦叠嶂，云雾缭绕，郁郁葱葱，连成片的原始森林仿佛一块巨大的绿毯从目光所及处铺设过来，显示出苍凉、雄浑的壮美。小村庄周围是深山老林，林子里的野生动物很多，野鸡、野猪、野兔满山跑，还有狼、黑熊出没，甚至会遇到老虎等野兽。冬天农活儿不多，村民都喜欢上山打猎。那时猎枪还没禁，打猎是成年男子必须掌握的生存技能。一日，一位村民进山打猎，忽然身后狂风呼啸，扭头一看，不远处一只凶猛的庞然大物骤然而至，正虎视眈眈地盯着他，似乎在判断他有几斤几两。村民大惊失色，闪身躲在大树后，惊魂稍定，定睛一看，不由喊出声来："东北虎！"只见这只黄色和黑色条纹相间的东北虎，张着血盆大口，向他一步步走来。村民倒吸一口凉气，脊背阵阵发凉，大声呼喊救命。呼喊声在大山里回荡，却没有人来救援。老虎一声咆哮，令他毛骨悚然。村民想，在这荒无人烟的地方等不到救援，与其坐以待毙，不如鼓起勇气拼死一搏。于是，趁老虎扑上来的一刹那，使出全身力气，抡起猎枪朝虎头猛砸下去。老虎受伤，退了几步，突然凶狠地向村民扑来，村民躲闪不及，被老虎咬住肩膀，拖着就走。

村民一边拼命挣扎，一边用手中的猎枪猛砸虎头。也许是被砸疼了，老虎松开村民，村民慌忙躲到大树后，举起猎枪，面对扑过来的老虎连开数枪，老虎发出凄厉的吼叫，倒地抽搐。村民乘机冲过去，用猎枪再往老虎头上狠狠砸了十几下，老虎七窍出血，趴在地上不能动弹了。村民还不放心，端起猎枪又补上几枪，确定它彻底断气，才长长舒了一口气，瘫坐在地上，肩膀流血不止，传来一阵阵撕裂般的疼痛，他这才意识到自己受了重伤。他感到自己一阵阵恍惚，在昏倒之前，他强迫自己站起来，支撑着重伤的身体，艰难地把老虎拖下了山。

消息传开，方圆几十里的村民赶来看热闹，里里外外围了好几层，都想目睹一下传说中的"大虫"的真面目。围观的村民议论，最近有人看到老虎在村庄附近出没，有的人家丢失了羊，甚至还伤及放羊的小孩。老虎是国家保护动物，一般情况下是不允许伤害的，但当老虎对人产生生命威胁时，是可以通过自卫把它打死的。这位村民有勇有谋打死老虎的事件轰动了整个白山，古有武松景阳冈打虎，今有打虎英雄出白山。后来，打虎英雄到我们工地医院治疗伤口，经过医生的悉心救治，伤口慢慢痊愈了。

打虎事件给了我人生启示，当面对庞然大物时，如果选择逃跑，其结果肯定是被一口咬死，选择绝地反击，孤注一掷，倒下的也许是庞然大物，这就是勇敢自信的力量。

我们动力队的变电所位于一个偏僻的地方，晚上需要值班，为了安全起见在变电所的周围围上了铁丝网，其中有一层是电网，在晚上通上电，预防野兽袭击人。有一年冬天，值班人员早上起来巡逻，发现一只被电死的黑熊，估计是夜里黑熊下山找吃的，结果把命赔上了。在那个年代的偏僻深山老林，有太多的野兽出没，伤害人的事件时有发生，相关的法规也没有跟上。现在我们一定要遵纪守法，不能滥杀野生动物。

在白山水电站，我在动力队从事电气技术员的工作。动力队的任务是保障整个工地的生活和施工的供电、维护，有3名技术员，因为我学习的专业是电力系统自动控制，有关生产生活中的技术问题，都是由我们担当负责，包括三个方面：第一是生活用电。工地上有工人及家属共1万多人，这些人分布在白山镇所在的各个山沟里，他们的生活用电设施，包括安装电线、电灯，还有其他的一些电力设施，都是由动力队的电工班负责，我要把生活用电方案设计好后，再安排班组进行施工。第二是工程用电。动力电从变电所送到每一个用电单位，如支模队、浇注队、灌浆队等有关的用电部门，涉及线路设计、输送、架设、安装这些环节，都由我们负责管理，再安排下属班组去施工。第三是设备方面。在施工工地上，大型电力设备的安装、调试和维护的工作也都是由动力队负责。由于电站规模是当时国家最大的，使用的电力设备及大型基建设备很多，这些大型装备由动力队来进行安装、调试及维修，再投入运行。

我们的工作虽然是任务重责任大，但这是我们施展才华的很好机遇。工地上有很多大型设备，其中有个叫门式起重机的大型起重吊车，可以把10吨重的东西吊起来，它的工作原理比较复杂，我花了不少精力才研究透。还有多台挖掘机，作业范围很广，可以把体积4.6立方米的沙子、泥土或者石头挖起来。最早只有1立方米，最大的也才是3立方米，而4.6立方米的挖掘机，当时在国内是最大也是最先进的。它的电子设备，比如磁放大器、直流电机的控制功能，大家都没有接触过，怎样才能让大家掌握这些技术呢？动力队领导把这个任务交给我，我首先自己搞懂了吃透了，再给大家进行技术培训。

由于大型挖掘机的线路比较复杂，我先把说明书研究清楚，再根据所学的专业理论，编写出一套说明书，把这些理论知识传授给大家，我再亲临现场安装，遇到难题，可以及时解决。由于这些设备作业的场地经常变换，经常要把设备拆开再组装，工人们熟练操作后，就很容易解决这些问题了。设备有时候会出现故障，小故障工人自己能解决，重大故障他们解决不了就找我解决。白天我上班很快可以现场解决，不耽误生产。设备是24小时作业的，工人三班倒，万一夜里出现故障，他们就派人到我家敲门，找我去解决。那个年代通信落后，家里没有电话更没有手机，只能派人上门，夏天还好，冬天冒着寒风，踩着冰雪，一步一滑去现场，确实很辛苦。只要有人找上门来，不管天气什么情况，我从来是二话不说，穿起衣服就走，这时感觉设备不是设备了，而是战场上急需我抢救的伤病员。

有年冬天的一个深夜里，零下40多摄氏度，设备出现故障，需要我去现场维修。我住的地方离工地有1公里多，虽然距离不远，但因为我们住在山顶上，路比较陡峭，下山去上山回，走的是山里弯曲的小道。寒风打在脸上如刀割一般，但我感觉不到疼痛，因为脸已经冻木了。我戴着狗皮帽，棉胶鞋被冻得硬邦邦的，双脚似乎失去了知觉，走起路来嘎吱嘎吱响，在结冰的路面不知滑倒了多少次，滑倒爬起来再继续走。到工地后，手到病除，很快把故障排除，然后一个人打道回府。这样的工作状态是经常的，除了工资之外没有任何的报酬和奖励，作为技术骨干，我没有退缩，没有怨天尤人，甚至一丝畏难情绪都没有，和其他建设者一样，我的心里总奔腾着一股热流，就是想让水电站尽快建设好，给人们带去动力和光明。

我曾经发生过一件意外事故。当时一台4.6立方米的挖掘机出了故障，我必须要到挖掘机的底部维修。挖掘机里面的工人，想把滑动的铁门关上，这个铁门有500公斤重，当他关的时候，突然轮子从滑道里掉了出来，铁门跟着就砸了下来。我刚好是在门砸下的位置检修。当门砸下来的时候，被挖掘机的履带挡了一下后猛地砸到我的脑袋上，我当场昏迷过去。师傅们手忙脚乱地把我弄到电站医院抢救，苏醒后脑袋疼痛难忍，医生诊断为严重脑震荡，建议转到医疗条件比较好的长春市医院治疗。治疗期间，组织对我很关心，局里领导多次到医院探望，并详细了解治疗方案，让我安心养伤。这份来自集体的温暖，驱散了我心上的阴霾。一个月后伤势恢复，我重新回到工作岗位上。这次意外，如果不是履带挡住，铁门直接砸到我的脑袋上，后果就是我会因公殉职，成为烈士。单位召开安全会议，算是亡羊补牢吧，通报了这次事故，再次强调全体员工必须落实安全生产责任制，直到我调离，我们动力队再也没发生过安全生产事故。

随着白山水电站建设工程的进展，小镇上的人口渐渐增多了。工地上灯光明亮，轰轰隆隆的机器声不分日夜在响，经常放炮开山炸石，野兽都被吓得跑到更远的森林里去了，在工地附近几乎没了踪迹，我们夜里上班再也不用提心吊胆了。

小镇周边的村庄因为我们的到来,有了很多新鲜的名字,比如我们动力队办公室及家属区都在一条山沟里,这条山沟就被命名为动力沟,以沟命名的地方还有油库沟、车队沟、车库沟、俱乐部沟、农村沟、黑瞎子沟、东升路沟等。以山命名的地方有平顶山、东山、南山、向阳坡、邮局后山坡等。这些特别的名字,无不深深烙刻着时代的痕迹。

每到冬天的时候,单位派汽车从水库周围的山上运来很多木头,给我们取暖用,我们会在空闲时间,把大段的木头锯断劈开,我们夫妻俩用一把大锯,你推我拉配合默契,把木头一段一段截成三四十厘米,再劈成棒子,码成一捆捆放在窗下门前,用来煮饭和冬天烧炕取暖。

在北方生活过的人,对土炕有一种特殊的情感,因为北方农村的冬天寒冷而漫长,而睡炕取暖是北方农村最基本的生活需求。冬天我们取暖就是烧炕,家家都有一个大炕,占据整个房间多一半的地方,全家老小窝在土炕上,睡觉躺成一排数人头。在其他地方,一般家庭用玉米秸秆或者麦秸秆来烧炕,而我们这里是用木材,在冬季来临之前,去库区砍柴,把一些杂木、不成材的木头砍下来,运回家,锯成一段一段的,放在家门口风干,想烧的时候抱进来,木头很快就能点着。我们睡觉之前都会放上两块比较大的木头,让它慢慢燃烧,一直能烧到早晨,再添一块木头,屋子整天都是暖暖和和的。尽管这个地方的冬天气温最冷可以达到零下40摄氏度,但屋子里的气温还是挺舒适的。每天晚上全家人挤在暖暖的炕上,感觉浑身都是舒展的,特别的踏实。有时候一边聊着家常,一边看着书,也是一种美好的享受。

温暖的土炕除了睡觉，还用来吃饭、待客等。客人进屋后，主人总是热情地招呼客人上炕，一家人吃饭也是在炕上，其他如看书学习，爱人做针线活儿，小孩子玩耍，等等，几乎都是在炕上完成的。到睡觉的时候，有时炕上某一块地方热得很烫屁股，那是因为炕洞里的火没有拨均匀。要说位置最好的地方是在炕中间，这里的火最均匀，睡起来最舒服。烧炕是一门技术活儿，有时烧的柴火多了，炕烧得太热，把人烫得睡不成，甚至能把被褥烧着了，把人的皮肤烧伤了。俗话说，三十亩地一头牛，老婆孩子热炕头。全家能在一起，不忍饥挨冻就是幸福。大冬天起床是最难的事，早上穿衣服，棉衣都是冰凉的。我们睡觉的时候，把棉衣棉裤暖在被窝脚底下，第二天早起穿起来就不至于太凉。有时我们在烧炕的时候，在炕洞里放点带皮的玉米或者红薯，等炕烧完了，玉米跟红薯也都烤熟了。在寒冷的冬季，窗外狂风呼啸，白雪皑皑，坐在热炕上吃烤玉米烤红薯，也是一种莫大的享受。到了20世纪八九十年代，不少人家都换成了席梦思床，不睡土炕了，但家有老年人的还是喜欢睡在土炕上。直到现在农村已经很少能看到土炕了，几乎销声匿迹。烧炕的岁月已经渐行渐远了，但土炕的温暖却永远留在了记忆深处。

我们利用空闲时间把驻地周围的一片荒地开垦出来了，每家每户都拥有了自己的菜园子。我们种上了黄瓜、西红柿、大白菜、豆角等时令蔬菜，神奇的黑土地，不用施肥，长得都很好，解决了工地职工蔬菜供应困难的问题。玉米棒子又大又饱满，把它磨成玉米面做成玉米面糊，哇，太香了！还有玉米饼，大人孩子吃得欢。吃不完的玉米送给左邻右舍，有时也用来喂家禽，家禽长得又肥又壮。这种亦工亦农的生活，自给自足，十分惬意。

菜园弥漫着泥土的清新气息和蔬菜的淡雅清香，深吸一口，沁人心脾，醉人心田。我是农村孩子，踩着泥土长大，对农活儿有一种天然的喜欢。每当有空，我便踩着畦地，在微醺的轻风吹拂下，捉捉菜虫，扯扯杂草，凝视着深深扎根于土壤中的菜长得越来越茂盛，在阳光、雨露的滋润下焕发出蓬勃的生机，我惊讶于一粒小小的种子在泥土里竟能孕育出如此顽强的生命，感叹大自然的神奇。种菜的过程随时都有乐趣，施肥、松土、整畦、下种等，是投入劳动量最多的环节，下种不出十天八天，平整湿润的菜畦便会生长出嫩绿的新芽，煞是可爱，一天一个样的菜苗充满了勃勃生机，展示出生命成长的过程，让人感受到生命的神奇，给人以无限遐想。从种下的那一刻起，它们就成了我们的牵挂，浇水、除草，有时候蹲在那里看，仿佛能看到它们在长高，能听到它们钻出土壤的声音，能感觉到它们在欢乐地吮吸大地的养分，沐浴着阳光雨露，在春风的吹拂下快乐生长。

蒜在抽薹，白菜在卷心，西红柿变红，韭菜散发出清香，豆角边长边扭曲螺旋式地努力下垂……人勤地不懒，当自己的辛勤劳动换来了丰硕的成果时，心里像灌了蜜，很甜。俗话说"瓜菜半年粮"，我们也因此改善了生活。我们还把通红的辣椒串成串晒干了，挂在门口或窗户旁边，一直挂到过新年，寓意红红火火过大年。

我们养了鸡鸭鹅，每天早晨把这些家禽喂饱了去上班，到中午和晚上回来再喂它们，这些家禽很有灵气，也很懂人情似的，下班回家，我和爱人还没到家门，它们便成群结队地从山坡上飞跑下来迎接我们，像久别重逢的朋友。

在鸡啼声中惊醒，到园子里撒一把玉米，饿得呱呱叫的家禽飞奔过来抢着吃，偶尔还相互打起架，再浇浇瓜菜，吃个早餐上班去，日子过得自在而充实。在这片土地上生活和工作，家在这儿，爱在这儿，付出和结出的果实都在这儿。尽管是四面环山交通不便物质匮乏，没有大城市的车水马龙灯红酒绿，但这里的一草一木让我留恋，50年后我依然魂牵梦绕。

早晨，翠绿色的大山里升腾起白纱般的雾；午间，林间的枝叶缝隙间透射下一缕缕阳光；傍晚，山顶划过橘红色落日；夜晚，满天的星辰交相辉映出天穹的壮美……大自然以千姿百态的美陪伴着我们，只要你有一双慧眼，你就会发现，生活中的美无处不在：一片新长的嫩叶，一只飞舞的蝴蝶，一条弯曲的山路，都是那样美丽，美到极致。正如法国著名雕塑家罗丹所说："生活中不是缺少美，而是缺少发现美的眼睛。"即使是在艰苦的岁月，只要我们睁开心灵的眼睛，就会发现美，并从中获得生活情趣、情感陶冶与奋进力量。

在那个纯真年代，邻里关系非常和谐，彼此之间相互帮助和照顾，非常自然，甚至有谁家改善生活，做一大锅烩菜，比如北方人常吃的猪肉炖白菜粉条，那是一定会给邻居家送去一碗的；谁家大人有事，家里的孩子往邻居家放一天绝对会照顾好的……这种其乐融融的邻里关系，对比大都市在水泥丛林里的生活，忽然感觉在白山的生活才是人们该有的生活，活得自在、舒心、温暖。

记得儿子4岁时从南方被接回来，性格很阳光，跟邻居家的孩子们相处都挺好，周末拿着一个小筐，跟小伙伴们到周围采到很多的新鲜蘑菇和木耳，拿回家我爱人用水清洗一下，放在锅里炒熟端到饭桌上就是一顿美味佳肴，野菜是我们的家常便饭。如今，我很怀念当年田园式的生活，有了返璞归真的愿望，甚至期盼那样的生活能够再次回归。不知道是年龄的原因，还是认清了生活的本质，远离城市喧嚣，去享受农村田园生活，让我特别向往。在甘甜洁净的空气中安享大自然的馈赠，看日出日落，闻花草清香，听鸡鸣狗叫，自己去种点蔬菜，养点鸡鸭鹅……这样的日子，还会来临吗？

五、为革命老区送光明

小时候的冬天黑得特别早，家里没有电灯，每当夜幕降临，随着"嚓"的一声，母亲划着一根火柴，点亮煤油灯，霎时，屋子里就有了光明，照亮大小角落。冬天吃晚餐要点着煤油灯，饭桌上就那么两道菜，可是我们感觉饭菜很香，吃得有滋有味，因为我们吃的不仅仅是饭菜，还有浓浓的亲情。借着昏黄的亮光，母亲围上围裙，收拾晚饭后的灶头锅尾。而我便会拿出书包，掏出课本和作业本，趴在煤油灯前，写作业和复习功课，做作业的时候，为了把字写得好一点，煤油灯越拉越近，只顾着低头写字，一不小心，头发"呲呲呲"地响起来，被煤油灯点着了，发梢霎时卷起一个个小圆点。母亲还会时不时地注意调一下煤油灯的灯芯，火苗欢快地跳动着，似乎很乐意陪伴爱学习的我……

寂静的夜晚、飘忽的火焰、墙面上映照的斑驳身影，不管日子有多苦，外面天气有多冷，点上煤油灯的夜晚便是安静的、温馨的、温暖的。在计划经济时期,煤油要凭票到供销社购买,会当家的奶奶会适时调节灯的亮度,不能太亮了,睡觉前会把灯调到一点点的微光,这样能省煤油。在漫漫长夜,有那团微光闪动,如被爱拥抱,它所点亮的,不仅是一个小小的屋子,还有我对未来的无限向往。等我忙完躺在被窝里时,看着煤油灯温暖的光晕,听着织布机发出的"啪啪"声,还有窗外呼呼的风声,不久就迷迷糊糊地进入了甜蜜的梦乡。"挑灯夜战寒窗苦",靠着一盏飘忽不定的煤油灯,我成为村里远近闻名唯一考上清华大学的学生。照亮我童年的那盏煤油灯,一直在我心里亮着,如燃烧的灯塔,照亮我的人生路。

当时条件好一些的家庭用上了带玻璃罩的高档煤油灯,燃烧充分,亮度高,油烟小还省油,至少火光不会飘忽不定,不容易被风吹灭。当年很多家庭的小孩会因为不小心打碎玻璃罩,挨长辈揍。最早时候,家里是用松树油灯,到了第二天早上起来,大家鼻孔都黑黑的,让人忍俊不禁。后来家里条件好转了,用上了煤油灯。夏天的时候,月亮光比家里的煤油灯还亮,邻居们都喜欢拿着扇子坐在家门口聊家常,我们小孩玩捉迷藏,待大人喊我们回屋睡觉时,我们往往意犹未尽,变着法抗拒大人的催促。在那个年代,煤油灯成了婚嫁必不可少的物件,可见其重要性,到现在南方一些地方还保留着这种习俗,也许是煤油灯寓意着新家庭添丁发财、日子红火吧。

村里逢年过节,会请县里的越剧团来附近寺庙前唱上几天大戏,附近村庄男女老少看得如醉如痴。唱戏的舞台用来照明的是一种汽灯,体型较大,还带防风罩,要不时打气,以便增加灯的亮度。附近村里过段时间就有一次放电影的机会，我们小孩子早早用小凳子把位置占好，每到电影开始前，柴油发电机响起来，几个电灯亮了，周围一片光明，夜晚可以像白天一样亮，我们觉得很奇妙，这是我们小孩子最兴奋的时候。每当放映员朝白色银幕对光圈的时候，小孩们争先恐后地举起小手在放映机投出的光束里比画着不同的动作，看到自己的小手在银幕上的影子，不亦乐乎。我们看得最多的电影是《地道战》《地雷战》《南征北战》，我们的情绪随着故事情节而起伏，当看到我军的大部队来了，军号吹起，"冲呀！"战士们以排山倒海之势英勇杀敌，这时，全场的人都站起来，跟着呼喊，并拼命鼓掌。电影结束了，村子又陷入黑暗，全村老少意犹未尽地拿着手电筒深一脚浅一脚地回家。

我在北京上大学时，家乡通电了，家家户户都装上了电灯，完成了"历史使命"的煤油灯，被丢弃在某一处角落，淡出人们的生活。抚今追昔，浮想联翩，以前的农村孩子没有煤油灯的日子不可想象，而今天要是拿出一盏煤油灯，相信多数农村孩子不知其为何物，更无法体会被煤油灯点燃的温暖与梦想。

在白山水电站，为了执行上级的支农任务，单位组织了20多人的安装小队，支援靖宇县架设线路，为当地村民装电。靖宇县，原名濛江县。1946年为纪念东北民主抗日联军总司令、民族英雄杨靖宇殉难而改名为靖宇县。靖宇县在白山水电站对面，长白山西麓，松花江上游左岸，这是一个革命老区。为了让革命老区人民早日用上电，我们以杨靖宇为榜样，不畏条件恶劣、地势险阻，在短短的两个月时间进行勘探、立电杆、架电线。寒风刺骨，饥寒交迫，我们却以饱满的热情争分夺秒作业。村民们盼了几代的"光明梦"在我们手中实现了。

刚通电的那天晚上,我们在一位70多岁的大爷家拉线,合上闸,霎时灯泡亮了,橘色的光,很柔和,简陋的房子里每个角落都被照得清清楚楚。这是大爷家祖祖辈辈第一次被电灯照亮,孩子们兴奋地围着灯泡转圈,大爷惊喜的目光一直停留在发光的灯泡上,一双枯黑的手端着大烟袋凑近灯泡,碰了一下灯泡,咦,怎么点不着呢?大爷把疑惑的目光投向我们,我们被大爷的举动逗乐了,满屋回荡着开心的笑声。我告诉大爷这是通电的灯泡,虽然很亮却不能点烟。大爷的满脸皱纹舒展开了,每道皱纹里都溢满笑意,突然高喊:"毛主席万岁!共产党万岁!"我能理解大爷此时的激动心情,家里用上电了,这是从来没有过的事。大爷连连向我们道谢,感谢毛主席、共产党派我们送来光明。看到一户户窗户里透出的一缕缕亮光,我感到心里无比敞亮,原来给人家送去光明,自己的心房也会被照亮,想起烈日下的抢修、风雨中的巡视,在这一刻都化作与人民同呼吸共命运的幸福感,再苦再累我也无怨无悔,因为我播撒的是光明,是希望的种子,是我向祖国人民递交的优秀答卷。

1978年的春节,靖宇县的乡村第一次在路灯的照耀下迎来新的一年,村民们不用再摸黑串门了,整座村庄灯火通明,整座村庄欢声笑语。电把闭塞的乡村与外面的大千世界连在一起了。不久,村里有了电视机,乡亲们看到了外面的世界,文化生活开始丰富多彩起来。

六、科学的春天

  1978年3月18日，这一天注定要被历史铭记，中共中央在北京人民大会堂召开全国科学大会，在有6000人参加的开幕会上，中共中央副主席、国务院副总理邓小平发表重要讲话，发出了时代最强音，"向科学技术现代化进军"，明确提出"四个现代化，关键是科学技术现代化""知识分子是工人阶级的一部分"等著名论断，重申了"科学技术是生产力"等一系列重大而深远的论点，一举荡涤了笼罩在知识分子头上长达10年之久的沉重思想阴霾，澄清了长期以来束缚科学技术发展的重大理论是非问题，打开了禁锢知识分子的沉重枷锁。这是在经历10年"文革"浩劫后召开的第一次科学大会，在科技界乃至全社会产生了异乎寻常的反响。时任中国科学院院长的郭沫若在闭幕式上发表书面讲话《科学的春天》，用诗一般的语言宣告："这是革命的春天，这是人民的春天，这是科学的春天！让我们张开双臂，热烈地拥抱这个春天吧！""科学的春天"成为中国知识分子思想解放的宣言，昭示着一个科技新时代的开始。

  1978年底，吉林省也召开了科学技术大会，这是吉林省有史以来第一次召开这样的会议，我们单位要在1万多名职工中选出3名代表去参加会议，我有幸被选中了。我能代表1万多职工参加吉林省科技大会，是组织对我的信任，是工人师傅们对我的肯定，是我作为一个走进工矿企业的知青守住初心、坚定不移地走与工农相结合道路的最好回报，这是一种至高无上的荣誉，我十分激动，也很骄傲。在会上，我认真听取大会报告，会议结束回来后，马不停蹄地向单位职工传达会议精神。春风送暖，我要让这鼓舞人心的力量转化为工作能量，不负韶华、不负时代、不负人民。

　　我把工作重点做了规划，跟师傅们一起商量后，决定利用业余时间在动力队举办技术培训班，把我掌握的相关知识传授给工人师傅们。技术培训不仅能提高工人师傅的技能，而且还能提高工人师傅对自身价值的认识，对工作目标有更好的理解，比如对4.6立方米大型挖掘机、10吨起重机、各型号的空气压缩机等设备的电气控制原理进行培训，让他们知其然更知其所以然。同时，对于新分配来的大中专生也是一个很好的学习机会，帮助他们尽快进入情况，成为合格的技术人员。我先利用业余时间收集资料，编写教材，把设备的原理、系统结构和运行、安装、维护等一整套的知识和技能编成教材，发给大家，每天下午5点下班以后，按照自愿原则集中在值班室上1小时课。让我感动的是，全队竟然没有一个人请假。我看到的是一双双求知的眼睛，大家对新设备充满好奇，渴望尽快掌握好新技术。在培训过程中，无论年龄大小，无论职务高低，他们都是不懂就问、认真钻研，让我这个当培训老师的打起十二分精神，虽然我对所讲内容十分熟悉了，也不敢掉以轻心，头天夜里都要备课，让大家上我的课感觉过瘾、解渴。半导体、二极管、三极管的线路，磁放大器的工作原理，一直是困扰我们的难题。我知难而进，努力挑战自己，废寝忘餐，最终在很短时间内把这方面的技术难题解决了，受到师傅们和领导的表扬。经过一段时间培训，大家的技术水平有了很大提升，遇到新设备安装及维修，都能轻车熟路，加快了工程的进度，也减轻了劳动强度，保证了工作效率和安全生产。

除了技术培训以外，从科技大会回来后，在技术革新方面，我做了三件有意义的事情。

第一件事，当时东三省用电十分紧张，白山建设这么大型的水电站，工地用电量很大，经常造成电压不稳定，有时候电压很低，电气设备难以启动。这个问题一直困扰着工地正常施工，不仅会造成损失，还有可能拖了工期。如何升压稳压的技术问题，成了工地建设的核心问题，局里把这个重任交给了动力队。我和几个技术员共同研究，大家提出一个方案，对变压器输出端进行改造，把输出端提高一点，电压就可以提高了。我们画出了设计图纸，在变电所把变压器吊起来，将线芯拿出来进行改良，提高输出电压，最后的实验结果证明，我们是成功的。这项技术改良，稳定了工地电压，解决了由于电压低而无法启动电气设备的问题，受到队里和局领导的表扬。

第二件事，发明"高压电缆连接器"。大型挖掘机用的是6000伏的高压电缆，闲时放在工地上，经常会被来来往往的车辆压断或者遇到意外故障断裂，断裂后要重新接起来很麻烦，因为它的电压等级比较高，重新连接需要一个半小时到两小时，严重影响了挖掘机作业，也是工地很头疼的事。针对这个问题，我想了一个办法，用一个方铁盒做成模型，把电缆弄好后用绝缘胶布包扎，外面用橡胶绑着，放在模型里进行加热，橡胶融化后，电缆外层就跟原来的几乎一样了，高压耐压也能达到正常要求。用这种方法接断的时间比原来缩短了很多，只要半小时或20分钟就可以完成。我们称这个方铁盒为"高压电缆连接器"。这项技术革新解了燃眉之急，当高压电缆再出现断裂故障，用"高压电缆连接器"进行包装、融化、电加热，电缆很快就能恢复供电，省时省力，大大提高了工作效率。

　　第三件事，解决电视机接收不到信号的难题。我们局的职工分散居住在白山镇附近，有的在山沟里，有的在山坡上，还有的在山顶上，这些地方难以收到电视信号。随着职工物质生活的改善，对精神生活也有了需求，有的人家买来了电视机，但信号不好，大家强烈希望局里能够解决这个难题，让他们能够收看到电视节目，特别是《新闻联播》。虽然生活在山里，对国家大事、国际风云，我们的职工是一如既往地关注。局里把实现职工愿望的任务交给了动力队，动力队领导找我商量，由我带头成立攻关小组，想办法解决这道难题。在动力队，我成了大家心目中的"诸葛亮"，只要是技术方面的问题，都不约而同地把希望寄托在我身上。我对自己也有要求，把技术难题当山头，任何有需要我的地方，我一定竭尽全力冲上去，把山头攻下来。这也许是从清华毕业后，埋藏在我心底的小小自负吧。我把重任当使命，把信任当动力，很快成立了由技术骨干组成的攻关小组。我们先是借鉴别人的经验，去了吉林市参观学习。回来后，我们拿出一个初步方案，选择一座最高的山，在山顶架接收天线，这样就能接收到电视信号，再加上一个功率放大器，把它放大后发射，信号将覆盖整个白山镇，即使在山里或者山沟也能接收到。因为不少材料没法买到，我们又设计了不同方案，像功率放大器、电视信号转播器等，都是自己设计并焊接的，天线怎样才能接收信号再发射，这令我们费尽心力。

　　这些技术今天看来是再简单不过了，但在那个信息封闭的年代，没有互联网，也没有更多的参考资料，我们只能学习别人的经验，再根据具体情况来解决。攻关小组由大学生、技术人员组成，大家争分夺秒在一起研究，在白山最高的山顶上架起了接收天线和发射天线，用电子管、半导体晶体管、二极管组装接收器、放大器以及发射器，再发射到地势比较低的山沟里，这样电子信号覆盖了整个白山镇。我们用了一个月的时间，实现了所有人能看电视的愿望。虽然当年电视机是黑白的，尺寸很小，但大家能够看到清晰影像，知道全世界发生的事情，喜悦心情难以言表，我们参与制作的技术人员更是满满的成就感，依靠团队力量，我们改变了白山人民的精神生活，激发了他们对美好生活的向往，电视机也为全局职工的业余文化生活添加了色彩。

我的内心更是感到无比欣慰，我身上的能量来源于祖国"科学的春天"，经过严冬的人，才会感受到春天的温暖。

七、入党历程

入党是一种人生信仰，心中有信仰，前进有力量。在革命战争年代入党意味着要流血牺牲，在和平年代入党意味着要吃苦在前享受在后，入党意味着奉献、责任和担当，意味着把自己的一切献给人类最壮丽的事业——为共产主义事业而奋斗。每一名党员都有两个生日，一个是自然属性，昭示着"生命的开始"，一个是政治属性，代表着"初心与使命"。党员是最神圣的称谓，入党是最值得纪念的人生大事。

党在歌声里。"解放区的天是明朗的天，解放区的人民好喜欢，民主政府爱人民呀，共产党的恩情说不完。"《解放区的天》这首歌曲，是我刚刚读书时候唱得最多最响亮的。那时新中国刚刚成立，人民当家做主，扬眉吐气，到处是洋溢着欢乐的海洋。我懵懵懂懂，虽然不是很理解歌词内容，但我从人们写在脸上的喜悦能体会到新中国的美好。"你是灯塔，照耀着黎明前的海洋；你是舵手，掌握着航行的方向。伟大的中国共产党，你就是核心，你就是方向。我们永远跟着你走，人类一定解放！"这首《跟着共产党走》的歌曲，我耳熟能详。我唱着《中国少年先锋队队歌》，"我们是共产主义接班人，继承革命先辈的光荣传统，爱祖国，爱人民，鲜艳的红领巾飘扬在前胸"，加入了少先队，当了少先队大队长；初二时候加入共青团，我健康成长着；高中时，我是班团支部书记，还是学校团委委员，随着年龄的增长，我在思想上争取进步的信念越来越强烈。对新旧社会的对比，让我对中国共产党产生深厚的感情。"月亮在白莲花般的云朵里穿行，晚风吹来一阵阵欢乐的歌声，我们坐在高高的谷堆旁边，听妈妈讲那过去的事情。"这首传唱了半个多世纪的歌曲《听妈妈讲那过去的故事》，曲调优美抒情，感情真挚动人，富有诗情画意，至今在电视上还能偶尔听到，这会令我激动万分。这首歌，通过听妈妈讲述旧社会的苦难生活，表达了少年儿童对新中国幸福生活来之不易的感叹和珍惜之情，每当听到这首歌时，我都会想起小时候的夏天晚上，在月光下，伏在妈妈的膝盖上，听妈妈讲过去的事情……那时候的我，对胸前的红领巾、团徽多了一分崇敬。我绝对相信，红领巾是国旗的一角，是无数革命先烈用鲜血染红的。

党在课本里。在语文课本里，我了解了不少英雄的故事，送鸡毛信的抗日小英雄海娃、抗日女英雄赵一曼、壮烈牺牲的杨靖宇、小英雄雨来、狼牙山五壮士、小兵张嘎，等等，这些英雄都与中国共产党领导的伟大事业有关，他们有的是少先队员，有的是革命战士，有的就是中共党员，这些课文给我留下深刻印象，让我懂得美好的生活是英雄们用鲜血和生命换来的，渐渐地，共产党员的高大形象走进我的心里，在我内心深处扎根了。

党在故事中。海伦·凯勒说："一本书就像一艘船，带领我们从狭隘的地方，驶向生活无限广阔的海洋。"我看过很多本小说，《红岩》《青春之歌》《铁道游击队》《红旗渠》等对我影响最深，许云峰、江姐、杨子荣、林道静、朱老忠、金环、银环、芳林嫂等小说中的艺术形象和他们的性格命运至今铭刻在我的脑海里。小说《青春之歌》主人公林道静，是一个"小资产阶级知识分子"，她不屈服于命运，走出家庭，投入时代的洪流中，最后成长为一名坚强的革命战士，故事真实地揭示了那个时代的知识分子走向革命的心路历程。林道静对党的忠诚，对革命的热爱，拯救危难中国的爱国之情，深深震撼了我。这些优秀共产党员的精神激励着我在政治上争取进步，在学习中刻苦努力。描写苏联卫国战争时期青年英雄的小说《卓娅和舒拉的故事》，是以真人真事为原型，讲述苏联英雄姐弟卓娅和舒拉二人短暂而光辉一生的故事，也曾深深地影响了我。

"人最宝贵的东西是生命，生命对人来说只有一次。因此，人的一生应当这样度过：当他回首往事的时候，他不因虚度年华而悔恨，也不因碌碌无为而羞愧，这样，在临死的时候，他能够说：'我把整个生命和全部精力都已献给了人生最宝贵的事业——为人类的解放而奋斗。'"这是苏联小说《钢铁是怎样炼成的》的主人公保尔·柯察金的名言，影响了几代中国人，也成了我的座右铭。保尔总是把党和祖国的利益放在第一位，他驰骋疆场，参加保卫苏维埃政权的战斗。在恢复国民经济的艰难岁月中，他又以全部热情投入和平劳动之中。虽然他曾经金戈铁马，血染疆场，但他不居功自傲，没有考虑个人的名利地位，只想多为党和人民做点事情。党叫他修铁路，他去了；党调他当团干部，他去了，为了革命，他甚至可以牺牲爱情；他被捕了，在敌人的严刑拷打面前，他坚贞不屈；在枪林弹雨的战场上，他勇往直前；在与吞噬生命的病魔的搏斗中，他多次令死神望而却步，创造了起死回生的奇迹；他在全身瘫痪、双目失明后，他生命的追求，就是能够继续为党工作。正像他所说的："我的整个生命和全部精力，都献给了世界上最壮丽的事业——为人类的解放而斗争。"他的人生，没有惊天动地的伟业，他总是从最平凡的小事做起。面对疾病的沉重打击，他甚至产生过轻生的念头，在他与病魔抗争的过程中，也终于认识到他不爱惜身体的行为不能称之为英雄行为，而是一种任性和不负责任。保尔是伟大的，也是平凡的。他的一生像是在煅烧钢铁，只有经过无数次的捶打，才能炼成真正的钢铁。

  我国兵器制造功臣吴运铎被称为中国的"保尔·柯察金"，他的自传《把一切献给党》是他的真实写照。我如饥似渴地看了多遍，每读一遍，都能感受到无穷力量。这本自传是一个战士的成长史，也是一个共产党员的思想发展史，鼓舞了一代又一代年轻人。我想，当民族危亡之时，是什么指引他义无反顾地加入中国共产党；当身陷绝境九死一生之时，是什么鼓舞他毫不犹豫地报效中国共产党；当国家百废待兴之时，是什么支撑着他毫无保留地献给党……"国家兴亡，匹夫有责"，吴运铎的《把一切献给党》告诉我，是责任，是担当，是对党一生的信仰。

党在电影中。从《地道战》《地雷战》《平原游击队》到《平原枪声》《闪闪的红星》《上甘岭》《铁道游击队》……一部部激动人心的影片影响了我的一生，英雄们一幕幕可歌可泣的战斗故事深深刻在我的记忆深处。中国共产党的故事，是一个个青春、激情、奋斗、献身的故事。那个时代的年轻人，生活在内忧外患的中国，却浑身激荡着慷慨豪迈，以天下为己任，担负起改写中国前途、中华民族命运的大任，用他们的青春与热血，创造了新中国，让英魂守卫着祖国大地。这些影片，看得我热血沸腾，让我百看不厌。这些红色经典电影，不仅仅在视觉上冲击着我，更在心灵上感动着我，从幼小到少年、从青年到中年，直到晚年，这些银幕上的共产党员以其独特的魅力永远定格在我的脑海之中，凝固在我生命的长河中，犹如一座座灯塔，指引着我的生命之舟沿着正确航道前进。

党在我身边。英雄出自平凡，一个又一个平凡而伟大的英雄从普通人中间走出来，他们之所以能够感动中国、感动你我，是因为他们身上拥有在危难中逆行的非凡力量，有为信仰而牺牲的勇气，有始终不忘初心的坚持。任何伟大的成就都源于平凡的奋斗，我的老师、我学习的榜样钟士模教授，他的故事，生动阐释了"漫漫征途，唯有奋斗"的道理，他以凡人之力书写中国知识分子的精神史诗，我敬佩他在平凡工作中创造着非凡的业绩，所以在上大学的时候，我心里就有了渴望入党的愿望，但考虑到入党是很崇高的事，自己离党员标准还差很远，我只能默默地用共产党员的标准来严格要求自己，首先在思想上入党。

在白山水电站动力队的时候，通过自己的努力，在平凡的岗位上贡献出自己的聪明才智，做了一些有意义的工作，受到领导的表扬和工人师傅们的肯定。在陈庭福书记的鼓励下，我向党组织递交了入党申请书，表达了希望成为一名光荣的共产党员的愿望。经过党组织的考察，我成为一名预备党员，1979年秋天，我转为正式党员，当时我已经被组织调离白山水电站，在华北电力大学任教。

我如愿成为中国共产党党员，终于实现了期待已久的在党旗下宣誓的夙愿。站在鲜红党旗下宣誓的那一刻，我接受了一次人生的洗礼，自己人生的道路从此有了标杆。回顾自己从少先队员、共青团员再到一名共产党员的经历，正是自己不断成长、不断完善、不断升华的历程。我从一个懵懂少年成长为一名有担当、有理想、有学问的青年，我感恩一直帮助我进步的老师、领导、师傅和同事，我将铭记党的教诲，时刻以一名党员标准要求自己，努力做好本职工作，永不褪色，永不掉队。

时光流逝，成为党员后，不知不觉中走过了43个春夏秋冬，细细回想，慢慢品味，一路艰辛，一路欢歌。今年（2022年），中国共产党已经走过101年的风雨路程，我的心情，除了感慨，更多的是自豪和骄傲。中国共产党立志于中华民族千秋伟业，百年征程波澜壮阔，百年初心历久弥坚，百年恰是风华正茂。101年的风雨洗礼，留下的是不变的信仰和不懈的追求，而我作为一名老党员，也在用实际行动践行着自己对党和人民的庄严承诺，虽然我现在身体欠佳在家休养，但是我依然每天坚持看《新闻联播》，关心国家大事，为了尽快康复，我每天坚持理疗，练走路，我的病情在一天天好转，我的身体在一天天恢复。

我知道，曾经那个年轻而充满活力的我，已经挥手而去，回首一生的得与失、乐与悲、成与败，我百感交集，当年没有好好保护自己的身体，犯了不可宽恕的错，如今重温保尔的故事，我有不一样的感悟。每个平凡人的背后，都有时代发展留下的印记。作为老共产党员，信仰赐予了我新的希望和追求。我患病后，就有一个特别的心愿：写一本自传，记录时代的变迁，书写我们的幸福，用温暖质朴的文字"诉说"自己人生的喜怒哀乐，传给我的学生、我的子孙后代和亲朋好友，希望这本自传能成为家族里的精神"传家宝"，让我的学生和后代们爱祖国、爱人民、爱亲人，珍惜今天来之不易的幸福生活。

八、我的师父陈庭福

2022年，中国共产党在艰难曲折中走过了101个春秋，党带领全国人民不懈奋斗的历史征程和光辉业绩，犹如一幅气势磅礴、雄浑壮丽的画卷，展现着中国翻天覆地的历史巨变。在峥嵘岁月中，无数优秀共产党员不忘初心、牢记使命，始终同人民群众站在一起，践行着党的宗旨，为实现人民对美好生活的向往而不懈努力。

在我刚刚参加工作时，就有幸遇到一位平凡的党员领导干部，他没有轰轰烈烈的战斗经历，没有惊天动地的先进事迹，他只是一个普通的基层党员干部，但他用自己的言行来彰显党性的温度，用自己几十年如一日的坚定展示不变的初心，用潜移默化的教育让我找到努力进步的精神动力。他，就是我的师父陈庭福。

　　大学毕业刚走上工作岗位，我面临新的挑战与考验。在建设回龙山水电站的时候我认识了陈庭福师傅。当时他是40多岁的年纪，一米七八左右的个子，给我的印象很和蔼、很精干。工人出身的他，是我们一局动力队的党支部书记，也是工地上为数不多的老党员。他的办公室在木材加工厂的隔壁，我们每天的工作情况他看得一清二楚，工地上清华大学毕业的不多，他目睹我在木材加工厂积极的劳动表现，对我印象很好。陈师傅是从底层成长起来的领导干部，非常体谅工人生活，在工地上常常跟我们打成一片。他知道我学的是自动化专业，觉得我在木材加工厂干这种体力劳动是大材小用。有一次他找我谈话，说动力队在电气方面很缺拥有专业水平的年轻人，问我是否愿意去动力队当电工。当时电工是很好的工种，比起其他，电工更合适我，我很快表示希望能够在专业对口的岗位上工作。征求我的意见后，他向上级部门提出申请，通过人事部门把我调到动力队，这个时候是在回龙山水电站工作的后期。

　　陈师傅很喜欢跟工人打成一片，尤其愿意跟我们大学生在一起。他虚心向我们学习科学技能，一起探讨，把我们理论知识和他的实践经验相结合，给我们很多合理的建议。陈师傅很懂得赞赏有知识的人，而刚刚参加工作的我们，渴望获得领导的欣赏、认可和表扬，以激发工作热情，让我们对工作更加有信心、有责任感、有创造性。他在我们面前既当老师又做学生，发掘我们每个人身上优点和才能，用其所长，最大限度地为水电站建设奉献自己的聪明才智。到了白山水电站后，对于先进设备的安装、调试、维修，他都很信任地交给我去做，动力队的技术培训班，就是在他的建议下组织起来的。他跟大家一样，坐在教室里认真听我讲课。由于他的参加，其他人都主动参加培训。他为培训班出谋划策，在他的带领下，技术培训班办得有声有色，受到工人们的热捧。作为一个清华人，我始终秉持"自强不息，厚德载物"的校训，把我所学到的专业知识传授给大家，为工地培养了大量的专业人才，工人们的技术进步了，遇到维修问题基本能及时解决，保证水电站的施工中电力建设的需求。

从架设高压线路送电到变电所，再由变电所送电到工地，送到各个单位的生活区，整个工作流程由动力队负责。工作责任重大，我把压力变成动力，这是我在学校里得不到的实践机会。后来我到华北电力大学当老师，这些实际操作的技能，填补了很多专业上的缺口，为我最终成为一名优秀专业老师打下了坚实基础，在课堂上遇到学生的提问，我用出神入化的讲解来回答，很受学生的欢迎。

陈师傅生活俭朴，和蔼可亲，日常穿着工作服，冬天穿着粗布短棉袄，作为领导，他可以坐在办公室，有事处理，没事喝茶看报，但他除了到局里开会，其他时间都是下基层到各队的班组里，和工人一起劳动。对我们这些大学毕业远离父母、远离家乡的年轻人，他嘘寒问暖如慈父般关心，让我们倍感温暖和亲切。他多次找我谈话，希望我能在政治上追求进步，争取入党。他担心我们这些受过高等教育的人来到这么艰苦的地方，一时又学非所用，思想上会动摇，安慰我们说，你们是国家培养起来的人才，一定要树立信心，相信国家相信党，一定会有机会让你们学有所用的。他的话简洁明快，很有哲理。在陈师傅的鼓励下，我向党组织庄严地递交了入党申请书，从此我在生活、学习、工作上都以一个共产党员的标准来严格要求自己，其实很多时候是以陈师傅为榜样，向他看齐的。陈师傅经常带我参加党员活动，注重对我的培养和教育。成为预备党员不久，我调到华北电力大学任教，在学校转为正式党员。1976年"四人帮"被粉碎后，国家落实知识分子政策，如陈庭福师傅所愿，我没有失去信心，等到了知识分子的春天，我被调到大学，由一线水电工人变为向学生传授知识的教师。

一个社会对待知识分子的态度能够反映这个社会的文明程度。陈师傅对知识分子给予足够的尊重与信任，他没上过大学，但他对新技术很重视，善于抓住学习机会，大部分知识都是通过业余学习获取的，他对大学生有着特殊的感情，被大家视为良师益友。他负责的动力队，是整个工程局技术含量比较高的队伍，队员是来自全国各地不同院校不同学历的大学生、中专生，技术技能有差异，无论你是来自名校还是普通院校，在他眼里一视同仁，都会得到尊重，都会发挥所长，尽其所能，心情愉快地在自己岗位上工作。他认真对待每一件小事，愿意聆听，包容差异，善解矛盾，顾全大局。有陈师傅这样的领头人，动力队形成极强的凝聚力，敢打硬仗，工作成绩显著，多次受到上级领导的表彰。

那时我们的粮油和副食品供应都是定量的，一个月有半斤猪肉、三两油，白米、白面占三分之一，三分之二是玉米面，玉米面用来熬粥和做窝窝头。由于长期工作繁重，没有按时就餐，陈师傅患上了胃病。我经常发现他坐在椅子上用手捂着肚子，我关心问候他，他只是轻描淡写地说胃不是很好。陈师傅和我们一样住在"干打垒"，与工人同吃同住，除了比别人更操心，没有任何超标准的待遇。要问他图个啥，他说就是为了带领大伙儿一心一意尽快把水电建设搞上去。

1979年，我被调到华北电力大学任教，将要离开白山水电站，临走之时跟陈师傅告别，他语重心长地对我说："你是清华毕业的大学生，国家培养一个人才不容易，你们知识分子是国家、民族的精英，是社会的中流砥柱。不论在哪里，一定要好好工作，争取为国家多做贡献。"我们在依依不舍中挥手道别。随着知识分子政策的进一步落实，大学生陆陆续续离开了白山水电站。陈师傅后来也离开了白山水电站，调到新的工作岗位。我们分别后前几年一直有联系，彼此都很惦念对方，后来因为工作忙，慢慢失去联系。2012年5月，陈师傅因病去世，很遗憾我知道晚了，没能去送他一程。写到这里，忽然想起鲁迅先生在《中国人失掉自信力了吗》中的一段话："我们从古以来，就有埋头苦干的人，有拼命硬干的人，有为民请命的人，有舍身求法的人……这就是中国的脊梁。"我想，陈师傅就是埋头苦干的人，他也是"中国的脊梁"。

我的一生很幸运，在每一个人生阶段都有领路人。学生阶段，钟士模教授是我人生的教科书；青春年华，李樟椿大哥为我指明人生路；工作后，陈庭福师傅是我入党的领路人。每一个让我感动、奋进、超越的故事背后，都闪耀着他们平凡的光辉。一百多年来，中国共产党正是有着无数像陈庭福这样的党员，用自己的一言一行践行着党的宗旨，用一个共产党员的优秀品格竖起一面旗帜，用崇高的人生信仰带动和影响周边的人，才会让老百姓了解党，愿意跟党走，党才能得到人民的衷心拥护，带领中国人民从苦难走向胜利与辉煌。

九、离开水电建设岗位

1979年,我被调到华北电力大学任教,要离开白山水电站了。从1969年到1979年,整整10年光景,我一个清华学子,在平凡的工作岗位上,用重体力劳动默默履行着自己的职责,把最美的10年青春献给了祖国的水电建设。这份工作,即使没有创造辉煌,我也能感受到劳动的美好。"自强不息,厚德载物",清华的校训对我影响最为深远,从桓仁到回龙山再到白山水电站,我以清华人刚毅坚卓、自强不息的优秀品格,胸怀理想,脚踏实地,老老实实地拜工人师傅为师,不怕苦不怕累,兢兢业业、一丝不苟、踏踏实实地做好领导交办的每项工作。无论严寒酷暑,刮风下雪,一年四季我总是来得最早,走得最晚。马上就要离开水电站,离愁别绪缠绕着我。

调到高校当老师,对我而言无疑是人生的新挑战。在动力队,我经常遇到挑战,没有接触过的大型设备,特别是国外来的大型设备,没有人告诉你怎么使用,怎么维修,这种挑战不能置之不理,我的一贯做法是迎难而上,迄今为止,还没遇到解决不了的难题。带着满腔的热忱和工人师傅们的祝福,我将启航,在新的工作岗位上,一如既往地以饱满的激情展现新担当、新作为、新成绩。我们匆忙收拾行李,简陋的家,没有什么值钱的东西,把书本、日常生活用具、床被衣服等装进行李包,等于是搬了一次家。

临走之前,我来辞别往日最喜欢来的小菜园。菜园是我家爱的驿站,秋风送爽,硕果满枝,蔬果飘香。我们在春天播下的玉米种子,经过细心照料,玉米已经成熟,金灿灿的惹人喜爱;紫色的茄子沉甸甸地挂在藤蔓上，仿佛是一只只圆滚滚的小手，拉着我不舍我离去……在平顶山居住7年，树林里常常跑到菜园觅食的小鸟，也跟我算是老相识了。我爱人将平时喂养的鸡、鹅等家禽送给了邻居朋友，在这即将分离的时刻，别情依依，鸣声悠悠，让我怦然心动，久久难以平静。离别的心是惆怅的，此情此景让我流连忘返不忍离去。

离开白山水电站那天，朝夕相处的工人师傅们都来送行。我们依依不舍地道别，望着一张张熟悉的脸，我想无论到哪里，我都会牵挂着他们。陈庭福书记特意跟我说，让我放心去，由于举办了技术培训班，工人师傅们基本都掌握了设备的技术要领，一般问题都能处理。万一处理不了，写信过去，让我一定要回复，就算是帮忙。我连忙答应下来。后来关于技术问题他们没有写信给我，也许是不想打搅我，不过我更愿相信是工人师傅们自己能处理了。

10年水电工地建设，在我的人生画卷上留下浓墨重彩的一笔。我和工人师傅们一起走过我人生最艰苦的岁月，一起见证中国水电建设的奇迹，一起在三座水电站留下我们最坚实的足迹。致敬这里的每一位劳动者，你们的功绩如巍然屹立的大坝，如碧波荡漾的白山湖，永世长存。

第七编

二十二载教学生涯

一、为人师表

我调入的华北电力大学于1958年创建于北京,原名北京电力学院,长期隶属于国家电力部门管理,校部设在北京,分设保定校区,两地实行一体化管理。1969年学校迁至邯郸,1970年迁至保定,更名为河北电力学院。1978年经国务院批准为全国重点大学,同年更名为华北电力学院。1995年,经原国家教委批准,华北电力学院和北京动力经济学院合并组建华北电力大学,校部设在保定,分设北京校区。2003年3月,华北电力大学由原国家电力公司划转教育部管理,正式成为教育部直属高校,并由国家电网公司等7家大型电力企业集团组成的校董会与教育部共建。2005年10月,经教育部批准,学校校部由设在保定变更为设在北京,分设华北电力大学(保定)校区。两地实行实质性一体化管理。如今的华北电力大学是教育部直属全国重点大学,是国家"211工程"和"985工程优势学科创新平台"重点建设大学。2017年,学校进入国家"双一流"建设高校行列,重点建设能源电力科学与工程学科群,全面开启了建设世界一流学科和高水平研究型大学的新征程。

我报到时,华北电力大学的校舍还比较简陋,经历"文革"后师资处于青黄不接的状态,教师严重短缺。人事部门领导跟我谈话,希望我能够担负起重要的工作,把我分到动力系热工自动化专业教研室当老师,并担任77级热工自动化专业其中一个班的班主任,这个专业一共有两个班,每个班35名学生。我服从学校安排,踌躇满志地走上了大学教师岗位。

校区虽然简陋,和我熟悉的清华大学相比有较大落差,但对我而言，从"干打垒"搬进水泥板房子，居住环境已经有了很大改善，我和爱人很满足很兴奋。房子是在二楼，有18平方米，一家三口睡在一张大床上，还可以摆上小桌子用来备课。家家户户都在楼道里做饭。学校周围是农村，可以买到新鲜的蔬菜，粮食还是凭票定量供应，这样解决了我和家人的吃住问题，算是在学校落下脚了。

漫漫三尺讲台路，粉笔黑板写春秋。我把时间精力都扑在了教学上，我知道要给学生一杯水，自己就要有一桶水。因为离开学校的时间长了，一些书本的理论知识已经忘记，在工地给培训班讲课的内容都是我根据工作实践经验来编写的，面向的学生不同，讲课的内容也不同。要根据教材给学生进行系统性的知识传授，我感觉压力很大，老师永远在用昨天的知识，面对今天的学生，培养明天的人才。而我把昨天的知识遗忘了很多，能够记起来的也不能完全适用，知识更新、技术进步同样适用于我们专业，十几年前学的课本知识，有些必然会陈旧。我面对的学生群体是77级高考学生，他们对知识的渴求超乎寻常的强烈，我除了把"一桶水"准备好，别无选择。《礼记·中庸》载："凡事豫（预）则立，不豫（预）则废。"也就是说，做任何事情都要预先有准备，有了准备就容易获得成功，没有准备则会遭遇失败。教师上课也是一样，想要取得较好的教学效果，必须课前认真备课。一节课的时间只有短短的45分钟，但要使这45分钟真正发挥作用，需要老师付出几十倍甚至几百倍的时间和精力。备课，和我结下了不解之缘。

77级大学生是一个很特殊的受教育群体，他们中间有很多人经历过上山下乡的磨炼，历经千辛万苦才获得改变命运的机会；他们经历了最激烈的高考，大浪淘沙脱颖而出，有鲜明的时代特色；他们在上大学前，几乎所有人的经历和生存状态都不一样，每一个同学都有自己独特的高考故事；他们中年龄最大的已经32岁，最小的只有22岁，有的已经是几个孩子的家长，有的连什么是恋爱都不知道；有的人带薪求学，有的人拿助学金读书；有的人成熟练达，有的人年少气盛。有人曾说，不会再有哪一届大学生像77级、78级那样，年龄跨度极大，具有底层生存经历，经历天翻地覆的社会转变，以近乎自虐的方式来读书学习……这就注定了77级、78级的大学生一定会出类拔萃。打一个不太恰当的比喻，他们犹如一群逆流而上的鱼，上大学前拼命游，上大学后依然拼命游，力争上游已经成了他们身上显著的特性。在饱经沧桑之后，这一群体普遍个性坚定沉稳，能吃苦耐劳，不轻易随大流，这些个性也成为日后发展的重要因素。

　　站在讲台上，面对台下一双双对知识如饥似渴的眼睛，我仿佛看到当年在清华求学的自己，感觉肩膀上的担子沉甸甸的，我必须要对他们负责，把最好的教学内容讲给他们。我把大部分时间都用来备课，有一门讲自动控制原理的专业基础课，教材选用的是哈尔滨工业大学李友善教授编写的《自动控制原理》，我原来在学校学过这方面的课程，但当年这方面的专业知识主要来源于苏联的教科书。我准备了多种教学方案。首先，思考原有教材的重点、难点是什么，对难点进行剖析；其次，怎样让学生在一节课时间内掌握更多的知识点，让班里不同层次的学生都有收获；最后，如何把实践经验和理论知识相结合。还有，课堂上语言表达怎样才能生动形象、富有感染力；如何把握适度的音量、语速、语调，以适应学生的心理节奏；在教学内容上，怎样才能做到清晰简练、条理清楚、通俗易懂，做到科学性和思想性统一。我坚持不懈，不断钻研，总结出自己独特的教学模式，逐步做到游刃有余，最终形成了自己的教学风格。

"胸中有竹，方能画竹。"大学图书馆条件不错，可以找到很多的参考资料，丰富讲课内容，解决备课当中遇到的一些难题。每当夜深人静，母子俩酣然入梦，我在小桌子的灯光下静静备课，这成了我家每天固定上演的"节目"。爱人全力以赴支持我的教学工作，把家务活都包揽了，家有"贤内助"，如有"神助攻"，让我很快适应了教师角色的转换，成为一名颇受学生欢迎的教师。

讲完了"自动控制原理"这门课程，接着讲"自动控制系统"。我讲这门课程时，结合了我的工作经验。我在水电站工作时，就是在做实际的自动控制系统，这些实践经验既包括理论的推导、公式的演绎，还关系到系统的设计和系统的实现，以及在实际工作中遇到的难题和解决难题的方法。我把抽象的知识具体化了，学生听起来兴趣盎然，受益匪浅。用理论结合实际的方式来讲这门课，对学生走出校园参加工作会有很大的帮助。有时候学生在课外会提出很多疑问，有些疑问是在实际工作中遇到的难题，我会跟他们一起钻研解决，遇到难以攻克的课题，我就找国内外的资料来研究解决。"世上无难事，只要肯登攀"，只要有一股韧劲，总会找到最好的答案。

也许是年龄或者阅历接近的缘故，我和学生间的师生感情越来越深厚，在教学过程中，师生之间是在一种平等、协作的气氛下，把对知识的渴求和探索融入和谐的教学情景。我讲课深入浅出、条理清楚，用思维的逻辑力量吸引学生的注意力。学生听我的课程讲授，不仅学到知识，也受到思维的训练，还受到我严谨的治学态度熏陶和感染，对他们如何处事做人也产生了一定影响。因为我的工作经历能引起学生强烈的情感共鸣，师生之间在理解、沟通的前提下，共同营造出一种渴求知识的浓烈气氛。有时候我会机智诙谐、妙语连珠，用一个生动形象的比喻，犹如画龙点睛，给学生开启智慧之门。我的学生心情舒畅、乐于学习，在轻松、愉快的学习中度过每一天。教师的生命因学生而精彩，教师的生活因教学而充实，我虽然讲授的理工科的教学内容，但学生们一点也不觉得枯燥，多年后我的学生对于我的教学方式还津津乐道。

二、班主任

班里年龄最大的学生和我只相差五六岁，这一批学生的经历丰富多彩，很珍惜在大学读书的机会，有极强的求知欲。我们的班长沈同学，是位来自上海的知青，年龄比较大，正是由于他思想成熟、做事稳重才被选为班长，他当过生产队的队长，队长并不好当，全队社员一年的生产管理和收入分配都归队长管，每天要分派社员活儿，要处理队里经常发生的大小矛盾纠纷，"官小责任大"，没有拳打脚踢的功夫，社员不会买账。推选沈同学担任班长，得到同学们的一致认可。还有一位男同学，年龄也比较大，是老高中生，毕业后到工厂当工人，从车工、钳工、电工干到车间主任。企业的车间主任，不仅要负责车间的安全生产，管理工人，还要带领车间工人完成生产计划。这样的同学管理能力很强，也深受同学们的拥戴。班上有一位已经结婚的女同学，30岁左右，是两个孩子的妈妈，思想成熟，很包容别人，跟全班同学相处非常融洽。班上最小的同学姓韩，21岁，学习勤奋，成绩出类拔萃，成为同学们学习的榜样。同学非常珍惜来之不易的学习机会，普遍有一种"知识饥渴症"，图书馆晨读，宿舍挑灯夜战，这就是77级大学生的真实写照，他们既有对知识的渴求，也有对自己的期许，还有来自家庭和社会的重托。

在班里我尊重学生们提出的每一条意见，了解他们的诉求，在他们眼里我是良师益友，是可亲的大哥，是可以分享他们喜怒哀乐的亲人。几十年后，重温第一次当班主任的日子，我有着满满的幸福感，与这样一群思想成熟、刻苦学习的学生朝夕相处，真是我的荣幸。

班里有一部分来自农村贫困家庭的学生。贫困挡不住阳光学子奋斗的脚步，改变不了他们用知识改变命运的决心。他们在生活上困顿，因为他们是家里的主要劳动力，上大学了，不仅不能干活挣钱了，还要家里拿钱补贴，一来家里缺钱，二来从他们内心深处也是想能少跟家里要就少要，他们的贫困是显而易见的。他们的精神却是富有的，像石缝中的野草，苔上的小花，蓬勃生长，向阳而开。作为班主任，我要经常了解班上同学的学习及生活情况，到学生食堂看伙食情况。有一次我在食堂看见几位学生在窗口只打了主食，没有打菜，在人少的饭桌上默默吃饭，我看在眼里，内心很难过。了解到这几位学生生活拮据的情况后，我跟政治辅导员反映了学生实况，拿出一个资助计划，选出4位特困生，我每年资助他们各1000元，连续资助4年，帮助他们解决生活困难，让他们没有后顾之忧，安心完成学业。

　　我在清华上大学时候享受国家助学金，每个月有12元5角的伙食补助费、4元的生活补助费。我贫穷但不自卑，省吃俭用，除了吃饭，就是买书学习。没有国家助学金，我不可能完成大学学业。当我生病住院时，钟士模教授的帮助，让我感受到来自老师的温暖。如今，当我的学生需要帮助时，我伸出手，尽自己的微薄之力，帮他们圆好大学梦。他们让我想起孟子的话，"天将降大任于是人也，必先苦其心志，劳其筋骨，饿其体肤……"我们无法选择出身及家庭，但可以选择用奋斗来改变命运，用奋斗开辟出一条柳暗花明的道路。"自立者，人恒立之"，生于逆境，不被物质匮乏消磨意志，"寒门学子"通过苦难的磨砺一定能够实现精神上的成长，练就坚强意志和强大内心，走上工作岗位后，有更大的承受力，更容易适应新的挑战。

　　人要懂得感恩，生命是在一个感恩的世界里。没有怨恨、算计、欺骗，只有尊重、平等、博爱。我要感谢我的祖国，感谢清华大学，让我有了追逐梦想的机会，找到自己人生前进的方向。爱是一颗种子，它会生根、发芽、开花、结果。我资助的其中一位同学，大学毕业后被分配到上海电力学院当老师，在教师的岗位上积极工作，多次受到学校表扬，担任了教研室主任，逢年过节都会给我写信或者发来短信，表达当年我对他的那些资助的感恩之情。他说，是我的爱心资助，让他感受到来自老师的温暖，努力学好知识，贡献社会，现在他同样在学校资助贫困学生，播撒爱的种子，用行动践行感恩之情。相信被他资助的学生，有能力之后，也会把爱传递下去，帮助那些应该帮助的人。

班主任对学生的爱首先体现在生活上的关心和照顾，关注他们的身心健康成长，不仅在专业方面培养学生，还要注重思想道德的培养，只有品德高尚的人，才能用所学知识报效祖国，造福人类。而班主任自身也要以德为先，以身作则，从自身做起，给学生作表率，以师德感染学生。由于我担任77级班主任工作取得一些成绩，得到学校认可，两年后我又担任了81级的热工自动化专业班主任。这届学生是高中毕业后参加高考录取的，年龄在19岁左右，社会阅历少，班主任工作没那么轻松了。

　　班里有一位男同学，脸上有一块面积比较大的黑斑，这种黑斑是出生时候就有的，当年的医疗水平无法根治，导致他很自卑，不合群，喜欢独来独往，在食堂吃饭时候要么坐在角落里，要么就打饭回宿舍吃，自习课也是一个人静静看书，跟同学们很少交流，隔阂也越来越大。长期的自卑让他脾气暴躁，总觉得别人瞧不起他，常常因为一点小事生气、发火。有一次，他跟另一个男同学吵架，竟然把教室门上的玻璃打碎了，手被玻璃划破流血。这件事情在班上影响很大，我知道后，了解清楚事情的来龙去脉，找到这位同学，听听他对这件事情的看法。我关切地问了他手上的伤势，用纱布把他伤口包扎好，再跟他推心置腹地谈心。他的情绪慢慢恢复了平静，觉得自己控制不了情绪，把教室的玻璃打碎，事后很后悔。我边安慰他，边找了学校的维修部门，当天就把坏的玻璃换掉，减少他的心理负担和同学们对他的责怪。我也批评了跟他吵架的同学，后来双方都原谅了对方，和好如初。

　　我把这件事情向班委、团支部成员通报，希望大家主动来做他的思想工作，和他多谈心，多接近。一个人心灵美才是真正的美，外在美迟早会因时间的推移而消逝，但心灵美永远不会因时间的推移而褪色。外表的美与丑其实不是特别重要，只要他道德高尚，学识渊博，有美的心灵就是最美的人。我用谆谆教诲解开了他的心结，并称赞他在某些方面的优秀，增加他的自信，还特意安排团干部和他同桌，跟他交朋友谈心聊天，同宿舍的同学也主动接近他，关心他，让他融入班集体的生活。经过一个学期，这个同学性格完全变了样，和之前好像两个人，在班里和团支部组织的集体活动中，在大家的鼓励下，他鼓起勇气上台表演节目，我们在他的脸上找到了自信的笑容，他学习成绩进步很大，成为一名优秀学生，大学毕业后被分配到很好的工作岗位上。

"金无足赤，人无完人。"作为一名班主任，要包容学生的不足，不要过分苛求他们，要善于把严格要求与尊重个性结合起来，用家长般的爱与责任对待他们，才能获得学生的尊敬和信任，学生才会乐于接受你的教育。没有爱就没有教育，爱学生，把学生当成自己孩子，从他们的角度看问题，用真诚包容他们因幼稚而犯的错，帮助他们分析错误根源，确保不会再犯同样的错。

在我担任班主任期间，还有一件印象深刻的事。班里有一位姓邱的男同学，性格孤僻，沉默寡言，不愿意参加班集体活动，显得很另类。根据医生诊断，他得了抑郁症，多疑、失眠、焦虑，病情越来越重，学习成绩一落千丈。我发现他的不对劲，了解情况后马上联系家长，反映学生的情况。他母亲很焦急，匆匆赶到学校。我首先让家长走进孩子的内心世界，给予他亲情爱抚；让班里的同学向他伸出真诚友爱的手，在学习和生活上关心他，让他感受到班集体的温暖。为了打消他的顾虑，我请他到家里来，语重心长地和他谈话。为了给他创造更好的治愈条件，我在学校找了一间房子，安排他们母子免费居住。母亲每天悉心照顾他的饮食起居。为了母子俩的尊严，我安排他母亲每天协助学校清洁工做些工作。在各方面的努力下，这位同学的病情渐渐有了好转，敞开了心扉，接受了大家的友情。看着他慢慢向好，我很欣慰，鼓励他多参加集体活动。团支部也专门为他组织了一些校外活动，如利用周末郊游。由于他两门功课比较差，我安排学习委员辅导他。经过我们对他深入细致的思想工作和不懈努力，他终于摆脱了思想负担，身体恢复很快，如期毕业了，去了陕西省一个大电厂的热工车间当技术员。后来他跟我联系，谈了他的工作和家庭情况，我很欣慰，因为我们不仅挽救了一个青年学子，还帮助了他的家庭。

当了班主任我才体会到，老师是"捧着一颗心来，不带半根草去"。一个班级，关起门来就是一个大家庭，是一个充满温馨和爱的家。班主任的工作，让我切身感受到，对学生的赞美、信任和期待，具有强大的力量，会让学生产生积极向上的动力，尽力去达到老师对他的美好期待。对班主任来说，一句欣赏的话能让学生终身受益。欣赏学生，让教育充满爱，让教室洒满阳光，让学生幸福成长，这样，教育工作者的人生才更有意义。

想起我上高中时，当新教室落成后坐在里面的幸福时刻，那是我们全体师生经历艰苦劳动亲手建造的教室，温暖的阳光从外面照射进来，全班同学喜笑颜开，这一幕经常浮现我眼前。老师对学生的爱，是一杯香醇的美酒，是一朵绽放的花蕾，是一剂良好的丹药，是一把开启心灵的钥匙，更是一种高尚的美德。老师是太阳底下最崇高、最光辉的职业。作为"人类灵魂的工程师"，塑造着学

上　1981年李遵基（前排左六）与华北电力学院77级热工自动化专业毕业生合影

下　李遵基（后排右二）与华北电力大学同事合影

上　李遵基（左三）在华北电力大学与学生们合影

下　李遵基（右三）在华北电力大学与学生们合影

生的三观，是他们精神花园里的一名园丁。如果说学业就像在沙漠中跋涉，那么老师就是引领学生寻找绿洲的骆驼，带着学生去寻觅生命中的源泉。人们常用蜡烛来形容老师，殊不知这根蜡烛就是老师的生命，点燃生命的瞬间，跳动的烛焰绽放出光芒，照亮学生的世界，让学生在知识的海洋里遨游，而自己却在烛泪中慢慢老去。任凭岁月更迭世事沧变，任凭青春流逝憔悴容颜，岁月悠悠，不变的是园丁辛勤的耕耘与赤诚。

三、科研工作

担任三届班主任后，学校把我调到科研管理工作岗位上，不管去哪个岗位上，作为一名党员，我都服从组织安排。其实，科研工作更适合我，担任班主任期间，我思考过科研方面的工作。搞科研我有优势：第一，我对学校的学科了解，在自动化专业知识领域已经驾轻就熟，对于科研工作的立项游刃有余；第二，我有在水电站工作的实践经验，可以在工作中得心应手；第三，以多年来对行业的了解，我明白市场的需求点在哪里，应针对哪些难点进行立项；第四，我的社会资源广泛，我的学生毕业后分布在各个领域，其中在电力系统工作的学生很多都在重要部门任职，会对我的科研工作给予支持。所有这些优势，都会为我的科研工作保驾护航。

1982年，我被学校委以重任，担任科研处处长。搞科研工作，张贻琛教授是我的伯乐。张教授在学校德高望重，在学术方面有很深造诣。他对我很赏识，希望我能加入科研团队。张教授是业内知名专家，能有机会和他一起共事，是我求之不得的。如何把学校的科研工作搞上去，促进学校提高教学质量，为学校取得更多的科研成果，为社会创造更多的财富，是我的职责，也是我的压力。在张教授和其他老师的帮助下，在广泛征求意见的基础上，我做了一个周详的计划。

首先，建立科研管理系统，调动教师搞科研的积极性。我对原有的科研工作有了清晰了解后，认为首先要建立起科研管理系统，让大家愿意投入精力搞科研，在科研上的投入和回报成正比。高校专业教师是高智商群体，搞科研活动有着天然优势，有时间、有精力、有经费、有专业条件、有和社会千丝万缕的联系，如何让他们发挥专业优势，不断攻克技术难关，是高校科研管理工作的一道难题，而我走马上任，就是要破解这道难题。我把前几年学校取得成果的科研项目进行梳理，按照这些科研成果来评定等级，评出一些优秀的科研项目，并对从事科研活动的教师进行评选，评出一批从事科研工作的优秀教师，接着在全校召开科技工作动员大会，由主管科研工作的王仁周副院长讲话，阐述教师从事科研活动的重要性、必要性，学校鼓励教师在做好本职工作的前提下，努力搞好科研工作，创造科研成果，为国家创造更多的财富。会上，学校对评选出来的优秀科研项目、从事科研活动的积极分子进行了表彰和奖励。通过这些活动，大大提高了教师们从事科研活动的积极性，特别是从事专业课的教师，他们的专业课和现场控制设备、控制系统息息相关，搞科研是为了更好地服务于实践活动。动员会后，反响热烈，教师们欢欣鼓舞，蓄势待发，学校的科研春天来了。

其次，制定新条例，为教师谋求福利。以前科研工作是吃大锅饭，能搞你就搞，不搞也没有关系，经费拨下去后，至于搞好了还是搞不好，没有严格的要求，对能否实现科研成果转化也没有具体标准。根据这种情况，我组织制定了关于科研工作的新条例，其中规定科研成果与经费挂钩，科研工作进展到什么程度，跟消耗的经费要同步，要进行定期检查，完成后要进行鉴定，科研经费要进行结算。以前的科研经费结算后剩余部分上交学校，与科研人员无关。新条例规定，科研项目结束后，如果还有剩余经费，要把剩余经费的70%用于下一个项目，由科研小组成员支配，可以用于购买科研设备，置办交通工具，还可以购买科研用品；余下的30%由科研项目主持人对科研成员进行合理的奖励分配。新条例公布后，大大激发了教师们从事科研活动的积极性。原来很多教师对于科研项目是否搞完抱着无所谓的态度，现在就不一样了，不仅科研成果可以得奖，可以作为教师评定职称的条件，还可以适当提取经费，改善科研条件和改善科研人员的生活状况。

在科研工作中，我主要采取了三条措施：

第一条，每年进行项目立项。分两个部分，纵向的是电力部科技司下达的科研项目；横向的是电力系统中大机组的电厂科研项目，是校企合作的科研项目。

第二条，每年进行总结和评审。所有项目进行一年以后，要检查项目的进度，有的也许要一年、两年、三年才能完成，有的则很快，学校对已经完成的项目要进行总结，有条件的还要组织专家进行鉴定；如果项目没有按计划完成，一定要找出原因，是经费不足，就要帮助解决经费问题，是技术上碰到难题，那就要组织有关的教授、专家来帮助解决困难，排忧解难，把科研工作继续进行下去。

第三条，项目经过评审后，经上级部门鉴定可以结项，就尽快完成后续工作，比如上报部级单位参加评奖，把节余下来的科研经费进行分配，一部分上交给学校，一部分用来改善科研人员的工作环境和条件。

这三条措施实施以后，大大提高了教师的积极性，那几年立的项目比较多，出了不少成果，有些还获了奖。一些青年教师在学校政策允许条件下甚至纷纷成立公司进行创业，将科研成果转化为科技生产力，取得很好的经济效益，反过来又促进科研活动、教学工作，形成良好的互动。为此，学校掀起科研活动的高潮，很快卓有成效，经济效益非常可观，仅仅是奖励部分，都超出了前几年的项目经费。资金充裕了，科研设备、交通工具、教师的生活状况都有了质的变化。

至于我本人，虽然科研管理工作牵扯了我大部分精力，但我也没有放弃研究工作，搞了不少科研项目，出了一些科研成果，多次受到奖励，家里的经济状况有了很大的改善。我的收入除了工资以外，科研经费的奖励也成了重要的一块。当年我们夫妻的工资加在一起不到100元钱，每个月寄给父母一些后，用于生活开支的钱就很拮据了，有时候还要靠借钱过日子。记得有一次到了月末，买菜的钱没了，硬着头皮到住在隔壁的大学同学家里借了5元钱，我们是一起调到电力学院任教的，关系比较密切，但也感到很难堪，靠这5元外债，我们坚持到了下月领工资的日子。人同此心，心同此理，我家是这样子，其他老师也不会好到哪里去。所以，科研工作，让我们的生活柳暗花明，我也因此得到了大家的信任。

我第一个科研项目是"单元机组的协调控制系统"。在20世纪80年代，国家处于经济突飞猛进发展时期，电力工业也一样，当时世界上单元机组容量已经有很大的发展，美国、法国、英国这样的国家，单元机组的容量已经有30万千瓦、50万千瓦和60万千瓦，甚至有的已经达到了100万千瓦，而我们国内最大的机组，还停留在20万千瓦上，机组容量与欧美相比有很大差距，在控制系统方面远远落后于发达国家。新中国的电力事业是从旧中国落后、弱小、破碎的"烂摊子"上起步的。1949年新中国成立时，全国的装机容量只有185万千瓦，仅相当于现在的两台机组。经过一个甲子，几代人坚持不懈奋斗，我国已经建成世界上规模最大的全国互联互通的电网，拥有世界上最高电压等级的±800千伏特直流输电和1000千伏特高压交流输电线路，并且迄今没有发生过像美洲、欧洲电网曾发生过的大面积停电事故。尽管中国的电力事业起步比西方国家晚了80年，但现在已成为名副其实的世界电力大国，这是值得中国人民自豪的骄人业绩，也是中国电力战线上广大职工一代代人努力的结果。

　　那时候我国从国外引进的主要电厂机组有，山东石横发电厂引进的美国30万千瓦单人机组，安徽平圩发电厂利用引进技术制造的两台60万千瓦机组，内蒙古元宝山发电厂引进的50万千瓦机组，山西神头第二发电厂从国外引进的50万千瓦常规燃煤发电机组。这些机组都比国内的机组容量大，控制系统也先进。我首先把引进国外机组的技术资料翻译成中文，依照翻译过来的中文资料，我编写了教材，到石横电厂、平圩电厂、神头电厂等地方进行技术培训，把国外这些机组的先进技术传授给技术人员。培训的同时，也丰富了自己的知识。在这个基础上，我又在学校编写了这方面的教材，在学生的选修课里开设课程，把这些技术消化以后就开始了我们的科研工作。

我们选择了大同二电厂的国产20万千瓦机组进行实验。我们设计了一套协调控制系统应用到大同二电厂的单元机组上去，先设计，到现场进行机组安装，再进行调试，最后进行试运行。结果证明我们设计的这套系统是成功的，得到厂领导和全体工程技术人员的赞许。山西省电力局对这套系统组织了鉴定，并都通过了检测。

这一次的设计成功，大大鼓舞了我们全体参与科研的工作人员，在20万千瓦机组上运行后，我们又用到从30万千瓦到60万千瓦机组的实验上，都取得了成功。我们把这套系统用到了石景山电厂的供热机组。供热机组情况复杂，我们针对供热单元机组的协调控制系统进行了设计和安装调试，最后也取得了成功。有关专业部门进行了鉴定，认为这是国内首创，达到了国际先进水平。

我的第二个科研项目是要解决电厂实际问题。电厂有一个系统叫"给水控制系统"，指的是锅炉给水过程中的一个控制系统。常规情况下，当机组的负荷达到70%以上才启动自动控制，在70%以下则由运行人员进行手动操作。这样的话，手动操作的过程比较长，效果也比较差，运行人员非常辛苦劳累。我们就提出来能不能实现全程控制？当这个机组点火启动的时候，锅炉给水系统不要用人工来控制，而是采用自动控制。我们按照这个思路进行设计，设计完了进行安装调试，取得了成功，通过电力部科技司的鉴定，认为这个自动给水系统是国内首创，达到世界先进水平，可以在国内各种类型的机组上推广应用。

我的第三个科研项目叫"变频控制系统"。这个系统首先是在电厂锅炉给粉控制中进行的，所以叫"锅炉给粉变频控制"。我国火力发电厂在生产过程中，是通过调节进入炉膛的煤粉量来控制锅炉的燃烧情况，煤粉量控制的好坏直接影响到锅炉能否安全、经济、稳定运行。在传统生产中，锅炉给粉是用滑差电机来控制的，滑差电机调速线性度不好、控制精度差、误差大，难以进行给粉量的计算和控制。特别对直吹式锅炉制粉系统，难以使给煤机维持均匀转速，给煤机转速差别较大、给煤量较难控制，从而导致燃烧工况不太稳定。另外，滑差调速电机效率低、损耗大、容易发生故障，给粉机现场煤尘多，电机常常因煤流堵塞而烧坏，或者出现堵转和不同步现象，运行维护量大，维修起来很麻烦。我们考虑，是否可以用变频器来进行控制呢？变频控制的基本原理就是改变电动机电源的频率，改变电动机转速，这样就可以改变锅炉给粉量的多少了。原理弄清楚以后，我选择了天津军粮城电厂进行试验。因为这个电厂的领导都是我的学生，他们对老师的科研工作十分支持。我的思路经过论证后，得到他们的认可，就在一台20万千瓦机组中进行了试验，成功以后，对第二台、第三台和第四台机组进行技术改造，都取得了良好效果。电力部科技司组织全国专家进行了技术鉴定，一致认为这套系统的控制技术是国内首创，达到了国际先进水平，得到专家们的一致肯定。天津军粮城电厂改造成功以后，我们就可以在国内各电厂推广了。当年20万千瓦机组是我们国家的主力机组，要求合作的电厂很多，合同签了不少，我的科研任务也就越来越重了。在军粮城电厂进行试验时，和厂里改造合同签订以后，厂里就预付了30%的合同款，进行设备安装时，又支付了30%的合同款，改造成功后，尾款全部付清。也就是说我搞科研的第一桶金是军粮城电厂支持的,后来除了20万千瓦机组,我们也对30万千瓦机组、60万千瓦机组进行了技术改造,都取得了良好效果。

锅炉给粉系统的变频控制电压是380伏的,电压等级比较低,如果能在更高电压的电力设备中应用,就有更广的推广前景了。这是我的另一个科研课题,在高压电机设备中应用变频控制,叫作"高压变频控制系统"。首先在发电机组中的引风机中进行试验,因为这是6000伏的高压电动机,也有的是3000伏的电动机,比380伏的要高得多,能不能用高压变频呢?我进行了设计,高压变频设计技术更加困难,但基本原理是一样的。我们克服种种困难设计好了以后,首先在沙岑子电厂进行了试验。锅炉引风系统是一个负压控制系统,炉膛烟气直接影响炉膛的负压,负压高了就要多抽去一些烟气,负压低了就要少抽一些烟气,就用控制电机的转速来控制抽出烟气量的多少,用高压变频器来控制电动机的转速快慢,这就需要有一台6000伏的高压变频器来实现对引风电动机的控制。这种方法控制精度高,而且省去了节流挡板的阻力,大大节省了能源。我们试运行了3个月后,又请有关部门进行了鉴定,得到一致肯定,建议进行推广应用。这种高压变频,不光是在引风系统中可以应用,送风系统、给水系统、换热系统中的电动机都是高压的,都可以用高压变频进行技术改造。这样,推广应用的面就更广了,各个电厂的应用反馈的信息,一致认为节能效果明显,控制精度大大提高,同时在节省劳动力、减轻运行人员劳动强度方面都取得了很好效果,受到市场的欢迎。这项电厂改造项目获得了电力部和省级科技进步奖二等奖。

我领头搞的这些科研成果在国内得到广泛推广应用，取得了良好的经济效益和社会效益。我把科研成果涉及的技术理论写进教材，与学生分享这些技术成果，在他们毕业到设计院、研究所、电厂等专业对口单位工作后，能够把这些成熟的技术应用到实际生产当中，取得事半功倍的效果。

除了上面说的比较大的、得到推广的科研成果，还有一些比较小的成果，比如"自整定调节器"，就是在这些控制中，它的核心技术是调节器，调节器控制现场的这些设备，主要靠三个参数，一个是比例系数，一个是积分系数，还有一个是微分系数，简称 PID 控制器。这三个参数怎么来设定呢？原来都是用人工，凭着经验，按照这个对象的特性和生产工艺的要求来设定比例积分微分三个参数的。有时候经验丰富的工人少失误，他可以设计好，取得好效果，但一般初学的技术人员，可能就做不到。那么三个参数对初学人员怎么办？就是凭经验到现场慢慢试验，先设一组参数试试看，不行再来增大或者减小，这样做时间长，也危险，万一参数差别很大，整个系统就不受控制，容易出现事故。我根据这种情况设计了一个程序，这三个参数按照控制的品质要求来调整它的参数数值，按照输出曲线衰减率，比如说设定的 0.9，或者设定的 0.75，按照这个衰减率记录下来后符合要求就可以，如果不符合要求，这个控制器的三个参数，会自动进行调整，直到设定的衰减率符合要求为止，这样就不用人工去操作，减轻了劳动负担，更重要的是设定的速度加快，效果更好了。把这个程序送到 DCS 控制系统中，按要求把衰减率设定好，就会在生产过程中自动调节参数，最后使控制品质达到最优状态。

我的主要科研成果有：

1. 单元机组协调控制系统（电力部科技进步奖二等奖）；

2. 单元供热机组协调控制系统（电力部科技进步奖二等奖）；

3. 锅炉给水全程控制系统（电力部科技进步奖三等奖）；

4. 锅炉给粉变频控制系统（电力部科技进步奖二等奖）；

5. 锅炉送引风高压变频控制系统；

6. 自整定调节器；

7. 无孔板流量计。

科研充满了挑战，从开始的一无所知、逐步深入到最后做出成果，如同在森林里探宝，最后找到宝藏，伴随着焦虑、着急、兴奋、惊喜、快乐、自豪等诸多情感。这种复杂的情感伴随着我的科研过程，特别是出成果的成功喜悦感，更是别人难以体会到的，除了能创造可观的经济效益之外，更是对自身价值的一种肯定，这让我在科研道路上疾步前行、乐此不疲。我早出晚归，一天所有的时间都是用在科研、教学上，周末几乎无休。因为热爱，所以执着；因为热爱，所以创新；因为热爱，所以坚守；因为热爱，所以再苦亦甘之如饴。

当老师，就要心无旁骛，甘守三尺讲台，"春蚕到死丝方尽，蜡炬成灰泪始干"。做研究，就要甘于寂寞，或是皓首穷经，或是扎根实验室，"板凳要坐十年冷，文章不写一句空"。我想，作为清华学子，新中国第一代知识分子，要有甘于寂寞的心态，还要有善于思考、勇于创新、勤于拼搏、精于协作的素养，最重要的是要怀抱一颗爱心，爱科学、爱祖国、爱工作，这份爱是大爱，是博爱，是能够发光发热、温暖别人、照亮世界的爱。

曾经有人问过杨绛先生,是什么使她有如此巨大的力量,不断克服人生路上的艰辛苦难,做到矢志不渝。她的回答是:"信仰,是老百姓所说的'念想'。"做学问,也应该心里有点"念想"。这念想,可以是自由徜徉于知识海洋的满足与乐趣,可以是"文以载道""士以弘道"的价值信念,或是"为天地立心,为生民立命"的使命与情怀。不忘初心,坚守信仰,潜心治学,方能不负时代、不愧使命。如今的中国江河之上,大小水电站星罗棋布,中国已成为世界第一水电大国,而奋战在中国水电战线上的建设者,也堪称一支傲视群雄的铁军,我为自己曾经是其中一员而自豪。

四、我的伯乐张贻琛教授

《孔子家语》云:"与善人居,如入芝兰之室,久而不闻其香,即与之化矣。"意思是和品行优良的人交往,就好像进入了摆满芳香的兰花的房间,久而久之闻不到兰花的香味了,这是因为自己和香味融为一体了。置身美好的环境,可以使人心旷神怡;身处优秀的集体,可以使人乐观上进。华北电力大学就是这样一个"芝兰之室",让我染其香,得其美,在和谐的环境中提升自己,身边优秀的同事们让我受益匪浅。许许多多爱岗敬业的好同事,用自己独特的方式默默地贡献力量,他们身上散发出的个人魅力闪光点,是学校最美丽的风景线,也成为我的学习榜样和工作动力。

下面我怀着敬佩之情,说说我的好同事、好领导,华北电力大学热自专业的创始人之一——张贻琛教授。

张教授是河北玉田人,1926年生,1951年毕业于南开大学电机系，1956年进修于苏联莫斯科动力学院电动力系火电厂专业。他是20世纪50年代初到苏联留学的中国留学生。

我刚到华北电力大学报到那天，接待我的就是教研室主任张贻琛教授。他态度亲切，高瘦的个子，走路带风，给我留下了很精明能干的印象。我被分配到热工自动化教研室，在他的领导下工作，对张教授有了更多的深入了解。与他的温和与谦虚形成较大反差的，是他干工作时的雷厉风行，做事情时的果敢和决断，是他脚踏实地、求真务实的认真态度，对同事对朋友的宽阔胸襟，对学科研究的敏锐性和前瞻性。

我想，体现在张教授身上的这些特征，一定是跟他的身世有关，他有着很多鲜为人知的故事。

张教授的祖父是清末代秀才，家境较为富裕。他的父亲初中毕业后，就在铺中做了学徒，后成为一个会计。张教授5岁时母亲去世，后来家乡遭遇水灾，家中所有房子、农田地都被淹了，父亲只好带着祖母和4个孩子到了唐山。那时，物价飞涨，父亲卖了自行车，把张教授送进学校读书，张教授在学校结识了许多进步同学，参加了一系列学生运动。

1946年他考入南开大学电机系。1947年5月，从南京爆发的青年学生反饥饿、反内战、反迫害的爱国民主运动，风起云涌，席卷了全国。5月20日，南开大学的学生走出校园，涌上街头抗议游行，声援南方学生运动。张教授作为护旗手，走在游行队伍的前边。面对手无寸铁的游行学生，特务们用镐柄将举旗、护旗的学生们打昏。一个个学生倒在血泊中，后边的学生毫不畏惧地冲上来，继续护卫着旗帜向前进。张教授也受伤了，倒在旗帜旁。第二天的

《大公报》等各大报纸刊登报道了天津大学生游行和被打场面的照片，引起了全国人民的愤怒，更多的有志青年参加了抗议活动。

"5·20"学生运动后，不少师生上了国民党的黑名单。军警、暗探包围了南开大学，开始大搜捕。而张教授时常在这里开展校内外的秘密组织活动，不少进步师生在张教授的掩护下，经早已准备好的秘密通道逃离了校园的封锁。1948年他加入天津地下党的进步组织，成为"民主联盟"成员。天津解放前夕，学校地下组织派他和进步学生去负责绘制"美国兵营"的建筑物，接到任务后，他们与占据该地的国民党斗智斗勇，跑到"美国兵营"的制高点，迅速画下地形图，通过地下组织及时送到解放军手中，为天津的解放做出了贡献。这些青年时代的惊心动魄的经历，张教授很少提起。他们这一代人毫不畏惧地用热血和生命，追逐着崇高的理想和信仰，跟小说《红岩》的主人公许云峰、江姐一样，战斗在敌人的心脏，为了新中国的诞生，不惜牺牲一切。

1951年，张教授从南开大学毕业不久，很快被推荐参加了在北大和燕京大学举办的留苏学习考试。作为新中国成立后的第一批留学生，他来到了莫斯科动力学院电动力系火电厂专业学习，4年半后，学习期满回到祖国。回国后，他任电力科学研究院工程师。1960年，水电部要求北京电力学院与中国电力科学研究院合作创办热工自动化技术专业的大学专科班，他参加了组织及教学工作，并协助北京电力学院筹建国内高校第一个热工自动化专业，随后正式调入北京电力学院（华北电力大学的前身）工作，任热工自动化教研室主任，至1995年离休前一直在教学科研第一线工作，在这个专业领域深耕几十年，做了一辈子的学术研究，为我国的教育事业做出很大的贡献。

张贻琛教授主要研究方向为热工自动化，我和他一起主持完成了"20万千瓦供热单元机组协调控制系统"和"全程给水自动控制"科研课题，发表了《20万千瓦供热单元机组协调控制系统》《对协调控制系统中几种锅炉主控前馈信号的分析》等多篇论文，参编《热工自动控制仪表》高校教材。张贻琛教授的代表性学术成就为《20万千瓦供热单元机组协调控制系统》，该篇论文曾于1986年在印度召开的国际自动化学会研讨会（IFAC）上宣读。这一研究成果获得原电力部科技进步奖。

"搞专业的人，必须熟悉现场，必须要做到生产与实践相结合。我们那时候在现场，参加总体安装、热自仪表、控制系统安装调试，这样，你才有可能站稳在讲台上。"这是张教授讲过的话，他的教学理念跟我不谋而合，这也许是我们能成为工作中挚友的主要原因。

张教授把我分配到他负责的教学小组里面，我如鱼儿得水，得到大家的尊重与信任，除了认真教好学生"热工自动控制理论""热工自动控制系统"这两门课外，其他的时间就进行科研活动。由于张教授参加工作时间比较长，他的学生都已经分配到国内的各个电力单位、设计院，不少学生走上了领导岗位，这样的社会资源，为我们搞科研工作带来了方便。我的第一个科研项目课题叫"单元机组协调控制系统"，就是张教授帮助谈成并签订的项目。张教授工作积极认真，吃苦耐劳，我们配合默契，相得益彰，一起深入全国各地各基层单位进行调研、立项，再进行科学实验，取得丰硕的科研成果。

在华北电力大学任教期间，我除了授课外，在科研方面也取得了很好的成绩，虽然有我的努力和付出，但更重要的一个因素是张教授的帮助和支持。没有他这个伯乐，也不会有我这匹千里马。我很幸运，我是一匹可以日行千里之良驹，在一路奋蹄奔跑的路上，一直有赏识我的伯乐，让我发挥出真正的实力，在人生赛场上一展雄姿。

张教授的老伴王秀芝老师在学院幼儿园工作，也是创建电力学院的老人。据说，当年学校迁到岳城水库后，学院要求她和同事们在3天内建一所全日托的幼儿园，解决老师们的后顾之忧。她发挥共产党员的先锋模范作用，和同事们一起，克服种种难以想象的困难，如期完成了此项艰巨的任务。王老师与张教授夫妻恩爱，相濡以沫。王老师是那种透着大家闺秀气质的女人，脸上永远挂着亲切的微笑。她平易近人，在院子里遇见她，她那柔和的目光，总是让人感觉温暖和慈祥。幸福的家庭都是相似的，张贻琛教授家庭幸福，事业成功，成为我们的学习典范。

张贻琛教授这一代人的故事，随着岁月的流逝已经成为历史。帮助和支持过我的人还有很多，如刘吉臻、牛玉广、梁伟平、于希宁、王印松、沈华、王永进、王琪媛、解松峻、卢晓英、王喜全等老师。我热切希望他们能够续写今天校园的历史，继往开来，坚守和传承老一辈教育工作者那份厚重和坚韧的华电精神，将华电这所全国重点大学，国家"世界一流学科建设高校"，国家"双一流""211工程"和"985工程优势学科创新平台"重点建设高校，建设成为具有中国特色的世界一流高等学府。

五、美国考察

我是在 20 世纪 80 年代初到美国考察学习的。当时我的科研项目是要设计一套"单元机组协调控制系统"。这个系统国内没有，只能吸收国外先进技术，同时要做这套系统必须要有可靠先进的控制仪表，当时国内的仪表行业产品比较单一和落后，美国的控制仪表在世界先进行列，我国引进了美国设计生产的仪表系统，被用在山东石横发电厂和安徽平圩发电厂。我们想到美国看看，了解他们是如何实现对电厂的自动化控制的，学习他们先进的技术，找出我们的差距。

我和山西电力局的领导及技术人员组成的考察团，到美国波士顿一家生产仪表的公司进行考察。到了美国，一切都是新鲜的，城市繁华，干净卫生，现代化的建筑高耸入云，确实有很多值得我们学习及努力追赶的地方。我们要考察的是福克斯波罗公司，坐落在波士顿附近的一个小镇，叫福克斯波罗镇。我们坐飞机到了纽约，再坐汽车到波士顿，再到福克斯波罗公司，他们的技术人员给我们介绍这套仪表的优缺点和使用方法，介绍他们用这套仪表设计的发电厂机组自动控制系统的情况。在学习过程中，我们了解到他们的仪表制造业、电厂控制设备水平，比我们同类产品先进很多，我们国内当年生产的仪表，属于DDZ-Ⅱ型的，可靠性差，体积大，功能少，跟他们生产的斯佩克200（SPEC-200）比较，不在一个水平上。仪表制造技术水平，包括在系统应用方面，我们跟美国确实有很大差距。他们的系统应用于电厂的控制技术取得了很好效果，不仅在美国，这个系统还在很多国家得到应用，有鉴于此，我们认

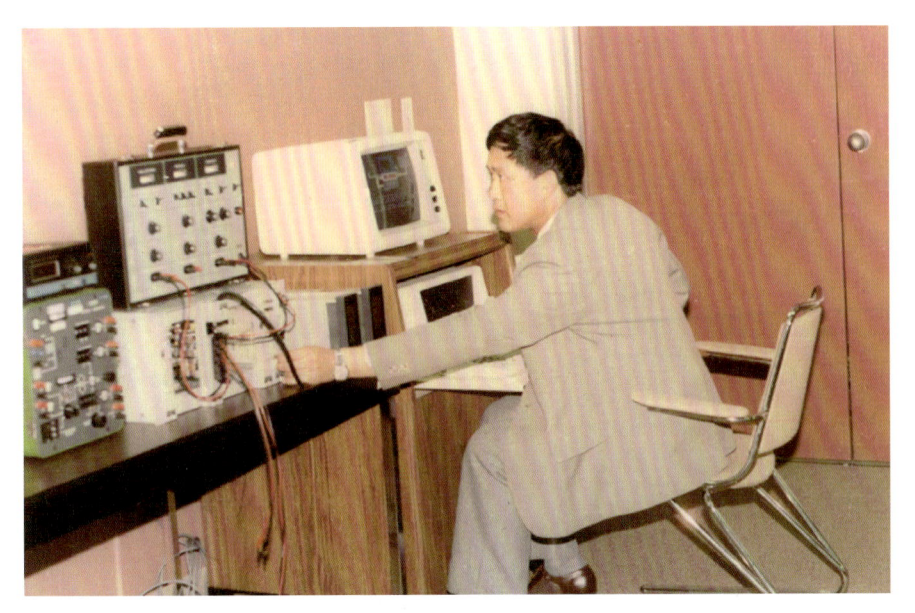

上　1986年在美国考察期间做实验

下　1986年在美国考察

上　李遵基在美国波士顿自动化设备公司考察

下　李遵基在美国福克斯波罗公司进行学术交流

为将这套系统应用于我们的"单元机组协调控制系统"是有保证的。将美国仪表系统应用于国产机组设计,当时属于国内首次。回到国内后我们马不停蹄地进行系统的科研工作,首选在山西省大同发电厂的20万千瓦机组中应用。

我们参观了福克斯波罗公司的工厂,现代化的生产工厂光亮明净,自动化生产流水线让我们目不暇接,车间工人很少,产品经过先进的流水线出来,自动进行调试检测,再进入组装车间的控制台,成品就这样生产出来了。这些现代化的工业技术,给我们触动很大,我们国家的科学技术和工业制造水平跟美国确实存在很大差距,这更加激励我们必须要加倍努力。

除了仪表技术等机组控制系统上的差距,我们需要学习的地方还有很多,比如说交通方面,我们深有感触。福克斯波罗是个很小的小镇,但很多拥有先进技术的工厂就坐落在小镇上,生产出世界一流的控制仪表,销售到世界各地。像北京这样的大城市,远远超过小镇的经济水平,却未能生产出先进控制仪表,我们感到心里很难受。我们一行在美国考察了20多天,虽然收获颇丰,但难受的感觉像块石头时时压在心头,因为我们的工业发展水平比发达国家落后太多。

在福克斯波罗学习的时候,他们的工程师给我们讲课,教室里放着一张桌子一个座位,前面有黑板,但基本不用,授课是用投影仪进行的,教材内容都被投影在银幕上,看着很清晰,也节约了大量时间。而我们还是老方式,阶梯教室、粉笔、大黑板,老师边讲边用粉笔写着,同学们做着笔记。所以,授课使用投影仪,确实能让教学质量提高很多。在美国上课用投影仪让我浮想联翩。现代化强国不是凭空而来，一定是和教育紧密连在一起的，一流国家需要一流教育，一流教育成就一流国家，这是事实，也是客观规律。

百年大计，教育为本。教育关系到国家的兴亡沉浮，教育是国家发展的动力源泉。"教育兴则国家兴，教育强则国家强"，这是习近平总书记高瞻远瞩为我国教育事业做出的科学论断，也是新时代教育发展的重大使命。改革开放40多年来，我国已经迅速崛起，成为世界第二大经济体，具有世界上规模最庞大的教育系统，教育规模位居世界首位，工程教育规模居世界第一，整体实力已经进入世界第一方阵，高等教育走向大众化，北京大学、清华大学等跻身世界高校百强，这是划时代的丰功伟绩。如今，国内的学校麦克风、投影仪这些教学设施早已经普及，网络视频教育可以让偏僻的乡村学校和最发达的大城市教育资源共享，看到我国教育事业蒸蒸日上，作为一名老教育工作者，我备感欣慰。

在美国考察期间，给我留下深刻印象的还有交通和通信，其发达水平远远超过我们国家。20世纪80年代中期，美国的高速公路已经四通八达，我们坐汽车从纽约到波士顿，再到福克斯波罗，都是在高速公路上跑的。汽车飞驰的速度搞得我很紧张，当时国内还没有高速公路，感觉时速120公里像是要飞起来一样，坐了几回渐渐适应，感觉非常爽，旅途过程很舒适，中间没有停站，一两个小时就能到达目的地。关键是能节省时间，对我们这些从小就牢记"一寸光阴一寸金，寸金难买寸光阴"祖训的人来说，还有什么比时间更宝贵呢？我们很羡慕，国内什么时候能够达到这样的交通水平呢？我们住的旅馆旁边是波士顿的高速公路，高速公路两侧都用钢架拦着，不能进去，里面是奔驰的汽车，我们经常站在高速公路的外面，看着一辆一辆汽车飞驰而过，梦想着在自己的祖国也能开着汽车奔驰在高速公路上。截至 2019 年底，全国铁路营业里程 13.9 万公里，其中高铁超过 3.5 万公里，位居世界第一；公路里程 501.3 万公里，其中高速公路 15 万公里，跃居世界第一，我们正在从交通大国向交通强国迈进。

在美国的学习考察要结束了，回国需要购买汽车票、飞机票，如果在国内要到机场或者机票销售点买票，花很长时间办理。我们在美国也觉得买票的事很麻烦，可还没等我们开口，对方的工作人员已经给我们订好了所有返程票，从波士顿飞到洛杉矶，再飞北京，每一程的飞机票全部买好了，令人难以置信。我们为东道主的热情所感动，可又很纳闷，他们是怎么买的票呢？没看见他们派人开车到机场去买票啊。看到我们惊讶的样子，工作人员很自豪地说，买票是不需要跑到机场买的，在网络上就可以买。他用英文颇为自豪地说："我们美国为什么这么先进发达，就是因为我们的效率高，用高科技来减少很多不必要的中间环节……"我们无比惊讶，面面相觑，我第一次感受到互联网的神奇，我们一行不约而同地说，什么时候我们国家也能这么发达、这么便捷、这么高效呢？没想到的是，如今我们已经成为互联网技术应用最为广泛的国家，几乎人人拥有智能手机，足不出户就可以在手机上满足日常生活的需求，并且 5G 技术已经处于全球领先位置。在这方面真是厉害了，我的祖国！

在美国的时候，还有一个强烈感受，就是他们的生态环境好。我们住的小镇景色十分优美，旅馆周围有茂盛的花草和树木，放眼望去，令人心旷神怡，购物也很方便，还有餐厅、咖啡馆等。在我的记忆里，小镇就是农村一个居民聚集点，是比较落后的地方，没想到在美国城乡差别那么小，在小镇生活的人，和在大城市生活的人几乎没有区别，和美国人交谈，他们也没有这方面的概念。而我们那个年代，一眼就能看出农民与城市人的差别。随着时代发展，社会进步，相信这种差别将会越来越小。如今，我们国家通过精准扶贫工作，已使农村贫困人口全部脱贫，创造了中华民族扶贫史上的奇迹，亿万农民过上了小康生活，农村不再是贫穷的代名词，在实施乡村振兴战略的过程中，按照产业兴旺、生态宜居、乡风文明、治理有效、生活富裕的总要求，社会主义新农村将呈现出农业强、农村美、农民富的壮丽画卷，农村将是绿水青山的生态农村，是文明、和谐、富庶、留住乡愁的美丽乡村。

回国后，我们把在美国采购的仪表用于大同20万千瓦机组的技术改造项目，实现了单元技术协调控制要求，经过半年多的运行，效果很好。原来需要6名运行人员，使用这套系统后，只需要3名了，节省了人工成本，且安全可靠，提高了设备效率。为此，山西电力局组织省级鉴定会，鉴定结果认为，这项技术是国内首创，达到世界先进水平，可以在全国各大发电厂推广。之后，我们把30万、60万、100万千瓦机组也进行了技术改造，同样取得了成功。这套系统成功推广后，我对这项科研项目进行了整理和详细说明，在此基础上编写了教材，取名为《单元机组协调控制和全程控制》。这本书的内容成为大四学生的选修课程，当年选修这些课程的学生在毕业后，把技术应用于新机组的改造设计中，带来了非常好的经济效益。

到美国考察距今已有30多年了，从过去羡慕别人到今天平视他们，最主要的是靠科学的力量，技术的力量。当年邓小平同志在全国科学大会上提出的"科学技术是第一生产力"的著名论断，振聋发聩，指明科技进步和科技创新是强国之本，是国家兴旺发达的不竭动力。美国福克斯波罗公司在"单元组装仪表技术"发展的同时，推出了计算机分散控制系统，"单元机组协调控制、全程控制"这些技术仍处于世界领先水平，旗下的产品享有市场知名度。福克斯波罗公司在上海设立了分公司，我们通过与该公司的合作，引进消化吸收了国外先进技术，促进了我国机组控制水平的发展，我们为之骄傲的是，现在我们已经赶上了世界先进技术水平。

六、授课风格

把讲台当舞台，把学生当观众，自己既当导演又当演员，用优美的语言、恰当的手势、适度的情感把知识演绎为精彩的故事，传导给学生，这样的课堂，学生乐此不疲。

我在华北电力大学的课堂授课阶梯教室，特别是在做讲座的时候，听讲的学生常有二三百人，如果我讲的课没有吸引力，学生是不会把我的课程作为选修课的。我的课程每次都是满堂，甚至阶梯教室后面都站满了听课学生。能够吸引这么多学生选修我的课程，证明学生很愿意来听我的课，究其原因，这跟我的授课风格有很大关系。我的授课风格，主要体现在以下几个方面。

其一，受钟士模教授的讲课特点的影响。钟教授讲课亲切自然，朴实无华，让学生在静静思考、默默首肯中获得知识；他情真意切，犹如春雨渗入心田，润物细无声；他的课讲得深入浅出，条理清楚,和学生共同营造出一种渴求知识、探索真理的学习氛围;他与学生在愉悦的情感交流中把抽象的专业知识传授给学生,把枯燥的课程变得生动有趣。在我走上讲台后,我回想起曾教过我的老师讲课的情形,感觉钟教授的课讲得最为精彩,是我学习的榜样。我总结了钟教授的讲课特点,并有意用于自己的教学中,果然收到很好的效果。我认为,一个受学生欢迎的老师,一定是一个有学问的、充满智慧的老师;而受学生欢迎的课堂,一定是生动有趣、能让学生产生共鸣的课堂。这不是简单的互动,也不是呆板的教学相长,教师应该像童年我家里那盏煤油灯,为求知的学生带来光明和温暖。

其二,以故事形式传授知识。老师要顺利完成"传道、授业、解惑"的任务,必须要有精深的专业知识及实际操作经验,否则学生只能浮光掠影,一知半解,还会造成学生对老师的不信任。由于我在水电站工地工作的时候,做了大量的工作笔记,把遇到的难题和解决方法都详细记录下来了,没想到工作笔记成了我讲专业课时的宝贵资料。当我把笔记内容演变为一个个生动故事在课堂讲授时,立刻引起学生们的极大兴趣,他们聚精会神地听着,犹如观看一场精彩电影,印象非常深刻。我们知道,不爱学习的学生哪儿都有,不爱听故事的学生一个也找不到。当他们在未来的工作岗位上遇到相似的问题时,想起他们看过的"电影",问题就会迎刃而解。成功的课堂授课,不在于讲课内容的多少,而在于学生掌握的程度。只有在课堂上调动起学生的学习热情,才能让学生在短短的45分钟内收获颇丰。

比如在讲锅炉引风系统的故障排除时,我结合了某电厂30万机组的故障案例。有一次炉膛的负压慢慢减小，最后变成了一个接近于正压的情况，这时候是非常危险的，随时有可能引起锅炉爆炸。出现这样的情况，应该尽快找到故障点，处理好这套系统，让它实现自动控制，并保持炉膛负压在规定的范围内。如果是第一次遇到这种情况，操作人员一定很着急，不知道该从哪里找原因。因为我在现场经历过这样的故障，很快就想到了原因，因为负压变到接近正压的情况下，一定是因为引风量减小了，该排出去的烟气排不出去了，所以才会造成这种情况。当年我在现场遇到这种故障时，马上跟工人师傅们商量对策，立即到锅炉引风机的出口挡板处，检查挡板是否脱落。果然不出我所料，两块短板的螺丝松了，还没有完全脱落，但是短板的开度减小了，不受控制，所以负压才会慢慢减小了。我们立即用螺丝刀把短板螺丝拧紧，只用了10分钟左右就把故障排除了，锅炉的负压马上正常了。一把螺丝刀就能处理一个危险故障，当我把这个案例讲完后，教室响起热烈的掌声。学生们纷纷向我投来敬佩的目光。类似于这种案例在课堂上讲给学生听，既传授了知识，又饶有兴趣，使学生们身临其境，自然会听得非常专心。因为结合实际案例，特别是我亲身经历的案例来讲课，能取得事半功倍效果，每次讲相关的专业课，我在适当之处，都会介绍我工作中遇到的案例，给学生讲清是什么问题，如何处理，值得注意的经验和方法是什么，这都是学生们最为关注的焦点。

还有一次，我讲到了4.6立方米挖掘机出现故障的案例。挖掘机挖土时本来是要把土挪到另外一个地方再卸掉，突然操作失灵了，挖掘机提不起来了。当时几个年轻技术员看了以后，以为提升部分的电机出了毛病，检查电机线路，发现电机没有故障，那是什么原因呢？我把问题提出来让学生们回答。学生们思路活跃，各式各样的回答都有，大都想得很复杂，甚至天花乱坠。实际上我在现场处理这个故障时，就分析到电机是没有故障的，提不上去的原因，是因为电机提升的力矩不够，就是说电机无力。那怎么办呢？我马上检查电机的励磁线是否松动，检查励磁输出的线路，原来是有一根线在螺丝控制盘上松了，几乎要掉下来，而且还不断冒着火花，我赶紧把螺丝拧紧，电机正常了，4.6立方米的挖掘机又生龙活虎地工作了。我这么一讲，学生们都很兴奋，明白是把问题想复杂了，其实就是一颗螺丝松动而引起的故障，一把螺丝刀对准具体松动的螺丝拧一下，就解决生产中的大问题了。为什么能想到是螺丝松动，没有想到其他地方，比如电机坏了呢？首先是对设备熟悉，其次是对设备原理清楚，最后还要清楚设备的线路结构。只有胸有成竹，才能判断准确。

  我讲述这些案例时声情并茂，学生们听得津津有味，我的课不仅让他们学到了知识，还懂得了理论必须要和实践结合，深入现场，向工人师傅学习。只有这样，才能把知识掌握得更加牢固。

  其三，把典故融入专业课中。我是学理工出身的，但我爱好文学，讲课的时候常常引用典故穿插于讲述之中，侃侃而谈，娓娓道来。比如讲机组协调控制的关系，许多学生对协调控制关系不理解，我引用湖南花鼓戏《刘海砍樵》中刘海和仙女为了共同目标走向新生活的故事，比喻协调控制中的锅炉和汽轮机的关系，两者之间为了发电这样一个共同目标，在参数、实践中互相协调、配合，共同完成发电的目的，要保证机组安全，这样的系统就叫

上　1981年李遵基（二排左七）在焦作电厂与培训学员合影

下　1982年李遵基（左二）在北京电力建设公司与培训学员合影

1985年在江苏望亭发电厂

"单元机组协调控制系统"。根据课堂要求引入恰当的故事,加深了学生对课程内容的了解,也提高了他们的文学欣赏水平。对待每节课,我都是用心良苦的。一个生动形象的比喻,犹如画龙点睛,给学生开启智慧之门;一种恰如其分的幽默,引来学生的会心微笑,留下无穷的回味;偶尔引用哲人的警句、名人的箴言,给学生以思考和警醒。同学们反映上我的课,心情舒畅、没有压力,却又能学有所得。在轻松、愉快和笑声中获得专业知识和人生的启迪,他们当然愿意来了。

我的授课风格是经过长期实践形成的,是持之以恒、不断探索、反复锤炼的结果,也是我教师生涯孜孜不倦追求的最高境界。我认为,不管用哪种方式给学生授课,不管面对什么样的学生,只要努力履行教师的职责,就能体会到对教育的沉醉带来的幸福感。

七、校外教育培训

当历史的车轮驶入 20 世纪 80 年代,中国进入新的历史发展时期,经济建设成为国家坚定不移的中心工作,社会经济改革和对外开放成为基本国策。80 年代,始于一个并不富裕的基础。1980 年全国每人平均消费粮食 428 斤,全国平均每人用于购买穿着的零售额为 42 元,1980 年底城镇每人居住面积为 3.9 平方米,农村平均每人有房 11.6 平方米。改革开放,打开了中国人民通向美好未来的康庄大道。为了实现"四个现代化"目标,必须大规模培养各类高级专业人才,同时也要提高在职人员的知识技能和文化水平。经历"文革",教育事业一片凋零、百废待兴,远远不能满足新时期更快更多更好地培养人才的要求，1977年、1978年高考招生后，社会上还有很多"文革"期间毕业的初高中生，这些年轻人有强烈的求知欲，非常渴望有学习机会，以获取更多知识投身"四化"建设。国家为了解决社会青年的求学需求，于1979年开办了中央广播电视大学，用电视媒体进行授课。

广播电视大学招生包括学历教育和非学历教育两部分。学历教育对毕业生颁发大专文凭，由国家统一组织招生考试。当年保定市报考人数很多，录取比例也大。时代赋予保定这座城市新的文化特色，为实现"四化"宏伟目标，各行各业的人们争分夺秒地学习，年轻人的大部分业余时间都用在了学习上，如果相约，不是正在学习就是在去学习的路上，各种方式的学习，各门学科的学习，汇聚成一股强劲的热流，席卷了整座城市，为保定这座文化古城增添了亮丽风采。保定电大的学生中，每天有许多人下班后来不及换下沾满油迹的工作服，就赶着坐在电视机前学习。夜大、职大的学生中，多少人来不及吃晚饭，空着肚子匆匆赶到夜读班上课。当知识的浪潮在中华大地上奔腾咆哮时，无数青年自觉自费学习各类知识与技能的积极性空前高涨，广播电视大学就是在这种热潮中应运而生，让追求知识的青年人重新走进课堂，实现了接受高等教育的求学梦。

保定电视大学的招生工作如火如荼，但师资力量薄弱，名校毕业的老师更是凤毛麟角。电大的领导了解到我讲的"自动控制理论"与电大是相同的课程，并且知道我带的学生考试成绩优异，于是亲自登门拜访，邀请我到电大讲课。说实话，开始的时候我是婉拒的，因为我有顾虑。当年除了工资之外，如果有其他劳动收入，会被视为"走资本主义道路,走个人发家致富道路"。和为人师表的老师身份极不相符,一定会面临很多风言风语,作为一名党员教师,我不能做有损身份的事情。没过多久,好像三顾茅庐一样,电视大学的学生们一波又一波到我家恳请我去学校讲课,态度热切诚恳。我可以婉拒领导,但我不能扼杀学生的求知欲望。望着一双双渴望知识的眼睛,我的思想动摇了。刚好在深圳的一位同学给我来信,说深圳是改革开放的前沿,思想解放的步子迈得很大,只要是对国家建设和教育事业有利的事情,就应该大胆去做,像老师兼职讲课这种事再正常不过了。他鼓励我把自己所拥有的专业知识传授给电大学生,说这是在为社会发光发热,在为"四化"建设做贡献。同学的一番话,如醍醐灌顶,让我茅塞顿开。我抱着试试看的想法,答应电大在周末的时间去讲课。

在电大授课,我面对的是高考落选、在职干部工人的成人学生,是要点燃他们渴望知识的火花。我身上有个鲜明特点,就是认真,无论在任何场合授课,我都不敢有丝毫的懈怠,认真备好课,才敢上讲台。我毫无保留地把自己的专业知识传授给电大学生,通过我在课堂上的精辟讲授,每一章节犹如在学生眼里打开的窗户,让他们看到色彩斑斓的世界……

电视大学讲课条件简陋,一台老式的电视机,屏幕小,图像不清晰,宽敞的教室就这么一台小电视机,信号很差,经常出故障,有时候满屏幕雪花,上课效果差。尽管这样,也丝毫没有影响学生们刻苦学习的热情。我的课程在学生中反响很好,电大领导也觉得如获至宝,一直鼓励我坚持授课。但保定毕竟不是深圳,我走上电大讲台后,就掉进了舆论旋涡,说什么的都有,用现在的话说就是"羡慕嫉妒恨",在别人的眼光中,我感觉到了前所未有的压力。

除了在电大讲课有收入,我们对电厂开展的技术培训也是有讲课收入的。华北电力大学是电力系统专业领域的最高学府,当时国内有不少电厂在新设备投入之前,需要对工人和技术人员进行培训,他们联系到学校,因为我是教研室主任,学校让我负责相关的工作。接到任务后,我很快组织人员编写教材并印刷好,在暑假寒假期间去电厂给他们进行技术培训。这些培训,电厂是付给我们参与人员报酬的,但同样遭到了非议。比如山西那家从国外引进50万千瓦机组的电厂,他们请我们去讲课,要是不去,设备就无法运转。那时候,在国内这是全新的设备控制系统,电厂技术人员在这方面的知识是空白的。我在教研室组织老师尽快把设备的说明书翻译出来,编写成中文教材。任务紧,人手不够,我考虑有一些活可以让学生们去完成。我儿子李东就读于华北电力大学,他和班长找了几个同学商量,觉得可以把这件事当成是同学们的勤工俭学。于是,学生们行动起来了,利用课余时间印刷教材,装订包装好搬到火车站,再托运到电厂的所在地。学生们把培训的前期工作完成得很出色,减轻了我们的工作量,也获得了相应报酬,而电厂也因为有我们提供的专业培训,确保了设备的正常运转。我们受到了各个省电力局和各大电厂的好评,赢得了口碑。

当时国家电力发展进入了新的历史时期,各大电厂都希望跟我们建立长期的合作关系,不仅是在新技术方面的培训,还希望把他们的技术人员送进学校学习自动控制专业,在本科基础上,学习研究生课程，进行有关课题的研究。学校经过研究，决定针对这部分人设立在职研究生班。于是，电力系统各个部门技术人员利用暑假和寒假来到学校就读在职研究生，我们为各个电厂培养了很多高级专业技术人才。另外，针对一些特殊情况，学校到电厂设立课程，为技术人员授课，布置作业。经过两年学习后，给他们布置毕业论文。为了帮助他们更好地完成毕业论文，学校安排了专业导师进行辅导，一切按学校正规的程序组织硕士论文答辩，论文合格后，经过学校的学术委员会审查批准，授予他们在职工程硕士学位。当年全国比较大的发电厂，如安徽的平圩发电厂，浙江的镇海发电厂，江苏的常州发电厂，内蒙古的元宝山发电厂，哈尔滨的第一、第二、第三发电厂，山西的神兴发电厂，太原第二热电厂，等等，都派人来学习了。这些发电厂因为重视对人才的培养，工程技术人员的水平得到了极大提高。现在总结起来，我觉得针对电力系统的培训工作，是非常及时也是非常有意义的。对于我们来说虽然很累，除了要把教学任务完成好，培养出合格的本科生、研究生，还要组织一部分教师到现场进行培训工作，老师们的工作量很大，但他们明白这项工作的意义，教学水平也在实践当中得到了提高，所以大家无怨无悔。

  这些针对电厂的技术培训，本来是利国利民的好事，现在看来绝对没有任何问题，可在当时却遭到严厉指责。当我深感压力、万分迷茫的时候，学校校长兼书记等一些老领导对我表示了支持。这些老同志原来是从省里调到学校做政治思想教育工作的，他们的年龄稍大一些，对党的教育方针政策理解得很深刻，做事坚持党的原则，公正公平。其中有一位老同志曾对我说："不要在乎别人对你的看法，你只要把学校的本职工作做好，在不影响教学工作的前提下，用你的知识为社会做贡献，这是好事，应该坚持。"

暑假、寒假期间，我在电大授课的时间更充裕了，随着国家改革开放政策的进一步落实，利用业余时间到电大授课的老师也越来越多了。电大不仅仅有自动控制理论专业，还把高等数学等其他科目也加入进来了，这样的教学模式，电大、老师和学生达到三方共赢，电大因为学科多样化吸引了更多社会青年报考，学生享受到一流的师资教育，我们老师也因此获取报酬，增加了收入，提高了生活质量。

回首当年，仍心存感激。2022年，是中国改革开放44周年，也是中国教育波澜壮阔发展的44年，作为光荣的人民教师，我在这个工作岗位上坚守22年。这22年来，我获得了很多荣誉，身为老师，最大的成就莫过于"桃李满天下"，看着自己带过的学生成为国家栋梁之材，毕业后奋战在各自工作岗位上，我教过的知识转化为学生建功立业的本领，我感到莫大的骄傲和自豪。

八、无线电爱好者

我从小就是无线电爱好者，读中学时没有好的条件让我能发挥特长，到了清华大学，在大一和大二我参加了系里组织的无线电课外活动小组，学习组装二极管收音机。那个年代二极管很稀有且价钱昂贵，我就利用矿石单向导电性的原理，组装了一台矿石收音机，它体积只有火柴盒那么大，接上两个耳机，能收听到功率比较强的电台信号，如中央人民广播电台和北京市人民广播电台。把这个"迷你"收音机放在宿舍，躺在床上，戴上耳机，当听到悦耳动听的音乐时，心里是一阵狂喜。第一次在收音机里听到盛中国的小提琴独奏曲《梁祝》，我陶醉了，对"梁祝"故事有了另一种感触，因为我是浙江人，"梁祝"的故事就发生在浙江上虞，听起来有了更亲切的感触。"此曲只应天上有，人间能得几回闻"，音乐拨动了我的心弦，触动了我的灵魂，于是，我与收音机结下了不解之缘。

有时，收音机音质清晰，令人欢喜又激动；有时，收音机音质嘈杂，令人厌烦又无奈。没多久，有了晶体二极管，我就到西四无线电商店买了半导二极管，它的功能是一个单向导电的性能，跟矿石的功能是一样的，体积比矿石的更小，也是用耳机收听，用二极管代替矿石做的收音机，所有性能、收听质量比矿石的好多了。看着自己组装的收音机，我爱不释手。那种超乎想象的收音功能，震荡着我的心海，勾起我强烈的好奇心，激起我无限的热爱。感觉既新鲜又兴奋，既热切又激动。于是，收音机成为我的稀奇之品。

到了读大三时候，半导体行业发展很快，在北京西四有了电子器件市场，可以买到二极管、三极管。于是，在原有基础上又有了质的飞跃，尝试组装半导体收音机。我成功组装的第一台半导体收音机是四个管的，叫四管半导体收音机，用小的喇叭放声音，用一根磁棒绕线圈进行接收，可以收到三到四个台的信号，效果比矿石收音机和二极管收音机好多了。这些收获，让我信心大增，兴趣越来越大，而这些实践经验，对我学的电子学课程很有帮助，加深了对理论知识的掌握。读大四了，在四管晶体管收音机的基础上，我开始组装功率更大的收音机，做了七管的晶体管收音机，天线也是用磁棒的，放大的级别更高，用推挽的线路功率输出，带上喇叭，这样做成的晶体管七管收音机，体积像饭盒那么大，声音质量各方面都远远比四管的升级版好很多，收听的效果好，电台更多，中央台可以收到两个台，北京台可以收到3个台，甚至还可以收到中央有关的音乐台、体育台的信号，非常实用。这个七管收音机成为我快乐的源泉，就像磁石一般，牢牢吸引着我。

我用各种频率收听了多种多样的节目。在夜里，柔和的、动听的、婉转的、亲切的、清晰的声音，在宿舍的空间里飘荡，舒服地传入每个同学的耳朵里。小小收音机，具有无比雄浑的力量，成了同学们的娱乐工具。收音机集大家的万般宠爱，充实了我们的业余生活。在大学的时光里，它像老朋友一样，陪伴我度过了静美的日子，又像一本书，给我解读知识。通过收音机，我们了解了"家事，国事，天下事，事事关心"，让"风声，雨声，读书声，声声入耳"，我的耳朵让我沉浸在窗外的大千世界里，让我的心变成一只百灵鸟，在天地间快乐飞翔。

到了水电局，收音机成了我的生活伴侣。我每天准时收听新闻，聆听那最纯正、最悦耳的普通话；民族音乐、曲艺、外国古典音乐，也是我的最爱。我最期待的是小说广播，梁斌的《红旗谱》、柳青的《创业史》、姚雪垠的《李自成》，一部部经典名著，展现了历史长河中风云变幻的画卷，为我欣赏文学作品打开了一扇窗，在思想上产生强烈共鸣；路遥的《平凡的世界》，让我感受心灵的洗礼，激励我带着梦想上路，在平凡的世界里创造不平凡的业绩；关山的《林海雪原》、刘兰芳的《岳飞传》、王刚的《夜幕下的哈尔滨》等作品，惊心动魄、栩栩如生、活灵活现，代入感极强，使人身临其境。我最喜欢歌唱家王昆和郭兰英的经典歌曲，那是流淌在我心底的旋律，编织着我美好的遐想。有梦的日子会闪光，在那真情流露的岁月里，收音机作为我的挚爱，成为我的良师益友，伴随着我走过美好的青葱时光。

正因为在清华大学期间，众多的无线电实践活动，让我的爱好更加广泛，到了工地以后，给了我展现才华的机会，我才有能力带领团队在最短的时间完成电视信号接收任务。

清楚记得那天晚上全队第一次收看电视的情景。下班后，匆匆吃完晚饭，老人小孩早早把大大小小的木凳摆满了球场，座无虚席，我们把黑白电视机放在用两张桌子拼的桌面上，打开了电视机，图像不是很清晰，偶尔出现很多雪花，当我们第一次在小小的荧屏上看到影像，所有的人兴高采烈，好奇的眼睛盯着电视上的节目，惊奇、激动写在每一个人的脸上，原来，外面的世界是这样精彩。有了电视机，居住在山沟里的人们心中有了期盼，每天晚上下班回家吃完晚饭后，男女老少匆匆来到篮球场，兴致勃勃地挤在电视前，通过荧屏看到奇妙的世界，也看到了祖国建设蒸蒸日上和精彩纷呈的文艺节目，大家喝彩不断、掌声连连。电视机，给我们的生活带来无限乐趣。

20 世纪 80 年代初，国家处于计划经济时代，电视机价格贵且要凭证购买，成为普通百姓可望而不可即的奢侈品。我那时已经到了华北电力大学，担任 77 级热工自动化专业的班主任，由于我有组装收音机和电视转播信号设备的经验，想让我的学生们进行无线电的实践活动，便想组装一台电视机。我在班里公布这个消息，得到了班里无线电爱好者的热烈反响，我让班长成立一个组装电视机团队，其中有一位同学叫王永进，酷爱无线电，能力非常强，像半导体收音机他自己就能够安装、调试。我把他作为团队的业务骨干。首先，购买一本《无线电》杂志，根据杂志上介绍的电视机线路结构，先画线路图，再焊接线路板，我自己出钱买了晶体管、电阻、电容、互感器、变压器，买了一个9寸的显像管，先给我们家装一台电视机，大家七手八脚，很快就组装了第一代黑白9寸晶体管电视机。这次活动，我主要是让学生们完成的，77级的学生，是经历"文化大革命"后恢复高考招收的第一批学生，年龄比较大，有高中毕业上山下乡的知青，也有当过工农兵的，他们学习自觉，个人能力强。这次组装电视机，是学生们一次很好的实践活动，王永进起了关键作用。

学生们把组装好的电视机放在我家的客厅里，进行调试。那时候，很多同学家里都没有电视机，所以大家也都是充满好奇心的。我们开始调试，一阵雪花过后，模糊的图像出现了，声音也有了，慢慢地把天线调整到合适位置，清晰的画面出现了，大家掀起一阵欢呼声。尽管经常出现满屏雪花和滚动图像，但大家的情绪还是十分高涨。学生、邻居、同事，挤满了我的家，前面的坐矮凳子，中间的坐高凳子，后面的站着，大家都兴致勃勃地观看着。有的时候信号不好，需要有一个人把那个拉杆天线一会儿转到这个方向，一会儿转到那个方向，最后转到一个信号比较强的、接收质量比较好的方向，大家说好好好，停停停，马上又进入节目中，由于线路都是自己焊接的，有接触不良的地方，突然间又出现没有图像的状态，这种情况马上在电视机的外壳上"啪啪"地拍两下，哈，图像幸好又有了，就这样拍拍停停转转天线，一直坚持到把整个节目都看完后，带着满意的心情离开。那时儿子李东还小，爱看电视，有的时候，我们家人在客厅看的时候，他就站在电视机旁边，转动天线，转到清晰的画面，出现雪花，他模仿大人，爬到柜子上，用小手拍拍电视机的外壳，轻车熟路地解决了。

那台由我的学生亲手组装的黑白电视机，早已不再使用了，但它曾经带给我家和左邻右舍的欢乐，却永远留在我的记忆中。"70后"以下的人都有黑白电视机情结，那是我们一个时代的集体记忆。我们最难忘的是在1981年11月16日，全国人民在一块小小的黑白电视机屏幕前，见证中国女排第一次获得世界冠军的历史性时刻。

那是在日本大阪举行的第三届世界杯女子排球比赛，中国女子排球队同日本女子排球队争夺冠军比赛的实况，一位老师把家里的14寸黑白电视机搬到阶梯教室，教室早早被师生们挤得水泄不通，比赛一开始双方争夺就进入白热化，每看到张蓉芳把球稳稳地传给郎平，郎平一个跳跃狠狠地扣球成功，教室里便爆发出雷鸣般的掌声和欢呼声；当中国队扑球失误，大家集体一声长叹，最要命的是比赛关键时刻，电视机信号出现问题，全是雪花，大家心情焦灼却又只能静静地等待着信号恢复，一旦有了图像，大家又欢呼雀跃起来，跟着比赛呐喊。中国女排先以15：8和15：7拿下两局，但在第三局和第四局被主场作战的日本女排逆转扳平。决胜的第五局，日本队以15：14率先拿到赛点，所有人的心都提到了嗓子眼，屏住呼吸。中国女排姑娘们越战越勇，最终以17：15的比分，创造了历史。我最有印象的是解说员宋世雄的声音："17：15！中国队胜利啦！"队员们都抱到了一起！中国队以3：2的比分战胜了日本队，以7战7胜的优异成绩，夺得了本届世界杯比赛的冠军！

此时此刻，我们整座校园都沸腾了，师生无比兴奋地互相拥抱着、欢呼着！强烈的爱国主义情感在这一刻爆发出春雷般的声音，轰隆隆地滚过中国大地，无数中国人在收音机和黑白电视机前听到宋世雄激动人心的解说，流下兴奋和自豪的泪水。这也是中国篮球、排球、足球三大球在国际比赛中取得的第一个世界冠军。中国女排随后连续在1982年女排世锦赛、1984年奥运会、1985年世界杯、1986年世锦赛上夺得冠军，成为世界上第一支五连冠的球队。此时，中国的国门刚刚打开，整个国家正在凝聚力量，即将开启一个崭新的时代。女排姑娘们所表现出来的不畏强敌、顽强拼搏、永不言弃的精神，极大地鼓舞了国人，全国各行各业掀起了学习女排拼搏精神，为国争光的热潮。"女排精神"也从此成为中华民族精神的一面旗帜，成为奋勇拼搏、迎难而上的时代精神的象征。

记得那是1984年的大年三十，除夕夜晚看春节联欢晚会的情景历历在目。大家早早吃完了团圆饭，伴随着鞭炮声声，小桌上摆满花生、瓜子、糖果。邻居、同事来到我们家，嗑着瓜子，吃着糖果花生，喝着茶水，看着春晚，最高兴的是孩子们，笑着闹着，喜悦洋溢在每个人的脸上。香港歌星张明敏一曲《我的中国心》打动了每一位中国人，"洋装虽然穿在身，我心依然是中国心……长江长城，黄山黄河，在我心中重千斤……流在心里的血，澎湃着中华的声音。就算生在他乡，也改变不了我的中国心"。这首歌一夜之间唱响大街小巷，激发起全国观众的爱国热情；相声大师马季的单口相声《宇宙牌香烟》成了人们茶余饭后津津乐道的"口头禅"；朱时茂、陈佩斯的小品《吃面条》则让观众忍俊不禁；李谷一的一首《难忘今宵》成了经典一直延续至今。从那以后，央视的春节联欢晚会成了国人欢度春节的一个重要形式，成了老百姓除夕夜的视觉大餐。

值得我们共同回忆的事件太多，1984年中央电视台播出的香港电视连续剧《霍元甲》，曾经轰动一时。爱国的主题内容、曲折的故事情节、博大精深的中国功夫，吸引了亿万观众。一到晚上，大人小孩早早安静地坐在电视机前，《霍元甲》主题曲一响，全场跟着哼，"昏睡百年，国人渐已醒……"当时那真是万人空巷，走在大街小巷，到处都是哼着港台腔的"开口叫吧，高声叫吧，这里是全国皆兵"，全国各地掀起一股强劲的爱国风，人们在议论《霍元甲》剧情，孩子们在模仿霍元甲武打动作的一招一式。通过黑白电视机，我们还收看了《西游记》《红楼梦》《济公》……如今回想起来，依然有着满满的回忆。

就这样，一台小小的黑白电视机，开启了我们的快乐时光，《电视节目报》成为每个家庭必订的报纸，期待一个个好剧播出。每当夜幕降临，大家带着期盼和喜悦沉浸在黑白电视机里演绎的精彩节目中，直到屏幕上显出"谢谢观赏"几个字之后，再一次被一片雪花点覆盖，才互道晚安。

那时候人与人之间显得十分融洽，非常亲近，黑白电视见证了邻里之间、师生之间、同事之间的快乐和友情。后来，各家都买了电视机，晚上各人坐在自己家里看电视，再到后来，各家各户都在自己的套房里，邻居之间的交往更少了，人与人之间的情感也越来越淡薄。回想起20世纪80年代那段时光，怎能不令我怀念？如今，黑白电视早已退出我们的生活，电视机在不断地更新换代，各电视台推出的节目也是丰富多彩，然而，大家围在一起看电视的快乐却一去不复返了。我怀念那逝去的岁月，不是它有多么美好，而是觉得永远不可复制而倍感珍贵。人们现在的生活水平早已发生了翻天覆地的变化，在享受着各种高科技产品带来的愉悦和震撼，进入全面数字化电视时代后，我们看到了更加优质的节目画面，领略到"昨天节目今天也能看"的方便快捷。新媒体的快速发展，将人们带入自媒体时代，人们有了更多娱乐消遣方式。智能手机全面普及，男女老少无一例外成了"低头族"，人与人之间日益缺乏直接交流。

有时我会想不明白，为什么物质生活不那么丰富时，人与人之间的情感是那么浓厚，我为人人、人人为我，互相关心、互相帮助，真是远亲不如近邻，邻里之间就和家人一样；为什么物质生活越来越丰富后，人还是那些人，可相互之间的情感却越来越淡薄，即使偶尔走动，也远没有过去那么融洽，却多了一层似有似无的隔阂。我怀念家里第一次拥有黑白电视机时的激动，怀念几家人挤在狭小低矮的房子里，其乐融融地看电视的温馨画面，怀念那些现在难以看到、每每想起来仍能激发爱国情怀的优秀剧目。

九、科技改变生活

从最初的黑白电视到彩电再到液晶高清电视，从"奢侈品"到"生活必需品"再到普通的"家用电器"，电视机技术也经历了从显像管到平板再到数字高清、超高清再到3D、4K的技术变革，电视机的屏幕越来越大，体积越来越薄，功能也越来越多。小小的电视机成为历史的见证，折射了时代的记忆。我们一边感叹时代发展、科技进步之快，一边切身体会到改革开放以来祖国日新月异的变化，带给我们日益丰富的物质和精神生活。一切来得如此之迅猛，让我们不得不慨叹，科技改变生活，改变人生，改变世界。

从一群人围着一台黑白电视机到现在几乎人手一部手机，看电视的人越来越少，人们通过抖音、快手等自媒体可以及时看到世界每个角落发生的事情。5G互联网的普及，为我们随时随地获取信息、发布信息提供了便捷条件，人越来越离不开手机了。现在尽管电视正受到新媒体的挑战，但电视机仍是我获取外界信息的第一选择，每天晚上7点准时收看中央电视台的《新闻联播》，成为我一生中始终保持不变的生活习惯。

20世纪六七十年代美好生活的象征是"楼上楼下，电灯电话"，这是我国人民对社会主义、共产主义美好生活的憧憬。80年代后期，我家渐渐购置了冰箱、空调、洗衣机，后来也买了小汽车。从我家生活条件的不断改善，可以看到我国坚定不移地走中国特色社会主义道路所取得的辉煌成就，到如今，14亿中国人意气风发地迈入小康社会，正向着更高的目标奋进。

当年工地上只有一部手摇座机电话，对外联系全部靠它。70年代普通家庭装电话仍是梦中的神话。

改革开放以来，我国的通信事业有了超常发展。进入90年代，我家装上了电话，实现了过去不敢想的梦想。在1993年，BP机（寻呼机）应运而生，给人们的通信联络带来了方便。BP机，相互联系，一呼号码，收到的人，就能通过公用电话亭的电话及时回复联系。为此，人们都纷纷争相购买使用。我也买了一台，给我的生活工作带来极大方便。一时间,很多人的腰里都挂上了一个,走到街上,不时会听到BP机的鸣叫声。在当时,使用BP机是一种荣耀。因为它接收信息时,会发出"嘀嘀嘀"的声音。这个声音,在机主听来是一首悦耳的音乐,也会吸引别人羡慕的目光,由于品牌不一样,价格相差也比较悬殊,特别是国外的知名品牌,更带有"王者"的威风。于是,将BP机"别"在腰间,成为一种"高调"的时尚,甚至是炫富的标配。那时,如果腰间不别个BP机,确实有直不起腰的感觉。后来随着手机的流行,在经过五六年的兴盛发展后,BP机犹如昙花一现,很快就结束了它的历史使命。

"大哥大"是最早对手提电话的俗称,"大哥大"也叫第一代移动手提电话。随着2G手机、3G手机的面世,"大哥大"就成为历史的代名词。开始面世的"大哥大"又大又笨重,像块砖头,价格也很昂贵,都在1万元以上,令一般的人望而却步。"腰挂BP机,手提大哥大"成为有钱人的象征,你说他嘚瑟也好,威风也罢,手拿大哥大的人,走起路来普遍有一种晃膀子的习惯。

走科技强国之路,我国自主研发了许多通信产品,拥有了自主知识产权的手机系统,从"中兴"到"华为""小米",国产手机品牌逐步主导市场,从2G、3G、4G到今天进入5G时代,国家的综合国力由弱到强,跃居世界第二,并向世界第一顽强挺进,不管有多少杂音,不管有多少阻碍,中国人民追求中华民族伟大复兴的脚步不会停顿下来,就像毛泽东主席的两句诗:"不管风吹浪打,胜似闲庭信步。"5G技术是近百年来中国人首次在科学技术上实现对西方国家的领先,所以美国才会不遗余力地打压带头突破5G技术的华为。面对美国的无理打压,我们明白了一件事,对外只讲团

上　1988年在杭州西湖湖滨

下　1990年在北京参加研讨会

1995 年摄于台湾日月潭

结协作，讲国际分工是远远不够的，因为人家讲的是丛林法则，说一千道一万，还是实力最重要。这让我们抛弃了以往科技无国界的幻想，反而倒逼我们，万事不求人，我们自己研发，走独立自主、自力更生、奋发图强的科技强国之路，相信中国在未来越来越多的科技领域，一定能独树一帜，独领风骚！

如今已进入了全民手机时代，就连街边卖水果的、卖烧饼的小摊贩都使用手机扫码支付了。我在智能手机上可以点击购物，包括购买各种美食外卖，订购飞机票、汽车票、火车票等；到一个陌生的地方，不必带着地图研究路线，只需要打开手机导航，设定目的地，就不用担心会迷路了，甚至哪个路段拥堵都可以提前预知；现在拿着手机跟孙辈们、远方同学一起微信视频聊天，好像对方就在对面，拉近了彼此的距离。手机给我们的生活带来高品质的体验，是我们当年做梦都不敢想的，这一切都归于我们党和国家正确的治国之道和全国人民的努力奋斗。回忆当年妈妈讲述的躲避日本侵略者进村扫荡的经历，看看今天祖国的繁荣昌盛，我真的很庆幸自己生活在盛世中国。

科技进步还体现在教学方式的改变上。20世纪80年代初，我在华北电力大学讲课，用的是黑板粉笔。我是在阶梯教室讲大课，大课就是有4个班的学生集中在一个阶梯教室听我讲课，我用粉笔在黑板上写字，我的嗓门比较大，学生们都称我是"大功率"，如果我声音小，坐在后面的学生就听不清楚。即使我的嗓门大，也要费很大的劲来喊，连续两节课90分钟喊下来，我的嗓子发哑，喉咙难受，慢性咽喉炎就成了我们老师的职业病。有时候为了舒缓一下嗓子，在恰当的时间，让学生回答一些问题，自己稍微休息一会儿再接着讲课。作为一个老师，最想把自己拥有的知识毫无保留地传授给学生，在讲课时，不会顾及自己任何的不适，嗓子出现沙哑甚至发炎水肿，用药来缓解，也不会轻易请假。我更不会因为自己的问题而耽误学生的学习，这是我一直奉行的师德。

而现在老师讲课也享受了科技进步带来的红利，教室有了麦克风、扩音器、投影仪，老师甚至可以通过视频进行线上教学了，比如在新冠疫情期间，我的大孙女李怡萱仍然可以在线上上课，并没有耽误学习。在这样的非常时期，保证学生和教师健康安全，这就是科技改变教育的力量。

我是一个当了几十年老师的教育工作者，无时无刻不在关注着科学进步给教育带来的变革。现在网络发达，让学习的途径变得更为简单。想学习，可以随时随地在网络上搜索自己需要的知识。可以选择免费的，也可以选择付费的教程。学习不再受时间、地点的限制。即使没有电脑，手机也能做到。只要连上网络，各种各样的学习资源都有。如果我想看一本书，不想用眼睛看，还可以选择听。这是一个知识爆炸的年代，这又是一个传播内容丰富、传播形式多样、传播手段发达的年代，只要想学习，就可以随时随地学，不需要坐在某个教室里现场听老师的教学。科技改变教育，让学习的途径更加便捷了。很多山区学校引进了远程课堂，由一些教育资源丰富的学校对接师资力量薄弱、开课不够齐全的偏远农村地区，让偏远地区的孩子们也能享受到同等的优秀教育资源，开阔了学生们的视野，丰富了课堂教学内容，让孩子们能够不分地域、不分贫富，都能接受同等课程，充分感受科技的发达与教育的魅力。

第八编

绽放余光

一、退休创业

2001年，我60岁，到了法定退休年龄，我22年的教师职业生涯终于画上了句号。虽有太多的不舍，但我没有遗憾。

22年来，我日复一日，年复一年，站在三尺讲台上，孜孜不倦、勤勤恳恳、认认真真，以对教师职业的无限热爱，忠实履行着教师职责，送走了一届又一届的学生，这种成就感让我快乐，让我充实，让我满足。当科研、教学工作停下来，压在肩膀上的重担突然卸掉后，一时会觉得很轻松，但习惯了忙忙碌碌的日子，轻松久了就感到无聊了，总觉得是对生命的一种浪费，怅然若失。有人说，最好的年龄就是当下的年龄。我的精力依然充沛，退休并不是退下来休息，而是"转业"，是我转战商海的起点，于是，我以崭新的面貌开启了创业之路。

20世纪90年代，随着市场经济的不断繁荣，许多人不满足于现状，转而经商、搞个体、办实业，称之为"下海"，就是离开了体制内，扔掉了铁饭碗，到商海里自谋出路。当时正处于市场经济的初级阶段，许多行业都有计划经济的影子，严重桎梏着市场经济的发展。另一方面，体制内存在机构臃肿、人浮于事、办事效率低等诸多问题。因此，政府鼓励体制内的人下海，在政策和榜样的激励下，也确实有很多人下海了，甚至形成了一股潮流。如何赚钱享受生活成为一个公开且热门的话题。1992年社会主义市场经济正式提出，注册公司下海创业成为一件合法正当又光荣的事情。

创业的大潮拍打着我的内心，我开始规划自己的创业蓝图。我的优势是高学历、业内公认专家、实践经验丰富、社会资源丰富，我的劣势是资金短缺。再三斟酌后，我决定创办公司，在商海里大展宏图，服务企业，服务于社会。学校旁边有部队废弃的空置营房，可以用很低的价格租赁；公司的核心业务，就是为社会提供技术解决方案。原来搞科研时，我手里就有不少技术专利，包括变频控制、全程控制、协调控制等，这些都是被企业验证过的项目，取得了非常好的经济效益，在行业内有良好的口碑，包括我本人在业内也有非常高的正面评价。我可以把这些技术专利作为公司的经营项目和营利手段。

万事俱备，只欠东风，最难的资金问题该如何解决呢？我们需要的资金量比较大，个人垫不起，集资也凑不出来，还有担心万一赔钱了不好交代的小心思。经过深思熟虑，我采取了原来做科研时跟水电站的合作模式，签约后对方给预付款。于是，我进行市场调研，策划了可行性方案，把运作目标定在水电站的设备改造上，如果能顺利签约，我就可以赚到第一桶金，有了资金周转，公司就能经营下去。组建团队也不是难题，我有很多优秀的学生，特别是电大毕业的学生，这些学生思想成熟，有社会经验，积极肯干，一定会成为我的好帮手。核心技术、场地、资金、人才这四个问题解决了，创业的基本条件也就具备了。我在工商局注册了公司，按照规划和步骤进行经营。创业刚开始的时候，我也低估了市场存在的不可预测的风险，公司曾一度面临困难，毕竟是我人生第一次经商，经验不足。但我没有气馁。由于我的技术是创新型的，在市场上深受欢迎，很快就赢得了口碑。就这样，公司业务在全国电力系统推广得越来越多，收益也很丰盈，公司规模越来越大，公司品牌有了影响力。

我们华北电力大学电力系的老师杨奇逊教授，是我国微机继电保护领域的奠基人之一、中国工程院院士。他创业比我早，公司主要业务是在电气方面，也是一家大规模的主板上市公司，公司发展前景和经济效益都非常好。杨教授对我了解，他安排人跟我谈公司合并事宜，认为我公司在热工自动化控制技术方面可以跟他们集团互补，强强联手，而我公司最大的受益是公司可以上市，我们合并是双赢。公司上市，是我梦寐以求的，因为可以筹集到大量的资金，推动公司建立规范的经营管理机制；公司上市，是对公司管理水平、发展前景、盈利能力的有力证明；公司上市，最重要的是能扩大公司的知名度，提高公司的市场地位和影响力。这是一个千载难逢的机遇，把握机遇，才能走向辉煌。我果断地把公司技术、项目、人员全部合并到他们集团，我担任热工自动化部门的负责人，负责有关项目的开发、管理、研发等工作。这是我擅长的领域，我信心百倍，"欲穷千里目，更上一层楼"。

集团的销售团队庞大，加上资金雄厚，我们合并之后，极大地提高了我公司的销售业绩，上市公司严格的规章管理制度，使公司在市场、技术、人员、管理等各个方面都上了一个新台阶。

经过20多年的发展壮大，该电气（集团）股份有限公司已经成为我国能源工业自动化行业的领军企业，是全球电气控制领域产品、系统、解决方案和服务的知名供应商，是国家级企业技术中心、国家重点高新技术企业、国家规划布局内重点软件企业，拥有院士工作站、博士后工作站。领先的科技研发能力、稳定的产品质量、快速高效的服务是公司的核心竞争力。公司产品在国内市场占有率位于前列，并已经成功进入国外市场，在国际上具有较强的竞争力，树立了中国高科技企业的新形象。

没见过大海，不知道它有多么汹涌澎湃；没见过繁星，不知道它有多么光彩闪耀；没见过彩霞，不知道它有多么绚丽多彩。同样，没有见过自己的实力，不知道自己有多大的能力。我是站在时代风口浪尖的创业者之一，从开始创业到公司成功上市，从小到大，从弱到强，我想要对每位创业者说，创业从来不像想象中的那么容易，而是有着万般困难和巨大风险，考验的不仅仅是经济实力，更多的是意志、智慧、人品等软实力，不要轻易放弃，一步一个脚印，一定能迈向成功。

二、重返故乡

"举头望明月，低头思故乡""独在异乡为异客，每逢佳节倍思亲""自在飞花轻似梦，无边丝雨细如愁"，每当读到这些古诗句，我的思乡之念便在心中涌动。挥不去的是乡愁，掠过都市的繁华，常常想念着李源前店村，想念那青山绿水，想念袅袅炊烟和醉人的夕阳晚霞。曾几何时，回家，回老家，回故土，对于我来说是去看最美的风景，去最好的精神疗养栖息地，飘在外，回到生于斯长于斯的故土，便觉有根了，连睡觉都感到十分踏实香甜。父母健在时，我每隔一两年都会回故乡一趟，有时候到故乡附近的城市出差，也会顺道回去看一看。后来生活条件好了，父母搬到了县政府所在地的浦阳镇生活，但我每一次回到故乡，都要到李源前店村去看一看，那里是我出生的地方，是我生命的摇篮，记载着我人生的最初轨迹。

故乡新貌

古香樟树、水塘和葡萄种植暖棚

当我重返故乡，踏在充满泥土芬芳的土地上，我如同卸下沉重的包袱，内心感到无比轻松，见到久违的亲人朋友，看到家乡的沧桑巨变，心里感到十分欣慰。村子里不时传来久违的鸟鸣鸡叫狗吠，夏秋之际还能听到蛙声蝉鸣，那么熟悉，那么亲切；朴素的乡亲，淳朴的方言，一声声问候，让我备感温暖。虽然没有大城市的富裕繁华，但这是生我养我的故乡，是可以随便走进一家吃饭的地方，无论我人在哪里，我的灵魂依然在这里。

在故乡有限的日子里，我把关于故乡的那山、那水、那屋、那井、那古树、那竹林、那老物件从脑海里翻出来，跨越时空，在村里寻寻觅觅，去印证儿时的印象。每天我都把时间安排得满满当当，到想去的地方走一走、转一转，甚至那些犄角旮旯都不放过。探望村里的长辈、同辈以及后辈，聊聊过去，讲讲现在，心里格外舒畅。我最想见的是堂兄李樟椿和叔叔李遵茂，到他们家里拉拉家常，了解家里生活情况，问问有什么需要帮助。每次回故乡都能感受到这里的变化越来越快、越来越新、越来越美，如今一栋栋标准的二层徽式楼房拔地而起，过去的老屋、土基房渐渐消失了，幽幽的古巷道依然在，村子里的主干道铺设成清一色的三合土水泥路，电灯把村子照得白昼似的。过去村子里年近古稀的老人们还在农田忙活着，如今村子里的堂楼每天都有悠闲的老人们在打扑克、闲聊，与城里老人们的生活差距在不断缩小。我惊叹时代的大发展、社会的大进步，和全国一样，我们村建设成了功能齐全的美丽乡村。

村子里的那口古井也是我每次回去必到的地方。我是喝那口井水长大的，从我有记忆开始，我就记住了这口井。这口井是什么时候、什么人打出来的,已经没人知道了,听村里的老人说,这口古井有上百年的历史。村里人吃水都是从井里打上来挑回家中的。井水清醇甘甜,如母亲的乳汁养育着李源前店村的祖祖辈辈。清晨,晨曦刚染上林梢,谁家的木门"吱溜"响了,就是有人挑着水桶出门,匆忙的脚步声直奔水井。技术娴熟的男人,用绳的钩子挂着水桶,在水里左右摆两下就可以打满拎上来,而女人和孩子,只能用绳子绑着小水桶系下去,再把水提上来倒在大水桶里挑回家。挑水是每个家庭的力气活,家里每天用水很多,是母亲用她的肩膀挑起了最沉重的担当。从小到大,看到劳作归来的母亲,一担一担往家里挑水的时候,我心里就在想,什么时候我的母亲可以不用再这么辛劳呢?从小学开始,家里洗菜做饭洗澡喂猪的水不够用了,我也会去井边挑水回来把水缸装满。

记忆里面,夏天古井里水最旺,一场暴雨,有时水位升高很多,几乎伸手可及,那是我们最开心的时候。古井冬暖夏凉,善解人意。夏天的傍晚,跑到井里打上一桶水从头淋到脚,那种凉快的感觉真是惬意。到了冬天,井口总是笼着一团热气,井水永远不会结冰,水桶下去,提水上来,会提起一团热气,不管天气多么寒冷,冰冷的双手放进水桶里,全身都是暖暖的。我每一次回到村子里,都会拿着竹筒或者水桶到井里打水,喝几口尝一尝,清凉的井水沁人心脾,还是那么甘甜,还是儿时的味道。儿子李东回去的时候,也曾经尝了几口,连连称:"太好喝了!"如今,家家户户都通了自来水,唯独这口水井被保留下来,在李源前店村的一隅,厮守着这里的世代辛勤劳动的人们。

父母对待乡里乡亲,左邻右舍,总是和睦相处,宽宏大量,宽人严己。父母的言传身教，我们铭记在心："不要忘记帮助过你的人，要感恩；不要忘记需要你帮助的人，要行善积德。"在村里，无论年长年幼，对我父母都很尊敬。父亲因肠胃不好，在2010年94岁高龄时去世。父亲的去世让母亲备受打击，在时隔两年后的2012年，母亲与世长辞，享年95岁。叶落归根，我相继把父母送回老家李源前店村，按照农村习俗安葬。不少邻居和亲戚朋友都来送行。我儿子李东4岁前跟着我父母生活，对他们感情深厚。爷爷奶奶去世，他很悲痛。他经常说，以后我一定要多回老家看看，给爷爷奶奶扫墓，拜访长辈们。故乡情和父母情在我们心中永远不会磨灭。

父母虽然是寿终正寝，但是，双亲的相继离世，让我难以释怀，我很悲伤，也留下了很多遗憾。当年我在北京定居下来，想安稳后再把父母亲接到北京，带他们到处看看，领略古都风貌。他们在20世纪90年代来保定的时候，我带他们去过北京天安门广场。北京在父母亲心中有着不可替代的地位，他们最想去天安门广场走走，那一次父母亲终于圆梦了。当时觉得父母亲真的不愧是忙碌一辈子的人，身体非常硬朗，一天折腾下来，我都有些累了，但二老没有一个说累的。回老家后，他们还期待着再次去北京，再次去天安门广场溜达。遗憾的是，阴差阳错，他们去了天堂也没能再来，甚至在天安门广场的合影照片也找不到了，但那美好的瞬间永远珍藏在我心中。假如有来世，即使再忙，我也要把父母接来，满足他们再逛天安门广场的愿望。因为不可能所以留下遗憾，因为遗憾所以才会心痛。

有人说过，父母去世，那无处安放的悲痛令人绝望，令人窒息，令人无法排解。父母奔波忙碌一辈子，舍不得吃好穿好用好，却把钱毫不吝惜地用在我们兄弟俩身上。我们各自成家立业后，生怕额外增添我们的半点负担，绝不开口索要什么，依然闲不住，操持着自己的生计。为了我们，父母付出的心血和代价太多太多了，而我们给父母的回报却又太少太少，特别是在父母驾鹤西去之后，父母之恩再也无以回报，"子欲养而亲不在"，真是人生的莫大遗憾，是多大成就都不可弥补和替代的。"父母在，人生尚有来处，父母去，人生只剩归途。"当我们的父母走了，我们这才觉得自己的心一下子空了。从此以后，我们再也听不到父母的唠叨，再也见不到父母蹒跚的身影。当我们最能感受到生命意义的时候，也是我们失去的时候，生老病死无法重来，我们一定要孝顺父母，珍惜身边亲人。

由于工作繁忙，我回故乡的次数在减少，我最后一次回老家是 2012 年母亲病逝的时候，我送她最后一程，从此以后我就没有再回去过了。2015 年我身体有病，行动困难，回去已经不方便了。转眼之间，从 1960 年外出求学至今，离开故土已有 62 年了，可无论离开故乡多久，距离故乡多远，回故乡的次数有限……故乡在我的记忆中永远是离别时的样子，是童年的记忆。我想，这就是根植于灵魂深处的乡土情怀吧。

目前我在坚持不懈地进行康复治疗，中医、西医、针灸、按摩，各种方法我都用上了。我每天借助脚踏车、自行车等运动器械进行康复运动，此外我还用助行器，每天至少走 100 米，慢慢增加，恢复身体成为我余生努力的目标，用当年高考那样的毅力，坚定走向既定目标：首先不依赖轮椅，站起来，用两边拐杖支撑身体走路，慢慢再用一边拐杖，最后甩掉拐杖，重新站立起来走路。这一切不是梦，我一定要跟疾病做斗争，以保尔·柯察金为榜样，学习他那坚强的斗争意志、乐观的生活态度，实现人生目标。等到那年花开月正圆，我再回故乡，看看老宅，看看竹林，喝一口故乡的井水。

三、人生感悟

2022年，最让人揪心的事情，莫过于在新冠病毒肆虐之际，俄乌战争又闪电般来临。战争给两国人民带来的伤痛让我深感不安，不仅让我们心系俄乌两国的百姓安危，而且让一直生活在和平环境中的我们感受到战争的残酷，原来战争离我们并不遥远，我们没有生活在一个和平年代，我们只是有幸生活在一个和平国度。不知从何而来、何时能结束的新冠疫情，对人类是降维打击，已经并正在给人类生活造成巨大的损失，世界各国应联起手来，尽早结束疫情，恢复正常秩序，将经济带出谷底。然而，2月24日，俄乌冲突突然爆发，战火在乌克兰的大地上熊熊燃烧，数百万人瞬间成为逃离家园的难民。

我不知交战原因，也无法判断谁对谁错，但知道当国家处于乱世之中，人的生命便如草芥，国家遭遇不幸，个人必受其难。想起20世纪30年代，我的小脚奶奶和怀孕的母亲在玉米地躲避日本军队的情景，真为处于战火中的人们感到万分悲凉。个人命运与国家命运休戚相关，强大的国家，带来个人的尊严，如果国家衰败，哪里还有个人尊严！个人如水滴，国家如大海，水滴只有融入大海,才不会干涸。落后挨打,承受痛楚的是百姓;山河破碎,没有人会是幸存者。伊拉克、利比亚、阿富汗、叙利亚这些经历战火肆虐的国家,失去了国家的尊严和人民幸福,至今还在战争的创伤中饱受煎熬。

所以,个人理想与祖国命运、民族振兴紧紧联系在一起,才能成就有意义的事业。我成长于新中国刚成立的时期,老师教育我要好好学习、天天向上,为共产主义事业而奋斗,我听的是董存瑞、黄继光、邱少云、雷锋的英雄故事,钱学森、邓稼先、钟士模教授冲破封锁回到祖国、建设新中国的故事,这些有红色基因的故事影响了我的一生。

繁星闪烁,我想成为浩瀚银河里最耀眼的那颗;鹰击长空,我想成为在暴风雨中自由翱翔的雄鹰;红梅绽放,我想成为无惧严冬的报春梅花……少年时候的我有许多梦想,这些梦想被一条朴素的道理维系着,就是只有知识才能改变命运,只有知识才能报效祖国。从小到大在班里我都不是最聪明的人,但我肯定是学习最刻苦、最努力、最勤奋的人,我知道每一个选择都会有坎坷,亦会出现奇迹,既然选择了用学习实现梦想,就要为梦想而奋斗。我坚信命运不会辜负每一个认真努力过的人。在浦江中学上高中时,新华书店就在学校旁边,很多文学书籍和各种各样的学习参考书琳琅满目,我非常渴望能拥有它们,但是家里没有钱,学费都是家里卖了些粮食凑的,我没有勇气再伸手向家里要钱买书了。下课时间或者周末,我飞奔到新华书店,找一个角落,把旧报纸垫在地上坐着看书,并且用本子把重要的练习题及答案抄下来回学校认真研究。徜徉在知识的海洋里,我如痴如醉,经常忘了时间,是店员的提醒,我才想起他们要关门打烊了，当我投去歉意的目光时，常常得到一个赞许的微笑。成为书店常客后，店员们都对我格外照顾，有好的参考书会提前告诉我，遇到人少时还会给我一张小板凳坐。这家书店，成了我的"图书馆"，我也成了班里读书最多的人。我高中学习的时光，就是这样在饭堂、教室、宿舍、"图书馆"四点一线中悄悄流逝，我亦如一株小树在慢慢长大。

研究难题、喜欢思考是我的最大特点，我偏爱理科，大部分时间都用在对数理化的钻研上。参考书上的练习题比课本深奥，我对这些难题的研究几乎是入了迷，一道数学题能研究好久，若研究不明白，走在哪里都会琢磨。我最喜欢的科目是数学，攻克数学难题时会特别专注，心无任何杂念，脑子里也容不下其他任何东西，站着躺着都是在不断地推导公式，没有什么比解题更能让我精神集中了，一旦这道题被攻破，我就感觉特别兴奋，特别充实，特别有成就感。也许题做多了之后就会觉得越是难题越有兴趣去做，如果绞尽脑汁把全班同学都解答不出来的难题给破解了，得到老师表扬和全班同学羡慕的眼光，心里的那股爽劲儿就更不用说了。在课堂上老师提问的时候，我都是抢着举手回答问题，基本都是全对，这让我自信心爆棚，然后是更强烈地想做更多的难题。每道难题都是一个挑战，而我不服输的性格喜欢迎接挑战。老师就像我和数学之间挑战赛的裁判，不要放过任何提问的机会，裁判会告诉我挑战是否成功。数学学习本是个很枯燥乏味的过程，但如果数学水平提高了，学习思维会进入另一个境界，就很快爱上数学，这是我喜欢数学的原因。

昨天的汗水，成就了我今天的成长和明天的收获。唯有读书学习，才会让我有报效祖国的能力，让我的内心得到修炼，境界得到提高，性格也会变得从容不迫、沉稳自如。学习成绩在班里出类拔萃是我自信的源泉。我的穿衣打扮很普通，朴素大方、干净整洁就好，当时没有条件，后来有钱了，我对花钱打扮自己也没有任何兴趣，光鲜亮丽的外表，远没有学识涵养重要，这种理念一直扎根在我的意识里，乃至几十年来我都是秉承着这种生活态度。

我是穿着自家缝制的粗布衣长大的，衣服、袜子、鞋都是用自家产的棉花纺线做的。我记得母亲把家里的纺线拿到外面加工织成袜子，袜子很厚实很抗寒，但我常常会把穿了好几年的布鞋前跟和后跟挤破，露出一个小洞，破袜子里面露出的脚指头被冻得通红通红的，脚上的冻疮痒痒的很难受，上课的时候不时用手去抓，这丝毫没有影响我的学习，反而更加刻苦。家里缝制的衣服虽很土，穿在身上心里却是热乎乎的，后来这些衣服一直穿到上大学。母亲特意为我去北京上学缝制了黑色制服和加厚棉被，那件制服陪伴我大学毕业到参加工作，确实不合身了才叠好放在木箱里一直珍藏着。棉被盖在身上暖烘烘的，蓝色棉被套上的白色印花，像家乡田野里一只只飞舞的小蝴蝶，每天晚上伴随着我进入梦乡。一纺一织、一针一线，针针都是血，线线都是泪。从小到大从南到北，穿在我身上的每一件衣服都是奶奶、母亲含辛茹苦劳作的结果，沾满了她们的汗珠。这些土布衣物，现在虽已没了踪迹，但已镌刻在我心底，每每想起，仍然热流滚动。

小时候，过年是最美好的日子。放鞭炮、挂灯笼、贴窗花、写福字、贴春联，吃年夜饭，到处都是喜气洋洋的，每个人的脸上都绽放着笑容。爸爸早早在家里挂上灯笼，用点燃的蜡烛插在灯笼的蜡台上，红灯笼寓意红红火火、团圆美满。一盏盏红彤彤的灯笼将家里装点得温暖、祥和，不仅注入了浓浓的新年味道和新春活力，同时也给一家人带来了新一年的美好期盼和祝福。

无联不成春，有联春意浓。宋代王安石有诗云："爆竹声中一岁除，春风送暖入屠苏。千门万户曈曈日，总把新桃换旧符。"说的是在爆竹声中旧的一年已经过去了，人们在和煦的春风中畅饮屠苏酒。初升的太阳照耀着千家万户，各家各户都忙着把祈福灭祸、压邪驱鬼的旧桃符取下，换上新的桃符。桃符后来演化成春联，贴对联寄托和祈盼着来年风调雨顺、国泰民安的愿望。家家户户除了张贴春联，还会张贴红红火火的年画。进了腊月，村镇集市里会出现许多摆卖对联、年画的摊点，那些情趣盎然、色泽鲜艳的年画，浓浓的年俗味儿扑面而来。意气风发的劳动者，活泼可爱的少年儿童，经典戏曲人物，等等，这些年画看得我眼花缭乱，流连忘返。我们家的传统习惯是，把裁剪好的红纸条幅，由我写上吉利的对联，贴在合适的地方。等到爆竹炸响了除夕，妈妈和奶奶在厨房里忙碌着，蒸年糕炖肉，满屋子弥漫着过年特有的肉香味时，我兴高采烈地帮着爸爸贴春联贴年画，也贴上了我的对来年的祈盼，就是学习成绩考第一，爸爸妈妈和奶奶身体健康，还有风调雨顺迎丰年。年饭之前，我们用做好的鱼和肉拜祭祖宗，这是中国人祖祖辈辈传承下来的习俗，寓意在于缅怀祖宗先辈，并希望祖宗先辈保佑子孙后代平安幸福。家人围坐在一起吃团圆饭，热闹又温馨，那情景一辈子萦绕在我心头。过年最开心的事情莫过于收压岁钱穿新衣服，小伙伴们互相炫耀，小脸上洋溢着快乐和幸福。

过年，承载着乡愁和过往的温馨时光。有些往事已渐渐变得模糊，但关于儿时过年的记忆碎片却随着岁月的沉淀越发清晰，也许是因为这样的时光再也回不去了，才显得那么珍贵，每一个关于过年的符号都能牵动我的心。随着慢慢长大，我对时间越发珍惜起来，乃至过年也成了我学习的时间，平时家里晚上舍不得点上多盏煤油灯和蜡烛，过年家里灯火通明，正是我学习的好机会，每到吃完年夜饭，我就在大方桌上全神贯注地看书写作业，门外的爆竹声已远离我而去。

有人曾说过，真正的成功者都怀着一颗感恩的心，他们比别人更具智慧。虽然我生活中有不如意的地方，但我以感恩的心面对生命中的一切，包括失败、挫折。抱着感恩的心态，就能豁然开朗，精彩的人生是属于那些对挫折也心存感激的人。

我感激父母的养育之恩、老师的教育之恩、师傅的帮助之恩、家人的关爱之恩，我同样感激大自然的恩赐、时代的赋予、机会的来临。我惊喜地发现，人怀感恩之心，机会就会在柳暗花明之后悄然来临。

我是一个农民的儿子，能够读完小学、初中、高中，进入清华大学，毕业后为国家水电站建设流血出汗，从普通老师到讲师、从副教授到教授、科研处处长，享受国务院政府特殊津贴，退休后创业，公司发展顺利，成为高科技企业，我的梦想也得以实现，所有的这一切，是我有幸生长在一个伟大的国家，有一个和平的环境。中国上下五千年的文化，是我自信的源泉。是淳朴善良勤劳的父母潜移默化的影响，培养了我积极向上的优秀品格；是长期的劳动锻炼，锻造了我坚强的意志和毅力；是祖国科学春天的到来，让我有了施展才华的机会；是教师这份崇高的职业，让我守在三尺讲台，把自己所拥有的学识和智慧传授给学生，培养出一批又一批优秀人才，造福国家和社会；是改革开放，成就我创业的梦想，并有幸成为受益者，见证了中国的崛起。

我一生中最值得骄傲的事，是通过自己的努力考上清华大学，成为当年全县高中毕业生里唯一考上清华的学生，父母也因此成为村里人羡慕的对象，父母为我感到无比骄傲，这也是他们一生最荣耀的事。我在北京安家落户，有了属于自己的房子，让父母感到欣慰。小时候即使有时无法按时交学费，家里再困难也想办法让我读书，比起村里因为贫困而失学的同学，我是多么的幸运。我没有让父母失望，贴满墙的奖状，是我家最美的装饰，这是时代和国家对我的恩赐。

我生长在温馨和睦的家庭，父母恩爱，他们对奶奶很孝顺。逢年过节，最大的那块肉是留给奶奶的，而奶奶舍不得吃，又放在我或弟弟的碗里。从青春的狂热到岁月的平淡，我经历恋爱、结婚、生子到柴米油盐，和爱人心心相印，共组的小家是在岁月中沉淀下来的，岁月静好，是一份默契、一份温情、一份平淡、一份理解和一份宽容。执子之手，与子偕老，往后余生，相濡以沫。无论贫贱或富有，家庭在我心中的分量很重很重……

古人说"独木难支，双木成林"，家不是个人孤军奋战，是一起携手共进。一个正能量的家庭，是包容、信任、欣赏、感恩和尊重。家是讲爱的地方，不讲得失与利益，温暖彼此才能营造温馨的氛围。只有温馨和睦的家庭才能培养出内心强大的孩子，孩子才能站得高看得远，才能无惧风雨，宠辱不惊。当我在媒体上看到一些花季少年、少女受到挫折的报道时，内心总会掠过一丝伤悲，为他们感到惋惜。本是无忧无虑的美好年华，在成人看来都是小事，但在孩子眼里却是他们过不了的坎儿，这是因为他们的内心还不够强大，他们身后没有一个能够化解内心痛苦的支撑力量，所以，亲人间共同建立一个幸福家庭是多么的重要。

我曾有幸与工人师傅为伴。在水电站劳动成长的这段经历，在我的人生履历上留下浓墨重彩的一笔。劳动创造价值，劳动创造美，劳动是生存的基础，劳动使整个世界充满希望。走出校门，怀揣梦想，来到偏僻的水电站建设工地，12年的艰苦磨砺，让我这个从清华大学出来的莘莘学子，从木头搬运工到电工，从电工到技术员，繁重的劳动，艰辛的环境，让我不断突破自我、完善自我，一步步成长起来。我记得在工地经历人生中的第一次架电线爬电杆，一开始，望着18米高的电线杆，内心恐惧，忐忑不安，"这么高，我能行吗？"我心里打起鼓来。师傅鼓励我说："做好安全措施就不会有事，世上无难事，只要敢登攀。"在师傅的鼓励下，我戴好安全帽，系好安全带，穿好脚扣，攥紧拳头给自己打气，然后抱着电线杆向上爬去。尽管第一次爬高有些瑟瑟发抖，但我还是笨拙地使用脚扣，战战兢兢一步一步地向杆顶攀登，汗水浸湿了衣服，分不清是因为炎热还是紧张出的汗水，总之是浑身大汗淋漓。快到杆顶的时候，我低头往下看，腿不由得有点发抖，身子稍微动一下，都感觉电线杆在摇晃。我是继续往上爬，还是给自己找一个下地的借口？大概有10秒的犹豫，就听到电气队长于庆普师傅在下面大声呼喊："不要紧张，身体放松，我们在保护你！"那一刻，我顿时放松了许多，默默为自己加油，从胆怯变为淡定，手脚也不再颤抖了。当我攀上杆顶的时候，感觉整个世界都是我的。

人对未知的事物心怀恐惧很正常，关键在于如何去战胜恐惧，战胜恐惧是一种突破，一种成长。这种体验，不去爬电线杆，是绝对感觉不到的。工地是熔炉，我在这百炼成钢。在我日后的人生道路中，不管遭遇什么，我都会以坚强的意志和顽强的毅力，战胜困难，砥砺前行。我一贯主张年轻人不要怕吃苦，吃苦是一种历练，是你成长的营养，是你变得强大的根基。

能够成为老师是我职业生涯的一大幸事。老师是每个人生命中除了父母之外影响力最大的人，古代有"天地君亲师"的说法。我从事老师这份职业的时候，当初是服从分配，想法很简单，就是希望受人尊重、受学生爱戴，用温暖的心来改变学生、影响学生。只要我的心理是健康的、是快乐的、是光明的，一定会像燃烧的蜡烛一样照亮我的学生。在与学生朝夕相处的日子里，我的一句话、一个行动、一声表扬，也许能改变学生一生的命运。我处处严格要求自己，努力做一个合格的老师，以德育人、以爱服人。我教给学生知识，学生丰富了我的人生，我送走了一批又一批学生，他们都给我留下了深刻的印象：守纪律，爱学习，尊重老师的乖巧学生；有着自己的思想，脱离学生思维去看问题的叛逆学生；沉默寡言，自尊心强的孤僻学生；惹是生非，有勇无谋的霸道学生；性格内向，不爱和别人说话的懦弱学生；情绪失控，不服说教的暴躁学生……学生性格各异，个性鲜明。班集体是一个精神共同体，荣辱与共、亲密无间，在4年班集体的生活中，我充分发挥班干部的作用，对待掉队同学不离不弃，真诚相处，携手进步，用集体的凝聚力，营造一个和谐奋进的班集体，不让一个同学掉队，毕业时一个不能少。我为此多次被评为优秀班主任。学生毕业走上工作岗位后，我常常会收到来自全国各地学生的来信，回忆校园的美好时光，阶梯教室、教学楼、绿茵操场、图书馆、饭堂，还有学校的每一位工作人员……青春的记忆是那么清晰真切，回眸过往的风景，是满满的幸福感和成就感。

我的学生毕业以后，一部分进入了中国五大发电集团（中国华能集团有限公司、中国大唐集团有限公司、中国华电集团有限公司、国家能源投资集团有限责任公司、国家电力投资集团有限公司），经过多年奋斗，有的担任了重要领导职务；一部分成为大学老师，沿着助教、讲师、副教授、教授这条职称晋升渠道，成为学校教学骨干；还有一部分做出的成就比较大，成了部级领导……不管他们身处何地，从事何种职业，他们都在自己的岗位上兢兢业业，为国家建设添砖加瓦，为中华民族复兴贡献聪明才智。桃李满天下，我为自己的职业骄傲和自豪，有幸成为这些学生的老师，是我此生最大的荣耀。

我一直关心家乡人才培养问题。"忠厚传家久，诗书继世长"是家乡不少人家世代传承的家风。我的房孙李彦宾从小就是一个刻苦学习、锐意进取的孩子，我通过多种方式鼓励支持和引导他努力学习，他没有辜负我的期望，于2007年考上华北电力大学本科，2011年考上华北电力大学硕士研究生，三年后毕业接着考博，最终通过答辩，于2018年以优异成绩获得博士学位，成为国家电网公司的高级专业人才。

李彦宾是目前李源前店村唯一一位博士，全村家长都教育孩子向李彦宾学习，就像多年前全村的孩子以我为榜样一样。薪火接力，时间跨越了半个世纪，李彦宾能成为让家乡人骄傲与自豪的学子,成为国家的栋梁之材,我感到很欣慰,也相信会有更多的"李彦宾"从家乡延绵不绝的浓郁书香中走出来,走向更广阔的世界。

我的人生如四季,看过春暖花开,走过繁华盛夏,经历秋风萧瑟,感受冬日暖阳。我在每一个季节里都经历了不曾忘却的故事,大自然的一山一水、一草一木,无不充满智慧,深蕴哲理。春天到,春笋深埋泥土历经严寒酷暑,在一声春雷一场春雨中破土而出,在孤单寂寞中悄然生长,刚直挺拔,以坚韧顽强的生命力傲然于大自然,绵延不绝;夏已至,盛夏的阳光是我灿烂的笑脸,盛夏蕴藏着我心中永远的情怀,即使高考过去62年,那一切的美好仿佛发生在昨天,当我回首往事的时候,会因为曾经的寒窗苦读而庆幸;秋色浓,田野的麦穗弯了腰,那是我如歌的岁月、收获的季节,我拥有了掌声和荣誉,这是集体智慧的结晶,经历科研的艰辛,享受丰收的喜悦,"既然选择大海,就不要畏惧路上的风雨",多少个大雪纷飞的夜晚,寒风刺骨,脸如刀割,我们的坚守,只为人民冬暖如春,奋斗的勇气,咬牙的坚持,顽强的拼搏,是冬日最美的风景。

孟子曾说:"人之相识,贵在相知,人之相知,贵在知心。"有知心朋友在人生漫漫路上相互陪伴,彼此理解,互相扶持,是一件幸福快乐的事。人的一生会遇到无数人,大多数都是一面之缘,而能够成为真正朋友,是因为志趣相投,因人品优秀而相互信任,在患难与共的日子里真心相伴,直到永远。古语云:"择善人而交,择君子而处。"人品端正、真心陪伴、性情相合的朋友,才能在交流中惺惺相惜,彼此欣赏,即使相处的时间再长,依然有相见恨晚、一见如故之感。有句话说得好:"这世上所有好的感情,都必然经得起时间的检验。"而好的感情,都是在好的人品基础上不断延伸而形成的。人品是一个人的通行证,也是人相处的重要品质;与人品好、三观正、一诺千金的人相交,才能换来内心的踏实与笃定。在我一生中,曾有过朋友的锦上添花和雪中送炭,也有的是利用我的善良坑蒙拐骗。

我退休后,有几件事情让我深受伤害。我们都知道,人一生中难免会遇到资金周转困难的时候,需要向别人伸出求助之手,借钱本来没有什么,但是对于好面子、脸皮薄的人来说,借钱成了难以启齿的事情。我曾经有过入不敷出开口向朋友借钱的经历,当我手头宽松后很快还给了朋友。事实上,遇到实际困难,借钱并不丢人,丢人的是借钱不还。借钱不还的事情就发生在我身上了。当年我创业,生意红火,积累了一些资金,身边的亲人和朋友相继向我借钱,我觉得朋友、亲人之间是可以相互帮助的,在对方遇到困难的时候,力所能及帮助他们,是再正常不过的事了。我毫不犹豫地把几笔大资金分别借出去后,有的人没有履行借钱时的承诺,没有按时还款;有的人甚至电话都不接了,一直在逃避。多年过去了,至今没偿还。有的人利用我对他的信任,采取欺骗的手段,虽然我已经通过法院起诉,最后胜诉,但至今仍未收到还款。

借钱时见人心,还钱时见人品。当别人在资金方面有需求的时候,一定要了解对方的人品后再做出判断。朋友交情有远近薄厚之分,如果自己有实力有能力,可以酌情处理。

很多时候,我们会发现,不少人缺少诚信,缺少契约精神。不管是我们借钱给朋友,还是伸手向朋友借钱,都应该坚决履行契约精神,不要坑不要骗朋友。朋友能出手相助,那是莫大的恩情,不

上　李遵基与博士研究生李彦宾合影

下　2020年李遵基在北京与儿子、孙子、孙女合影

2020 年摄于北京

能出手解囊，我们也当心存感谢，毕竟家家有本难念的经，你也并不了解朋友的处境。能够在你急需用钱时候，毫无条件地借给你的人，才是你生命中的贵人，如今这样的贵人不多，遇到了必须珍惜一辈子，借钱给你，就是希望帮助你渡过难关，是对你的信任和鼓励。我们要懂得帮助之恩，不要伤害了曾经给予你希望的人。坑蒙拐骗之人终究会害人害己的。

健康，才是这个世界上最宝贵的财富，除了健康，什么都是浮云。就算有金山银山也无法驱走病榻上的忧伤，倘若没有了健康，名和利就没有存在的价值，生活再美好也不过是过眼云烟。如果我年轻的时候能认识到这些，今天的我就不会让病魔找上门了。年轻的时候，我有使不完的劲儿，在车间抬木头，总去抬大的粗的，即使在零下40摄氏度那样恶劣的环境下工作，也没有丝毫的畏惧，有时候玩命干，恨不得干到虚脱，总认为休息一下就好，却不知道会给身体留下隐患；当老师后，责任大，熬夜备课是家常便饭，自从担任了科研处处长后，管的事多了，常常是殚精竭虑、夜以继日、废寝忘食；创业后，整日的忙碌加快了我的生活节奏，机场、高铁都留下了我匆忙的足迹，却忘记自己已年逾古稀。年轻时把最美的青春奉献给了水电事业，成年后希望创造更多的财富，让家人过上美好的幸福生活，却忽略了自己的健康，最终积劳成疾，后悔莫及。

如今我的健康情况远不如从前了，所以我要给我身边的亲朋好友几句忠告：只有身体健康，才能够体验人生的美好，才有能力赚钱养家，才能够照顾好家人，生活才会有滋有味，哪怕是贫穷的日子也会富裕起来。每天忙碌的生活让我们习以为常，总有干不完的活，做不完的事，操不完的心。为了一份工作，起早贪黑，为了肩上的责任，加班熬夜，再苦再累也硬扛着。其实年纪大了，健康开始透支，身体开始反抗，如果不注意，不及时加以调整，最终必然会酿成悲剧。所以，不管再忙也要注意劳逸结合，加强锻炼，身体好了，才有资格谈生活，才有资格谈未来，才能为国家做出更大更多的贡献。拼命为的是拥有一个幸福的家，倘若自己倒下了，就会成为家人的累赘。为了最爱的家，为了自己，要珍惜身体，累了休息，困了歇歇，耽误不了什么事，明天太阳会照常升起，我们要做的，就是用健康的身心去拥抱未来。

后　记

《生命如光》即将付梓，像是检阅自己的人生，更像是和自己的灵魂对话。80余年的人生经历，完整地存在于我的记忆中。人生是需要回顾和总结的，不管是好的还是不好的，是顺境还是逆境，是成功还是失败，回忆起来的感觉真的很美好，好像在品着醇厚的美酒，又好像在看一部长篇连续剧，而主角就是我自己。

我出生在新中国成立前，父母是生活在社会底层的农民。那个时候，在帝国主义、封建主义和官僚资本主义三座大山的压迫下，拥有5000年文明史和960万平方公里土地的旧中国，始终处于腥风血雨、内忧外患、战乱频仍、支离破碎、天灾人祸之中，教育、科学、文化事业极为落后，总人口中90%以上是文盲，在农村中，数百上千人的村庄有个小学毕业的，就算个"秀才"了。父母在我很小的时候就把我送进学堂，也许是想让我成为这样的"秀才"吧。新中国的成立，开辟了中国历史的新纪元，中国人民从此站起来了，中华民族以崭新的姿态自立于世界民族之林。我作为一个农村少年，和亿万人民一起迈进新中国的大门。从童年、少年到青年，再到壮年、老年；从离开家乡到北京求学，再到水电站工地、大学教书，以及退休后的创业；从一个农村娃到享受国务院政府特殊津贴的大学教授；从快乐的单身汉到成家立业、娶妻生子，再到含饴弄孙；经历了新中国成立、三年困难时期、十年"文化大革命"、四十年改革开放，以及中国特色社会主义新时代，白衣苍狗，沧海桑田，翻天覆地，一幕幕闪现出来，让我心潮起伏，情不自禁，我为自己赞叹，此生无悔！

新旧社会的强烈反差和对比，让我从未对自己的农民家庭出身感到过自卑，相反，我为自己身为一个中国人，感到无比自豪和骄傲。有的人总是抱怨自己出身不好，怨天尤人，给自己的碌碌无为找借口，这是最省事的，也是最无用的。人无法选择出身，却可以选择命运，靠什么来选择呢？就是靠自身的努力，靠不懈的奋斗。在自己的成长阶段，要努力求学，不求最好，只求更好，不断超越自己，通过德、智、体、美、劳的全面发展，使自己具备成为栋梁之材的基本素质，即使走上工作岗位，也不能丢下学习，因为身处知识和信息爆炸的时代，不学习就意味着落伍，就无法适应社会发展需要，因此必须树立终身学习的理念，坚持学习，不断进步。

人生不可能一帆风顺，遇到困难，面对压力，身处逆境，甚至遭遇挫折、失败是大概率事件，这里就有一个如何面对的问题。我的体会是，首先不要害怕，更不要逃避，要树立信心，冷静分析，敢于面对，勇于接受自己能力所及范围内的挑战。克服困难意味着进步成长，战胜挫折意味着能力提高。困难、压力、挫折是人前进的阶梯，是提高能力与水平求之不得的催化剂，人只有越挫越勇，才能越来越优秀。人生在世谁都渴望成功，但是追求成功就会经历挫折和失败。失败并不可怕，没有人可以随随便便成功，几乎所有成功人士都是从失败中摸索出来的，关键是要正视失败，善于总结，磨炼意志和毅力，任何时候都不要丧失信心，更不可妄自菲薄，把失败当作成功路上的垫脚石，就能行稳致远，离人生目标越来越近。

孟子说："仁者爱人，有礼者敬人。爱人者，人恒爱之。"爱是人最基本的情感需求，身处家庭、集体、社会，必须要有一颗爱心，这颗爱心如同太阳般温暖着你的世界。想一想，假如没有太阳，世界会怎样？家人是你最亲近的人，也是值得你永远相爱的人，无论付出多少爱，都是心甘情愿、无怨无悔、甘之如饴的，而他们也会给予你同样的爱，就像我所深深体会的那样，父爱如山，母爱如海，妻爱如歌，子爱如蜜。相亲相爱的家庭才是幸福和睦的家庭，老人有德行，子女有孝心，男人有追求，女人会持家，每个人都在为家族的兴旺而努力奋斗，这样的家族必定兴旺发达，生生不息，延绵不绝。当这种爱延伸到集体、社会、国家，就是一种大爱，爱集体，爱人民，爱祖国，这是一种无比崇高的情感，应当像春潮一样激荡在每个中国人的心中。

人的一生会面对各种各样的诱惑。面对五彩斑斓的诱惑，人可以有选择，但没有假如，因为人生是单程线，从窗外掠过的风景不可能重现。选择是艰难的，也是痛苦的，古人早有忠告，一失足成千古恨，这是告诉后人选择失误后的结果；选择有时是有意的，有时也是无意的，所谓"有心栽花花不开，无心插柳柳成荫"；选择有时是自主的，有时也是无奈的，自主者"咬定青山不放松"，间或有"天将降大任于是人也"的豪气，无奈者随大流，或云淡风轻，或心灰意冷。面对选择，要坚守初心，保持定力，慎之又慎，因为无论什么样的选择，付出的都是生命的时光，如燃烧的蜡烛，每时每刻在缩短着并不长的生命距离，即使后悔也难以弥补。

  人生的起起落落、喜怒哀乐都已消失在岁月长河中。我把自己的人生经历写出来，算是对自己有一个交代，对后辈们有一个交代，同时希望能给后人及学生以人生启迪。乘风破浪，扬帆前行，时间每分每秒都在流逝，在生命的每一季都会出现绝美的风景。《生命如光》记叙的是我已经走过的路，我还会享受人生最美好的夕阳。"路漫漫其修远兮，吾将上下而求索"，我会以恬静之心，坚持理疗，积极锻炼，乐观生活，就像书名《生命如光》所写，让我的生命继续绽放璀璨光华，书写我晚年的华彩乐章。

李遵基

2023年9月于北京

致　谢

　　在本书的撰写和出版过程中得到了胡绍祥、黄秋洁、杨玉婷、李东、李家权、吕淑敏、李彦宾、李雪锋、杨云钗、李茹、张才土、何全兰等同志的大力支持和帮助，在此表示衷心的感谢！

李遵基

2023 年 9 月于北京